孩子受益终身的

成功故事

张 晶◎编著

哈尔滨出版社

HARBIN PUBLISHING HOUSE

图书在版编目（CIP）数据

让孩子受益终身的成功故事 / 张晶编著. —哈尔滨：
哈尔滨出版社,2009. 7
ISBN 978-7-80753-763-2

Ⅰ.让⋯ Ⅱ.张⋯ Ⅲ.故事－作品集－世界 Ⅳ.I14

中国版本图书馆 CIP 数据核字(2009)第 081718 号

责任编辑:王　放　张凤涛
封面设计:王效石

让孩子受益终身的成功故事

张晶　编著

哈尔滨出版社出版发行
哈尔滨市香坊区泰山路 82-9 号
邮政编码:150090　营销电话:0451-87900345
E-mail:hrbcbs@yeah.net
网址:www.hrbcbs.com
全国新华书店经销
黑龙江省文化印刷厂印刷

开本 787×1092 毫米　1/16　印张 24　字数 300 千字
2009 年 7 月第 1 版　2009 年 7 月第 1 次印刷
ISBN 978-7-80753-763-2
定价:35.00 元

目录

第一章 让意外变成美好的开端

第二章 成功需要野心

第三章　细节决定成败

第四章　幻想也是财富

第五章　让"伤口"开出美丽的花

第六章　　在平凡中超越

第七章　换个角度看问题

第八章　一加一等于几

第九章　把失败写在背面

让意外
变成美好的开端

山羊爱吃那种红浆果

500多年前,有一位叫科尔迪的阿拉伯牧羊人无意中发现,有一只山羊异常兴奋,在那蹦来跳去尽情撒欢。他感到非常奇怪,决心弄清楚原因何在,于是便开始留意观察。

通过一连几天的仔细观察,他发现那只与众不同的山羊特别爱吃山坡一棵树上的红浆果。一吃就兴奋起来。他心怀探索的勇气,吃了那棵树上的一些红浆果,不一会儿的工夫,便体验到那种神情振奋的感觉,情不自禁地跳起了欢快的舞蹈。

从那以后,科尔迪每次到山坡放牧,都要品尝红浆果。有那么一次,他在吃红浆果时,凑巧被一位路过的欧洲传教士瞧见了。科尔迪如实道来,传教士听后当即采摘一些红浆果。他回到住所之后,将红浆果清洗几遍,用水煮成咖啡色。他耐心地品尝,最初的感觉有点苦,随之而来的是神清气爽,浑身都焕发出一种活力。从此,他每天都要煮一壶红浆果饮料滋润自己。经过传教士的热心宣传,周围的群众都如法炮制,一起分享着饮用后的振奋。

咖啡的妙用得到初步验证之后,传教士向欧洲商人作了介绍,立刻引起了他们的高度重视。他们将咖啡树移植到本土,大面积地推广,并引导人们消费。

哲理启示

从红浆果到咖啡,从苹果到万有引力,从狼果到人人食用的西红柿,这些人类的伟大发现都来自于敏锐的眼光、睿智的头脑还有善于问为什么的探索精神。

五十颗星的创意

第二次世界大战结束的时候,美国的国旗上只有 48 颗星,它代表着当时美国联邦政府的 48 个州。但 20 世纪 50 年代后期,2 个新的州即将加入联邦政府,这样,有着 50 个州的美国,再用 48 颗星的国旗就显得很不合适了。那么谁是新国旗的设计者呢? 出人意料的是,50 颗星的新国旗的设计者,在当时仅仅是个 17 岁的高中生,他的家在俄亥俄州的兰开斯特市。

那是 1958 年春天一个星期五的下午,高中生罗伯特·C.赫弗特坐着校车回家。他一路上都在思考历史课老师普拉特先生布置的家庭作业。老师要求全班同学各自独立完成一个课题,这个课题要能表达他们对历史这门学科的兴趣。要求是:有可视性,有独创性。作业要在下星期一完成。做什么好呢?

罗伯特所乘坐的校车驶过兰开斯特市的闹市区时,他一眼看见了飘扬在市政厅屋顶上的美国国旗。"就是它了,我要设计一面新的国旗。"他对自己说。

当时,阿拉斯加很快就将成为美国的第 49 个州,他有一个预感,儿时由共和党占统治地位的夏威夷,也一定会在不久的将来,成为美国的第 50 个州。

回到家,一放下书包,罗伯特便着手设计心目中新的美国国旗。他画出了 50 个小格子,每一个格子里画上一颗五角星。思路一打开,便一发不可收拾,他一口气将脑海中的图案定格于稿纸上:每行 6 颗星,一共有 5 行,另外还有 4 行,每行 5 颗星。

　　第二天早上,他从衣柜里找出家里备用的当时的国旗,在客厅里,用剪刀剪下了蓝底上印有 48 颗星的那一角。

　　妈妈看见罗伯特用剪刀剪国旗,着实吓了一跳。她责备罗伯特亵渎神圣的国旗。可罗伯特争辩说,这是在做学校布置的家庭作业。"妈妈,我保证,不会把国旗给搞糟的。"罗伯特说。

　　罗伯特骑车到商店买来了一块蓝色的棉布,还有一些补衣服用的白色不干胶布。只要用熨斗一熨,这些胶布就会粘在棉布上。他先用硬纸板剪好五角星的样子,然后照着样子在不干胶胶布上画下 100 颗五角星,剪下来,这样,他就可以在蓝布的两面都各贴上 50 颗星了。

　　本来,罗伯特打算请妈妈帮他把做好的这块旗面缝到那面旧国旗上去,但是妈妈不愿意"胡来"。于是,罗伯特只好自己用脚踏缝纫机把这一角缝了上去,连他自己都惊讶,自己居然会无师自通地使用缝纫机。最后,他用熨斗把缝好的新国旗熨烫平整。家庭作业完成了。

　　但结果并不像罗伯特所希望的那样能得到个"A"。老师普拉特先生仔细看了罗伯特的杰作,摇了摇头说:"这不是我们真实的国旗,我们的国旗上哪来 50 颗星?"尽管罗伯特解释了又解释,但普拉特先生坚持只给罗伯特打个"及格"。罗伯特又气又恼,非常扫兴。他据理力争,这还是他第一次为自己的分数与老师争辩:"我认为我的作业应该得到更好的分数。另一个同学做了一幅树叶粘贴画都得了"A",我的作业为什么不能?何况我的作业还发挥了一定的想象力呢!"

　　普拉特先生冷静地看着罗伯特,宣布说:"如果你不喜欢我给你的分数,那你自己把旗帜扛到华盛顿去,看他们能接受不?"

　　这正是罗伯特心中所希望做的事。他马上骑车去了当地议员沃尔特·

莫勒先生的家。敲开议员的家门,罗伯特把他自己设计的、新做的国旗拿给沃尔特·莫勒先生看,并陈述了他为什么要这样设计新国旗的原因。这个稚气未脱的 17 岁的高中生问议员先生:"您能把我设计的新国旗带到首都华盛顿去吗? 如果要举行为 50 个州的美利坚合众国设计新国旗的比赛,议员先生,您能把这面旗帜推荐去参加比赛吗?"面对这位情绪激动的中学生,莫勒先生显得手足无措,最后终于答应下来。

"也许他是想赶紧把我打发走。"罗伯特后来对人讲起这事时笑着说。

在接下来的两年中,罗伯特一直怀着希望等待着。1959 年 1 月,美国总统艾森豪威尔签署了公告,宣布阿拉斯加成为美国的第 49 个州。就像其他的州一样,按规定,代表阿拉斯加州的这一颗星,应该在 7 月 4 日美国国庆这一天加进国旗里。但是,显而易见,49 颗星的美国国旗几乎立即就要过时——因为到这一年的 8 月,夏威夷就将成为美国的第 50 个州。这正是罗伯特所预料和期望的。

这时,罗伯特已经高中毕业了,普拉特先生给那次作业判下的可悲分数"及格"仍然记录在登记本里。罗伯特成了一家工业公司的制图员。"我设计的那幅国旗不知怎么样了?"他时常禁不住想到它。他已经听说有成千上万的国旗设计方案交了上去。国会组织了一个专门的委员会负责审查,最后选出 5 个方案上报给艾森豪威尔总统。

到了那年 6 月份的时候,一天,罗伯特正在公司的制图室工作,一位秘书上气不接下气地跑来叫他:"有你的电话,是一位国会议员打来的,快去接。"

是莫勒先生,罗伯特一下子就听出了他的声音。"孩子,我为你骄傲,艾森豪威尔总统选择了你的新国旗设计方案,祝贺你!"

　　罗伯特高兴得跳了起来。他买了机票飞到华盛顿,为的是亲眼去看看自己设计的新国旗被人们挂起来的样子。这是它第一次高高地飘扬在国会大厦的房顶上!那时,虽然还有成千上万的人也提出了类似的设计方案,但是罗伯特的方案是最先交上去的,而且,它不仅仅是一个草图,它是一面真实的旗帜。这正是罗伯特的方案胜出的优越条件。从此,罗伯特设计的美国新国旗便成了这个国家正式的国旗,它很快插遍全美各地:它在每一个州的议会大厦上高高飘扬;也插遍美国驻世界各国大使馆的屋顶上。它是美国历史上唯一一面历经5届总统,现在仍然飘扬在白宫上空的国旗。

哲理启示

　　有人执着于国旗上的星,有人终日探索宇宙中的恒星,实际上,只要你专心致志于某一个方向,坚守自己的理想,星光就会一直照耀着你,直到成功。

不要过分相信自己的智商

一位美国汽车修理师有一个习惯,他爱说笑话。有一次,他从引擎盖下抬起头来问一位博士:

"博士,有一个又聋又哑的人来到一家五金店买钉子,他把两个手指头并拢放在柜台上,用另一只手做了几次锤击动作,店员给他拿来一把锤子。他摇摇头,指了指正在敲击的那两个手指头,店员便给他拿来钉子,他选出合适的就走了。那么博士,听好了,接着进来一个瞎子,他要买剪刀,你猜他是怎样表示的呢?"

这位博士举起右手,用食指和中指做了几次剪的动作。

修理师一看,开心地哈哈大笑起来:"啊!你这个笨蛋。他当然是用嘴巴说要买剪刀呀。"接着他又颇为得意地说:"今天我用这个问题把所有的主顾都考了一下。"

"上当的人多吗?"博士急问。

"不少。"汽车修理师说,"但我事先就断定你一定会上当。"

"那为什么?"博士不无诧异地问。

"因为受的教育太多了,博士,从这一点上可以知道你不会太聪明。"

哲理启示

苏东坡说:"人生糊涂识字始。"这句话虽然有些牵强,但也有一定道理,有时受的教育太多,反而会墨守成规,陷入定式的桎梏不能自拔。所以一定要注重理论与实践的结合。

失算的律师

在俄克拉何马州，一个人被控犯了杀人罪，有足够的证据可以判罪，只是没有找到死者的尸体。被告的律师在要结束他的辩护时，知道他的委托人有可能被判有罪，便把希望寄托在一个花招上面。于是，他说："陪审团的女士们、先生们，我会让你们所有的人都感到吃惊。"律师看了下手表："1分钟内，那个被认定在该案中被杀的受害人将走进法庭。"

他把目光投向法庭入口，所有的陪审员们都被唬住了，也急切地看着入口，1分钟过去了，什么也没有发生。

最后，律师说："事实上，我虚构了前面这一陈述的内容。但是，所有的陪审员都怀着预期的心态看着法庭大门。这说明，你们对于本案中是否有人被杀，持怀疑态度。因此，我坚持提出对被告作无罪判决。"

陪审团显然困惑了，法官宣布休庭，让陪审团去商讨。几分钟后，陪审员们返回法庭，宣布了对被告有罪的判决。

"怎么能这样呢？"被告的律师质问，"我看见所有的陪审员都盯着门口，你们都有疑虑。"陪审团主席说："哦，是的，我们都看着门口，但是你的委托人没有看门口。"

哲理启示

律师的错误在于过于强调戏剧性的结果，而忽略了一个基本因素，真相就是真相，戏剧就是戏剧，事物本质的东西不会改变，固而对有些事情，不要耍小聪明；因为聪明反被聪明误。

逆流而上的石兽

从前，沧州南有一座临河寺庙，庙前有两尊面对流水的石兽，据说是"镇水"用的。

有一年暴雨成灾，大庙山门倒塌，将那两尊石兽撞入河中，庙僧一时无计可施，待到十年后募金重修山门，才感到那对石兽之不可或缺，于是派人下河寻找。按照他的想法，河水东流，石兽理应顺流东下，谁知一直向下游找了十里地，也不见其踪影。

这时，一位在庙中讲学的先生提出自己的见解："石兽不是木头做的，而是由大石头制成，它们不会被流水冲走，石重沙轻，石兽必于掉落之处朝下沉，你们往下游找，怎么找得到呢？"

旁人听来，此言有理。不料，一位守河堤的老兵插话："我看不见得。大石落入河中，水急石重，而河床沙松，因此，更可能在上游。"

众人一下子全愣住了："这可能吗？"

老兵解释道："我等长年守护于此，深知河中情势，那石兽很重，而河沙又松，西来的河水冲不动石兽，反而把石兽下面的沙子冲走了，还冲成一个坑，时间一久，石兽势必向西倒去，掉进坑中。如此年复一年地倒，就好像石兽往河水上游翻跟斗一样。"

寻找者依照他的指点，果真在河的上游发现并挖出了那两尊石兽。

哲理启示

　　要想知道事物是合理还是不合理，不能光凭主观的判断，必须通过科学的思索和探究。事物之所以不合理，只是理还没有找到而已，所以积极的实践对于提炼真知灼见很重要。

戈迪亚斯打的结

公元前 223 年冬天,马其顿亚历山大大帝进兵亚细亚。当他到达亚细亚的弗尼吉亚城时,听说城里有个著名的预言:几百年前,弗尼吉亚的戈迪亚斯王在其牛车上系了一个复杂的绳结,并宣告谁能解开它,谁就会成为亚细亚王。自此以后,每年都有很多人来看戈迪亚斯打的结。各国的武士和王子都来试解这个结,可总是连绳头都找不到,他们甚至不知道从何处着手,大多数人只是看看而已,从没有一个人静下心来想方设法解开这个难解之结。亚历山大对这个预言非常感兴趣,命人带他去看这个神秘之结。幸好这个结尚完好地保存在朱皮特神庙里。亚历山大仔细观察着这个结,许久许久,始终连绳头都找不着,亚历山大不得不佩服戈迪亚斯王。这时,他突然想到:为什么不用自己的行动规则来解开这个绳结呢?于是,亚历山大拔出剑来,对准绳结,狠狠地一剑把绳结劈成两半,这个保留了数百载的难解之结,就这样轻易地被解开了。

哲理启示

三流高手赢游戏,二流高手组织游戏,一流高手制造游戏。亚历山大用他的魄力开创了新规则,解决了旧问题,完成了横跨欧亚的伟业,属于一流的创造新思维的人。

空手道冠军挨打

如果你必须与人打架,你会选择一位正常人,还是一位空手道的冠军?相信大多数的人会选择正常人。因为大家很清楚,空手道冠军是专家,他的门路与招数都有名堂方能成为冠军,而且与选手对战的经验更丰富。和他打架肯定要吃亏,实际上并不一定如此。

在美国有一则新闻报道:在高速公路上有两台车因为些微的擦撞,两位驾驶员一言不和,就在道路边打起来,这两位驾驶员,一个是普通正常人,另一位则是知名的空手道冠军。交手不到数分钟,结果出来了。这样的结果隔天成了美国头版新闻。

打架的结果是空手道冠军输了。报社的记者在标题上注记了空手道冠军输的原因:"空手道冠军有一个习惯,就是不打头部,腰部以下也不打。"可是普通的人没有学过,因此,没有受到制度与规定的束缚,直直的一拳就击在空手道冠军的鼻梁上,让冠军就此倒地不起!

哲理启示

戏如人生还是人生如戏?擂台如人生还是人生如擂台?比赛就是比赛,生活就是生活,要是二者混淆不清,很可能会陷入其中而不能自拔,所以要学会变通,能够扮演不同的角色。

浑浊的米酒变清了

日本的清酒一直是深受百姓欢迎的普及型大众米酒,但日本的米酒在明治之前是比较浑浊的,这是美中不足之处。很多人想了各种办法,却找不到使酒变清的法子。那时候,在大孤有一个名叫善右卫门的小商人,以制作和经营米酒为生。一天,他与仆人发生了口角。仆人怀恨在心,伺机报复。他在晚间将炉灰倒入做好的米酒桶内,想让这批米酒变成废品,叫主人吃亏。干完了小勾当,这个卑劣的仆人逃之夭夭。

第二天早晨,善右卫门到酒厂查看,发现了一个从未有过的现象,原来浑浊的米酒变得清亮了。再细看一下,桶底有一层炉灰。他敏锐地觉得这炉灰具有过滤浊酒的作用。他立即进行试验、研究。经过无数次的改进之后,终于找到了使浊酒变清酒的办法,制成了后来畅销日本的清酒。

哲理启示

好事可以变坏事,坏事可以变为好事,能否变害为利,还是要靠仔细的观察和勤于思考的习惯。只有这样,机遇才会时常出现在你面前。

让意外变成美好的开端

在古埃及,有一天,一位法老盛宴宾客,这当然是厨师们大显身手的好机会。然而就是这样异常重要的场合,一位厨师竟然不慎将一盆油洒在炭灰里。他一边深深自责,一边将沾满油脂的炭灰捧出去。当他洗手时,意想不到的情况出现了:平时最令他头疼的油污,这一次竟然清洗得又快又干净。聪明的厨师没有让这个机会溜走,他马上叫来其他的厨师也用这种炭灰洗手,结果自然洗得又快又干净。人类历史上最早的肥皂竟在"失误"中出现了。

哲理启示

西方有谚:上帝关上了一扇门,一定会打开一扇窗。东方有语:失之东隅,收之桑榆,只要有机灵的头脑和敢于正视失误的勇气,就不会有失败出现在我们的生活中了。

身无分文盖大楼

日本冈山市有一栋非常漂亮气派的 5 层钢筋水泥大楼。这栋大楼就是条井正雄所拥有的冈山大饭店。然而，谁也没想到，这位条井正雄当年身无分文却盖起了这栋大楼。

条井正雄以前是一个银行的贷款股长，一直负责办理饭店、旅馆业贷款的工作。十年的工作，使他不知不觉成了一个对旅馆经营知识十分丰富的人，这时他心里自然也产生了经营旅馆的欲望。为了求得完善的方案，他实地作过精细的调查，调查结果是来冈山市的旅客，有 97% 是为商务而来的。然后，他又在公路边站了三个月，调查汽车来往情况，得出每天汽车流量有 900 辆，每辆车约坐 2.7 人。然而当时，冈山市的旅馆却没有一家有像样的停车场设施。他想，将来新盖的饭店，必须具有商业风格，而且附设广阔的停车场，以此来吸引旅客。他又花费 1 年时间，制成几张十分阔气的饭店设计图纸和一份经营计划书。抱着试试看的心情到冈山市最大的建筑公司碰运气。一位主管看了他的设计后，问条井正雄：

"你准备多少资金来盖这栋大楼？"

"我一分钱也没有，我想，先请你们帮我盖这栋大楼，至于建筑费等我开业之后，分期付给你们。"条井正雄泰然自若地回答。

"你简直是在做白日梦，真是太天真啦，请你把这个设计图拿回去吧！"

"这几张图纸和设计书是我花了两年时间搞成的，我认为是很完善的。请你们详细研究，我以后再来讨教！"条井正雄没有说更多的话，把设计图丢在那里，掉头就走。

半个月后,奇迹发生了,这个建筑公司约他去面谈。该公司的董事和经理济济一堂,从上午8点到下午4点,一个接一个地问话,各式各样的提问,那种场面真令人心惊肉跳。然而,难以置信的事终于发生了。建筑公司决定花2亿日元替这位身无分文的先生盖饭店。

一年后饭店落成了,条井正雄成了老板。这就是创意所带来的巨大成功。

哲理启示

一个人可以抵五个师,一个方程式可以导致原子时代的来临。相比之下,一个想法可以盖起两个亿的大楼也便不足为奇了,有时候,智慧光芒往往盖过了金钱的光芒。

对付喜欢挑衅的鸡

自古以来,鸡们就喜欢互相啄,或挑衅。在它们没被收容到人类社会来之前,这个本能的目的是建立谁是大头头、谁是小头头和跟班的"鸡群秩序"。等人类开始养起鸡来,鸡这老爱互斗的脾气就成了"生意人的烦恼"。上百万只鸡被困在鸡舍里,互相啄得无处可逃。受欺负的鸡又不停止啄,于是养鸡人面临了所谓的"死亡率"。这通常高达25%。

几年前,美国加州一个蛋农发现他的鸡死亡率忽然大降。原来很多鸡的眼睛患了白内障的病。一个鸡医告诉他这病是治不了的。这蛋农说他并不真要治病。鸡们越看不清,仿佛就越不互相打斗。

鸡医和一个朋友于是试验能不能用隐形眼镜做出人造的白内障效果。试了各种镜片,包括粉红色的。结果,他们发现,戴了粉红色隐形眼镜的鸡,就失去了互相挑衅的冲动。

这消息一传出,美国各地,甚至从世界20多个国家都纷纷寄来大量的订单。这样热门的产品,可惜当时还不能进入生产阶段,因为镜片很容易就滑落。

又经过几年的研究,这两位老兄成立了一个公司,制造比较可靠的镜片;一旦给鸡戴上,足可一年不掉出来。这种隐形眼镜装在鸡的内眼皮上,内眼皮从此不能再张开,于是它们就看不大清楚。粉红色也有医学解释:鸡看见血时,它那互相啄的本能就会增强;但是如果它所看见的世界是粉红色的,那么血也就不那么明显了。

大多数鸡农现在解决这个问题的办法是把刚孵出来的小鸡的尖喙剪

掉,但这不是好办法。一方面使喙不完整,吃东西难免浪费食物;另一方面,"爱鸡协会"及其他人道组织也大力反对剪掉鸡喙的粗鲁办法。

新的鸡隐形眼镜每副美金20分,保证鸡群的死亡率从25%减少到5%。鸡虽然会终身视线模糊,只见一片粉红,但是它们可以专心生蛋,长肉,不会急着去打斗,也不会被同类啄死。至于鸡农如何替上百万的鸡个个戴上隐形眼镜,那就是他们自己的问题了。

哲理启示

鸡戴眼镜平息了鸡之间的争斗,这种创新的思维模式取得了成功,由此也证明了人的思维世界的广阔,有着无穷的可以开发的潜力,运用智慧拓展思维是成功的关键。

毕业前的考试

这是美国东部一所大学期末考试的最后一天。在教学楼的台阶上,一群工程学高年级的学生挤做一团,正在讨论几分钟后就要开始的考试,他们的脸上充满了自信。这是他们参加毕业典礼和工作之前的最后一次测验了,他们知道,这场即将到来的测验将会很快结束,因为教授说过,他们可以带他们想带的任何书或笔记,要求只有一个,就是他们不能在测验的时候交头接耳。

他们兴高采烈地冲进教室。教授把试卷分发下去,当学生们注意到只有五道评论类型的问题时,脸上的笑容更加明显了。

三个小时过去了,教授开始收试卷。学生们看起来不自信了,他们脸上是一种恐惧的表情。没有一个人说话,教授手里拿着试卷,面对着整个班级。

他俯视着眼前那一张张焦急的面孔,然后问道:"完成五道题目的有多少人?"

没有一只手举起来。

"完成四道题的有多少?"

仍然没人举手。

"三道题? 两道题?"

学生们开始有些不安,在坐位上扭来扭去。

"那一道题呢? 当然有人完成一道题的。"

但是整个教室仍然很沉默。教授放下试卷说:"这正是我期望得到的结

果。"

　　"我只想要给你们留下一个深刻的印象，即使你们已经完成了四年的工程学习，关于这项科目仍然有很多的东西你们还不知道。这些你们不能回答的问题是与每天的普通生活实践相联系的。"然后，他微笑着补充道："你们都会通过这个课程，但是记住——即使你们现在已是大学毕业生了，你们的教育仍然还只是刚刚开始。"

哲理启示

　　每个人学到的知识就像画一个圆，你知道得越多，就会发现未知的领域也就越大。所以，终生学习，终生接受教育必然是每个人在现代社会中立足的必要条件。

切掉末端的火腿

有一位妻子叫他的丈夫到商店买火腿。他买完后，妻子就问他为什么不叫肉贩把火腿末端切下来。丈夫反问他太太为什么把末端切下来。她说她母亲就是这么做的，这就是理由。

这时岳母正好来访，他们就问她为什么总是切下火腿的末端。母亲回答她母亲也是这样。然后母亲、女儿和女婿就决定拜访外祖母，来解释这个不解之谜。

外祖母很快地回答说，她之所以切下末端是因为当时的红烧烤炉太小，无法烤出整只火腿。现在外祖母有她行动的理由了，那你呢？

哲理启示

任何表面看上去很奇怪的事情都是有其内在原因的，如果墨守成规，只能亦步亦趋，没有提升，只有有了打破沙锅问到底的精神，才会找到事物的根本，了解事情的真相。

猴子的故事

科学家将四只猴子关在一个密闭的房间里,每天喂食很少食物,让猴子饿得吱吱叫。

几天后,实验者从房间上面的小洞放下一串香蕉。一只饿得头晕眼花的大猴子一个箭步冲向前,可是它没有拿到香蕉时就被预设机关所泼出的滚烫热水烫得全身是伤。后面三只猴子依次爬上去拿香蕉时,一样被热水烫伤。于是众猴只好望"蕉"兴叹。

几天后,实验者换一只新猴进入房内。当新猴子肚子饿得也想尝试爬上去吃香蕉时,它立刻被其他三只老猴制止,并告知有危险,千万不可尝试。实验者再换一只猴子进入,当这只猴子想吃香蕉时,有趣的事情发生了。这次不仅剩下的两只老猴子制止它,连没被烫过的半新猴也极力阻止它。实验继续,当所有猴子都已换新之后,没有一只猴子曾经被烫过,上头的热水机关也取消了,香蕉唾手可得,却没有猴子敢前去享用。

哲理启示

陈旧的规则最能钳制那些不敢创新、没有勇气突破的人,这样的人会一直在原地踏步,在规则的框定下生活。相反,敢向固有的规则挑战的人,才会不断取得新的收获。

飞来横财

美国的一家报纸登了这样一则广告："一美元购买一辆豪华轿车。"

哈利看到这则广告半信半疑："今天不是愚人节啊!"但是,他还是揣着一美元,按着报纸上提供的地址找了去。

在一栋非常漂亮的别墅前面,哈利敲开了门。一位高贵的少妇为他打开门,问明来意后,少妇把哈利领到车库里,指着一辆崭新的豪华轿车说:"喏,就是它。"

哈利脑子里闪过的第一个念头就是:"是坏车。"他说:"太太,我可以试试吗?"

"当然可以。"于是哈利开着车兜了一圈,一切正常。

"这辆车不是赃物吧?"哈利要求验看车照,少妇拿给他看了。

于是,哈利付了一美元。当他开车要离开的时候,仍百思不得其解。他说:"太太,您能告诉我这是为什么吗?"

少妇叹了一口气:"唉,实话跟你说吧,这是我丈夫的遗物。他把所有的遗产都留给我了,只是这辆车,是属于他那个情妇的。但是,他在遗嘱里把这辆车的拍卖权交给了我,所卖款项交给他的情妇,于是,我决定卖掉它,一美元即可。"

哈利恍然大悟,他开着车高高兴兴地回家了,路上,哈利碰到了他的朋友汤姆,汤姆好奇地问起这辆车的来历。等到哈利说完,汤姆一下子瘫在地上:"啊!上帝,一周前,我就看到这则广告了。"

哲理启示

发现了机会,就要勇于尝试。当你因错过机会而扼腕叹息时,机会早已离你而去了。同时在机遇面前,还要辨明是非,防止自己落入机遇的陷阱中。

癩蛤蟆与千里马

古代有位著名的相马专家——伯乐,他对马了解得非常透彻,能够快速地识别千里马,在鉴别马匹方面积累了丰富的经验,后来他就根据自己所积累的经验写成了一本《相马经》。

《相马经》中记载了伯乐平生所有关于马的见闻和见解,还有大量的细节描写和例证,可谓是一本极有价值的好书。

伯乐有个儿子,他很想学父亲的相马本领。于是,他从早到晚总是捧着《相马经》朗读,把它背得滚瓜烂熟。

有一天,儿子见到伯乐,扬扬得意地说:"父亲,您的相马本领,我都学会了。"伯乐听了微微一笑,说:"那好吧,你去寻找一匹千里马来,让我鉴定。"儿子满口答应,带着《相马经》出门去了。

他一边走一边嘴里念:"千里马额头隆起,双眼突出,四蹄犹如垒起的……"他边走边细心地寻找,看见大大小小的动物,都要跟《相马经》上的标准对照。但是,有的只符合一条,有的一条也不符合。最后,他在池塘边看见一只癩蛤蟆,鼓着双眼,"咕咕咕……"叫个不停。他对照《相马经》端详了好半天,然后用纸把癩蛤蟆包了起来,兴冲冲地跑回了家。

回家后,他向父亲道出了自己的经历:"千里马可真不好找,您的条件也太高了,我好不容易在池塘边找到一匹,额头和双眼与您书上说的差不离儿,就是蹄子不像。您给鉴定鉴定。"

伯乐打开纸包一看,不由得苦笑起来:"儿啊,你找到的这匹千里马,不光会跑,而且会跳,恐怕你驾驭不了啊!"

哲理启示

"纸上得来终觉浅，绝知此事要躬行。"对于书本上的知识，我们应该认真学习，但不意味着完全照搬书上的东西，在对这些知识进行消化的同时，要不断在实践中进行探索和求证，以期获得更丰富、更充实的知识。

跳　蚤

在昆虫中,跳蚤可能是最善跳的了,它可以跳到比自己高几万倍的高度。为什么会这样呢? 带着这个问题,一位大学教授开始了他的研究。可是他研究了一整天,都没有找到答案。

第一天下班的时候,教授用一个高一米的玻璃罩罩着这只跳蚤,以防止它逃跑。就在那天晚上,跳蚤为了能跳出玻璃罩,就跳啊跳啊,可是无论它怎样努力,无论它怎么跳,都在跳到一米高的时候,就被玻璃罩挡了下来。

第二天,教授上班时取下玻璃罩,他惊奇地发现,这只跳蚤只能跳一米高了,于是,他来了兴趣。

第二天下班时,教授用了一个五十厘米的玻璃罩罩着跳蚤,第三天,教授发现跳蚤只能跳五十厘米的高度;晚上,教授又用下正是二十厘米的玻璃罩罩着跳蚤,第四天,跳蚤跳的高度又降为二十厘米。到了第四天下班时,教授干脆用一块玻璃板压着跳蚤,让跳蚤只能在玻璃板下爬行。果然到了第五天,跳蚤再也不能跳了,只能在桌面上爬行。

可就在这个时候,教授不小心打翻了桌子上的酒精灯,酒精洒在了桌子上,火也慢慢地向跳蚤爬的地方蔓延。奇迹出现了,就在火快要烧到跳蚤的一瞬间,跳蚤猛地一跳,又跳到了它最开始的超过它身体几万倍的高度。

人的潜力就像这跳蚤的弹跳力一样,发挥出来时也是惊人的。

哲理启示

　　人内在的潜能其实也与跳蚤一样，是无限的。所以，要挖掘自身的潜能，创造非凡的成就。学会积极自信地向目标努力，也许猛地一跳，你就会到达成功的彼岸，然后迎接新的高度。

蜘蛛人的勇气

1983 年,伯森·汉姆徒手攀登上纽约的帝国大厦,在创造了吉尼斯纪录的同时,也赢得了"蜘蛛人"的称号。

美国恐高症康复联席会得知这一消息,致电"蜘蛛人"汉姆,打算聘请他做康复协会的顾问。因为美国有八万多人患恐高症,他们被这种疾病困扰着,有的甚至不敢站在一把椅子上换一只灯泡。

伯森·汉姆接到聘书,打电话给联席会主席诺曼斯,让他查一查第 1042 号会员。这位会员很快被查了出来,他的名字叫伯森·汉姆。原来他们要聘请的这位"蜘蛛人",本身就是一位恐高症患者。

诺曼斯对此大为惊讶。一个站在一楼阳台上都心跳加快的人,竟然能徒手攀上四百多米高的大楼。这确实是个令人费解的谜,他决定亲自去拜访一下伯森·汉姆。

诺曼斯来到费城郊外的伯森住所。这儿正在举行一个庆祝会,十几名记者正围着一位老太太拍照采访。原来伯森·汉姆九十四岁的曾祖母听说汉姆创造了吉尼斯纪录,特意从一百公里外的葛拉斯堡罗徒步赶来,她想以这个行动,为汉姆的纪录添彩。谁知这一异想天开的想法,无意间创造了一个耄耋老人徒步百里的世界纪录。

《纽约时报》的一位记者问她:"当你打算徒步而来的时候,你是否因年龄关系而动摇过?"老太太精神矍铄,说:"小伙子,打算一气跑一百公里也许需要勇气,但是走一步路是不需要勇气的。只要你走一步,接着再走一步,然后一步再一步,一百公里也就走完了。"

恐高症康复联席会主席诺曼斯站在一旁,一下子明白了伯森·汉姆登上帝国大厦的奥秘,原来他有向上攀登一步的勇气。

在这个世界,创造出奇迹的人凭借的都不是最初的那点儿勇气,但是只要把最初那点儿微不足道的勇气保留到底,任何人都会创造奇迹。

哲理启示

向前迈一小步,你距离目标就会近一点,迈一小步所承受的压力远没有一千步、一万步大。但一千步、一万步完成的时候,你的目标也便达成了。所以学会把大目标分成若干个小目标,你会因此而变得轻松许多。

美国铁路的标准

美国两条铁路之间的标准距离是 4 英尺又 8.5 英寸。这个有零有整的奇怪标准就是美国铁路的标准，美国铁路最初是由英国人建的，所以沿用此标准。英国的铁路最初是由造有轨电车的人设计的，有轨电车就是这个标准。而最初造有轨电车的人是造马车的，马车的轮距就是这个标准。而马车轮距的标准则是罗马战车的标准，因为英国的许多长途老路都是当初罗马人为其军队铺设的，4 英尺 8.5 英寸正是罗马战车的宽度。那么为什么又偏偏是 4 英尺又 8.5 英寸呢？谜底终于找到了：原因很简单，这是并排拉战车时两匹马屁股的宽度。于是，现代化的美国铁路，就这么不明不白地定在马屁股的宽度之中了。

有许多东西，一旦约定俗成，便成了一种有形无形的标准，很少有人再去想它的适应性与合理性。把鞋子分为左右脚，仅仅是近一百年内的事情，千年以来，人们就这么习惯了"一顺脚"，谁也没有提出异议。成百上千年以来，人们像对待"马屁股的宽度"那样，知其然而不知其所以然地熟视无睹，迟滞和耽搁了自己许多变革、完善和发展的机会。

说来也巧，同样是两匹马屁股的宽度，韩信就用得巧妙。一次与敌国作战，要经过一个险要隘口。敌军大将说，这条隘路容不下两马并行，韩信行必受阻，我们可以逸待劳，一举起歼之。没想到韩信把两马一前一后拉缰，速度并未迟缓，反而出其不意大败敌军。马屁股的宽度，成了敌军墨守成规的败因。

哲理启示

　　标准并非是绝对权威，不是无法突破的。流传至今的标准可能只是从前的某种简单的规定。所以，面对标准，面对约定俗成的规则，我们要有创新的态度，要在变革中使自己不断进步。

园子里的石块

从前有一户人家的菜园里有一块大石头，露出的宽度大约有四十厘米，高度有十厘米。到菜园的人，不小心就会踢到那块大石头，不是跌倒就是擦伤。

儿子问："爸爸，那块讨厌的石头，为什么不把它挖走？"

爸爸这么回答："你说那块石头啊？从你爷爷时起，就一直放到现在，它的体积那么大，不知道要挖到什么时候。没事无聊挖石头，不如走路小心点，还可以训练你的反应能力。"

过了十几年，这块大石头留到了下一代，当时的儿子娶了媳妇，当了爸爸。

有一天媳妇气愤地说："菜园那块大石头，我越看越不顺眼，改天请人搬走好了。"

儿子回答说："算了吧！那块大石头很重的，可以搬走的话，在我小时候就搬走了，哪会让它留到现在啊？"

媳妇心底非常不是滋味，那块大石头不知道让她跌倒了多少次了。

有一天早上，媳妇带着锄头和一桶水，将整桶水倒在大石头的四周。

十几分钟后，媳妇用锄头把大石头四周的泥土搅松。

媳妇早有心理准备，可能要挖一天吧。可谁都没想到，仅用几分钟就把石头挖起来了，看看大小，这块石头没有想象的那么大，都是被那个巨大外表蒙骗了。

35

哲理启示

在我们的心里，总会有一块巨大的顽石，阻碍我们创新和前进。其实这块石头只是在心理上有了巨大的投影，实质上，它并不如我们想象得那么巨大。搬开这块顽石，并不需要多大的力量。

奔马的蹄子是否着地

1872年的一天,在美国加利福尼亚的一个酒店里,斯坦福与科恩围绕"马奔跑时蹄子是否着地"发生了争执,斯坦福认为,马奔跑得那么快,在跃起的瞬间四蹄应是腾空的。而科恩认为,马要是四蹄腾空,岂不成了青蛙?应该是始终有一蹄着地。两人各执一词,争得面红耳赤,谁也说服不了谁。于是两人就请英国摄影师麦布里奇做裁判,可麦布里奇也弄不清楚,不过摄影师毕竟是摄影师,点子还是有的。他在一条跑道的一端等距离地放上二十四个照相机,镜头对准跑道;在跑道另一端的对应点上钉好二十四个木桩,木桩上系着细线,细线横穿跑道,接上相机快门。一切准备就绪,麦布里奇让一匹马从跑道的一头飞奔到另一头,马一边跑,一边依次绊断二十四根线,相机接连拍下了二十四张相片,相邻两张相片的差别都很小。相片显示:马奔跑时始终有一蹄着地。科恩赢了。事后,有人无意识地快速拉动那一长串相片,"奇迹"出现了:各相片中静止的马互相重叠成一匹运动的马,相片"活"了。电影的雏型经过艰辛的试验终于成熟了。

哲理启示

一个小实验,解决了马的运动的问题,解决了各执一词的争端,并直接促成了今天电影的产生。由此可见,聪明的头脑加上灵活的双手可以创造无数的奇迹,取得无数的成功。

成功
需要野心

成功需要野心

德国一家电视台有一档智力游戏节目,栏目名称叫《谁是未来的百万富翁》。

节目类似央视的《幸运52》,因为奖金丰厚,悬念迭出,吸引了许多德国观众。这档节目有一个特点,就是每答对一道题目,就可以获得相应的奖励,而如果继续答题时没有答对,那么就退出比赛,并且剥夺已经取得的奖励。

前十几期没有一位参与者能够获得100万的奖励,能够在节目中有所收获的只是一些见好就收的人。

自节目开播几年来,虽然参赛者强手如林,可真正一路过关斩将直到最后的人却从来没有出现过。因此,几乎所有的参与者都学乖了,最多到10万左右,便放弃答题,退出比赛。直到一位叫克拉马的青年人的参与,才第一次产生了百万巨奖。

令人奇怪的是,克拉马取得的百万巨奖并不是因为他知识渊博,据当地媒体评论说,成就克拉马的不是他的学问,而是他的心理素质和野心。因为在50万之后,每一道题都相当简单,只需略加思考,便能轻松答出。

那么多人与巨奖失之交臂,都是因为自己"见好就收",没有成为百万富翁的野心。

香港亚视智力竞赛节目《百万富翁》曾产生过一位百万奖金的获得者,主持人陈启泰评价他"不可思议"。但那位年轻的只有高中学历的打工者却平静地回答说:"意料之中,势在必得。"

41

　　我们为什么不能成为未来的百万富翁呢？法国媒体大亨巴拉昂于1998年去世，他在遗嘱中把100万法郎作为奖金，奖给揭开贫穷之谜的人。在45861封来信中，只有一位名叫蒂勒的小姑娘猜中谜底。那个小姑娘说："穷人最缺的是野心！"这个谜底轰动了欧美，几乎所有的富人都承认：没有野心就没有今天的财富。

哲理启示

　　有野心是自信的表现，敢挑战是有胆识的表现。有时距离成功只差一点点的时候，用野心和胆识来助推一下，结果会必胜无疑。

为梦想打工

　　齐瓦勃出生在美国乡村,只受过很短的学校教育。十五岁那年,家中一贫如洗的他就到了一个山村做了马夫。然而,雄心勃勃的齐瓦勃无时无刻不在寻找着新的机遇。

　　三年后,齐瓦勃来到了钢铁大王卡内基属下的一个建筑工地打工。一踏进建筑工地,齐瓦勃就下定了决心,要做同事中最优秀的人。当其他工人在抱怨工作辛苦、薪水太低而怠工时,齐瓦勃却在默默地积累着工作经验,并自学建筑知识。

　　一天晚上,同伴们都在闲聊,唯独齐瓦勃躲在角落里看书。恰巧公司经理到工地检查工作,经理看了看齐瓦勃手中的书,又翻了翻他的笔记本,什么也没说就走了。第二天,经理把齐瓦勃叫到办公室,问道:"你学那些东西干什么?""我想我们公司并不缺少打工者,缺少的是既有工作经验又有专业知识的技术人员或管理人员,对吗?"齐瓦勃认真地回答。经理点了点头,不由得仔细打量起眼前这个貌不惊人的年轻人。不久,齐瓦勃就升为技师。打工的同伴中,有人讽刺挖苦齐瓦勃,他回答说:"我不光是在为老板打工,更不单纯为了赚钱,我是在为自己的梦想打工,为自己的远大前途打工。我们只能在业绩中提升自己。我要使自己的工作所产生的价值,远远超过所得的薪水,只有这样我才能得到重用,才能得到机遇。"抱着这样的信念,齐瓦勃一步步地升到了总工程师的职位上。25岁那年,齐瓦勃又做了这家钢铁公司的总经理,承担起建设公司最大的布拉德钢铁厂的重任。凭着非凡的努力,齐瓦勃于两年后成了这家工厂的厂长,并逐渐成为卡内基钢铁公司的灵魂人物。几年之后,他被卡内基任命为钢铁公司的董事长。

　　齐瓦勃担任董事长的第七年,当时控制着美国铁路命脉的大财阀摩根,

提出与卡内基联合经营钢铁。开始时，卡内基没理会。于是摩根放出风声，说如果卡内基拒绝，他就找当时居美国钢铁业第二位的贝斯列赫母钢铁公司联合。这下卡内基慌了，他知道一旦贝斯列赫母与摩根联合，就会对自己的发展构成威胁。一天，卡内基递给齐瓦勃一份清单说："按上面的条件，你去与摩根谈联合的事宜。"齐瓦勃接过来看了看，对摩根和贝斯列赫母公司的情况了如指掌的他微笑着对卡内基说："你有最后的决定权。但我想告诉你，按这些条件去谈，摩根肯定乐于接受，但你将损失一大笔钱。看来你对这件事没有我调查得详细。"经过分析，卡内基承认自己过高地估计了摩根。卡内基全权委托齐瓦勃与摩根谈判，取得了对卡内基绝对有利的联合条件。摩根感到自己吃了亏，就对齐瓦勃说："既然这样，那就请卡内基明天到我的办公室来签字吧。"齐瓦勃第二天一早就来到了摩根的办公室，向他转达了卡内基的话："从第51号街到华尔街的距离，与从华尔街到第51号街的距离是一样的。"摩根沉吟了半晌说："那我过去好了!"摩根从未屈就到过别人的办公室，但这次他遇到的是全身心投入的齐瓦勃，所以只好低下自己高傲的头颅。

后来，齐瓦勃终于建立了自己的大型伯利恒钢铁公司，并创下了非凡业绩，真正完成了他从一个打工者到创业者的飞跃。

哲理启示

理想的实现是要靠信念支撑的，曹操晚年尚有"老骥伏枥，志在千里，烈士暮年，壮心不已"的雄心，我们又为何不能拉起理想的风帆，起锚远航呢？

少年的梦想

1994年1月14日下午,美国总统克林顿在访问莫斯科期间,在奥斯坦金诺电视台大厅接见俄罗斯新闻工作者和各界代表,当场发表演说并回答听众的提问。

电视屏幕上出现了这样一组镜头——

克林顿总统对听众说:

"现在我请最年轻的与会者提问题。"一个虎头虎脑的小男孩不慌不忙地在大厅后排站了起来。

克林顿问:"你今年多大了?"

小男孩用英语回答说:"13岁。"

克林顿惊讶地笑了笑,说:"你提问吧。"

小男孩用英语问道:"总统先生,请您谈谈您是怎样当上美国总统的。"

话音刚落,满堂听众哄然大笑。

克林顿十分高兴地对他说:"请你到我面前来。"

小男孩穿过人群,走到克林顿总统的跟前。

克林顿微笑着把他拉到自己的身边,爱抚地摸着身高只及自己胸口的小男孩的双肩,亲切地告诉他:

"我16岁时,就下决心要为国家服务。我以林肯总统为榜样,不断地学习、准备,抓紧各种机会不懈地追求奋斗,终于有一天,我问鼎白宫,实现了自己当初的梦想。"

这时,大厅里爆发出了热烈的掌声。听众们以这样的形式,感谢克林顿

总统的回答。

伟大的理想之所以伟大，就在于它是常人难以实现的。想要做一个与众不同或是成就非凡的人，就要在起步时下定决心，锲而不舍、始终如一地坚持到底，才能够达到目的，实现理想。小男孩如果不曾梦想成为未来的总统，就不会向已登上总统宝座的克林顿提出这样的问题；而克林顿总统假如不是当初就下定了决心，为了成为世界上最强大的美利坚合众国的领袖而努力奋斗，那么，也许不仅仅是他个人的历史要改写，恐怕整个美国的历史也将要因此而改写了。所以，年轻的朋友们，请不要让自己年轻的心空无梦想，现在就为自己的将来设计一个伟大的理想吧，用自己不懈奋斗的青春，让这个梦在我们的生命中开出一簇簇艳丽绚烂的花朵！

哲理启示

因为梦想，我们的心灵变得充实；因为梦想，我们时刻心怀希望。梦想的伟大之处在于它激发出了人内在的热情和力量。

生命力顽强的小鸟

在自然界,不管气候多恶劣,都有生物在顽强地生存着。在撒哈拉沙漠里,因为一连几个月不下雨,干燥的沙漠在阳光的炙烤下气温越来越高,就是极能耐高温的蛇也得小心翼翼,不然就有被烤熟的危险。白天,蛇只能躲在沙子里,因为沙子的覆盖能使它避免阳光的直接照射,它还可伺机捕捉猎物。它的猎物都是些耐旱的小动物,有蜥蜴、甲虫,还有一些小型飞鸟。如果必须走动时,蛇就将身子弯成"之"字形迅速前进,这样可以避免皮肤长时间与炙热的沙子接触,蛇就是以这种方式顽强地在沙漠里生存下来的。

可是,令生物学家不解的是,有一种类似于麻雀大小的鸟,它的生命力比蛇更顽强。因为鸟儿要在沙地上找食物,所以也不可避免地成了蛇的猎物。鸟儿不但要面对恶劣的自然环境,还要对付躲在沙子底下的蛇的袭击,如果它要生存下去,就必须战胜这一切。

美国生物学家克林莱斯有幸拍到了一组这样的精彩镜头。当鸟儿扑扇着翅膀刚刚停在沙地上准备找食物之时,潜伏在沙子里的蛇猛地张开大口蹿了出来。眼看鸟儿就要成为蛇的果腹之物,可是,顷刻间鸟儿便从劣势转为优势。克林莱斯惊奇地发现,鸟儿在用自己的爪子一下又一下地拍击着蛇的头部,尽管鸟儿的力量有限,它的爪子对蛇的拍击似乎构不成什么威胁,并且蛇依然对鸟儿穷追不舍,但鸟儿并没有停止拍击。鸟儿一边躲闪着蛇的血盆大口,一边用爪子拍击着蛇的头部,其准确程度分毫不差。就在鸟儿拍击了一千多下时,蛇终于无力地瘫软在沙地上,再也爬不起来了。蛇口脱险的鸟儿停在沙地上从容地吃了一些甲虫类的食物后,才扑扇着翅膀慢

慢地飞走了。

　　鸟儿和蛇的力量对比是悬殊的，生物学家唯一能得到的答案就是，鸟儿在经过长期的经验积累后，终于掌握了一套对付蛇的办法，那就是瞄准一个点——蛇的头部，并持之以恒地用爪子拍击，鸟儿以自己坚韧不拔的抵抗方式，在这次力量对比悬殊的较量中赢得了胜利。

哲理启示

　　生活需要目标，学习需要目标，工作需要目标。有了目标就有了方向，有了方向才能竭尽全力地去努力，去奋斗。所以明确的目标对于一个人的成功很重要。

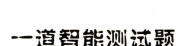

一道智能测试题

2001年5月，美国内华达州的麦迪逊中学在入学考试时出了这么一个题目：比尔·盖茨的办公桌上有5只带锁的抽屉，分别贴着财富、兴趣、幸福、荣誉、成功5个标签；盖茨总是只带一把钥匙，而把其他的4把锁在抽屉里，请问盖茨带的是哪一把钥匙？其他的4把锁在哪一只或哪几只抽屉里？

一位刚移民美国的外国学生，恰巧赶上这场考试，看到这个题目后，一下慌了手脚，因为他不知道它到底是一道英文题还是一道数学题。考试结束，他去问他的担保人——该校的一名理事。理事告诉他，那是一道智能测试题，内容不在书本上，也没有标准答案，每个人都可根据自己的理解自由地回答，但是老师有权根据他的观点给一个分数。

这位外国学生在这道9分的题上得了5分。老师认为，他没答一个字，至少说明他是诚实的，凭这一点应该给一半以上的分数。让他不能理解的是，他的同桌回答了这个题目，却仅得了1分。同桌的答案是，盖茨带的是财富抽屉上的钥匙，其他的钥匙都锁在这只抽屉里。

后来，这道题通过E-mail被发回了这位外国学生原来所在的国家。这位学生在邮件中对同学说，现在我已知道盖茨带的是哪一把钥匙，凡是回答这把钥匙的，都得到了这位大富豪的肯定和赞赏，你们是否愿意测试一下，说不定从中还会得到一些启发。

同学们到底给出了多少种答案，我们不得而知。但是，据说有一位聪明的同学登上了美国麦迪逊中学的网页，他在该网页上发出了比尔·盖茨给该校的回函。函件上写着这么一句话：在你最感兴趣的事物上，隐藏着你人

生的秘密。

哲理启示

　　兴趣和爱好是促使人不断去探寻所感兴趣的事物的最大
动力。没有兴趣的追求注定一片苍白，而且带着勉强和压力。
所以，兴趣是决定成败的关键因素。

不能凭着感觉往前走

撒哈拉沙漠中有一个小村庄叫比塞尔。它靠在一块 1.5 平方公里的绿洲旁,从这儿走出沙漠一般需要三昼夜的时间,可是在英国皇家学院院士肯·莱文 1926 年发现它之前,这儿的人没有一个走出过大沙漠。据说他们不是不愿意离开这块贫瘠的地方,而是尝试过很多次都没有走出来。

肯·莱文用手语同当地人交谈,结果每个人的回答都是一样的:从这儿无论向哪个方向走,最后都还要转回这个地方来。为了证实这种说法的真伪,莱文做了一次试验,从比塞尔村向北走,结果三天半就走了出来。

比塞尔人为什么走不出去呢?肯·莱文感到非常纳闷儿,最后他决定雇一个比塞尔人,让他带路,看看到底是怎么回事?他们准备了能用半个月的水,牵上两匹骆驼,肯·莱文收起指南针等设备,只带一根木棍跟在后面。

10 天过去了。他们走了大约 800 英里的路程,第 11 天的早晨,一块绿洲出现在眼前,他们果然又回到了比塞尔。这一次肯·莱文终于明白了,比塞尔人之所以走不出大沙漠,是因为他们根本就不认识北极星。

在一望无际的沙漠里,一个人如果凭着感觉往前走,他会走出许许多多、大小不一的圆圈,最后的足迹十有八九是一把卷尺的形状。比塞尔村处在浩瀚的沙漠中间,方圆上千公里,没有指南针想走出沙漠,确实是不可能的。

肯·莱文在离开比塞尔时,带了一个叫阿古特尔的青年。他告诉这个青年:"只要你白天休息,夜晚朝着北面那颗最亮的星星走,就能走出沙漠。"

阿古特尔照着去做,三天之后果然来到了大漠的边缘。

哲理启示

因为没有方向和目标,许多努力和辛苦都会付诸东流;因为没有方向和目标,生命就会永远行进在绕圈的旅途中。只有找到自己的北极星,人生的旅途才会呈现别样的风景。

一个梦想的价值

里基·亨利是在贫穷中长大的。他的梦想是做一名运动员。当亨利 16 岁的时候,已经很精通橄榄球了,他能以每小时 90 英里的速度投出一个快球,并且能击中在橄榄球场上移动的任何东西。不仅如此,他还是非常幸运的:亨利高中的教练是奥利·贾维斯,他不仅对亨利充满信心,而且他还教会了亨利如何对自己充满自信。他教亨利认识到拥有一个梦想和显示出信念是不同的 。终于,在亨利和贾维斯教练之间发生了一件非常特殊的事情,并且永远地改变了亨利的一生。

那是在亨利高中三年级的那年夏天,一个朋友推荐他去打一份零工。这对亨利来说是一个难得的赚钱机会,它意味着他将会有钱去买一辆新自行车,添置一些新衣服,并且,他还可以开始攒些钱,将来能为妈妈买一所房子。想象着这份零工的诱人前景,亨利真想立即就接受这次难得的机会。

但是,亨利也意识到,为了保证打零工的时间,他将不得不放弃自己的橄榄球训练,那就意味着他将不得不告诉贾维斯教练自己不能够参加橄榄球比赛了。对此,亨利感到非常害怕,但他还是鼓足勇气,去找贾维斯教练,并决定把这件事情告诉教练。

当亨利把这件事告诉给贾维斯教练的时候,教练果然就像亨利早就料到的那样非常生气,"今后,你将有一生的时间来工作,"他注视着亨利,厉声说,"但是,你能够参加比赛的日子却能够有几天呢?那是非常有限的。你浪费不起呀!"

亨利低着头站在他的面前,绞尽脑汁地思考着如何才能向他解释清楚

自己要给妈妈买一所房子以及自己是多么希望自己能够有钱的这个梦想，他真的不知道该如何面对教练那已经对自己失望的眼神。

"孩子，能告诉我你将要去干的这份工作能挣多少钱吗？"教练问道。

"一小时3.25美元。"亨利仍旧不敢抬头，嗫嚅着答道。

"啊，难道一个梦想的价格就值一小时3.25美元吗？"教练反问道。

这个问题，再简单、再清楚不过了，它明白无误地向亨利揭示了注重眼前得失与树立长远目标之间的不同。就在那年夏天，他全身心地投入到体育运动之中去了，并且就在那一年，他被匹兹堡派尔若特橄榄球队选中了，并且签定了20000美元的协议。此外，他已经获得了亚利桑那大学的橄榄球奖学金，它使亨利获得了大学教育，并且，他在两次民众票选中当选为"全美橄榄球后卫"。在美国国家橄榄球队队员第一轮选拔中，亨利的总分名列第七。1984年，亨利和丹佛的野马队签了170万美元的协议，终于圆了为妈妈买一所房子的梦想。

哲理启示

因为钱而放弃梦想是可悲的，因为梦想的价值远远高于那些钱的价值。不要因为眼前的些许利益，便放弃了对梦想的追求，因为梦想错过便不会再来。

三英尺的差距

达比的叔叔在淘金热时怀着发财的梦想来到西部淘金。他圈出了一块地,拿起锄头和铁铲就开始埋头挖掘梦中的黄金。

辛苦了几个星期后,他终于看到了闪闪发光的矿石。但是因为没有器械把这些矿石运出去,他就只好悄悄地把矿藏掩盖起来,然后回到马里兰州的威廉斯堡。他把这个重大的发现告诉了亲友和一些邻居,他们凑足了钱,买了器械运到西部,达比和叔叔则回到矿区继续挖矿。

第一车矿石运到冶炼厂冶炼出来后,证明了他们找到的是科罗拉多最丰富的矿藏之一。如果能再挖上几车矿石,就可以偿还欠下的所有债务了,然后,就是滚滚而来的大笔财富了。

但是正当矿井越来越深,达比和叔叔的希望也越来越大的时候,金矿居然不见了!聚宝盆不存在了,他们所有的希望都变成了泡影!他们拼命地挖,然而天不遂人愿,金矿再也没有出现。

最后,他们只好失望地放弃了。

他们把器械以几百美元的低价卖给一个旧货商,然后乘火车回了家。那个旧货商找来了一个采掘工程师查勘矿区,然后进行了仔细的估算。采掘工程师认为矿主没有采掘成功的主要原因是他们不懂"断层线"。他估算,再挖三英尺,达比和叔叔就能重新找到金矿!金矿就在三英尺之下,然而达比和叔叔已经选择了放弃。

哲理启示

在你精疲力竭的时候,也许你离终点只有一步之遥!当你失去信心,准备放弃的时候,也许成功就在你的最后一次尝试之后。坚持不懈是一种可贵的品质,同时也是促进成功的加速度。

无须解释

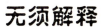

20世纪60年代初,美国有位大学校长竞选州议会议员。此人资历很高,又精明能干、博学多才,看起来胜算极大。但是,选举期间有个谣言散布开来:这位校长曾跟一位年轻女教师有那么一点"暧昧"关系。由于按捺不住对恶毒谣言的怒火,这位候选人在每次集会中,都要极力澄清事实。其实,大部分选民根本没有听说过这件事。但是,现在人们却越来越相信有那么一回事。公众们振振有词地反问:"如果他真是无辜的,为什么要百般狡辩呢?"最悲哀的是,连他的太太也开始转而相信谣言,夫妻关系破坏殆尽。最后,他失败了,从此一蹶不振。屏幕硬汉施瓦辛格竞选州长时,也面对了各种刁难和中伤,可他对此根本不去理会,也不去应答那些无聊的责难。这反而更增加了他在选民中的人格魅力,赢得了更多的信赖和支持,并最终获得了胜利。

哲理启示

身正不怕影子歪,不做亏心事,不怕鬼敲门。这些俗语反映了一个道理:不要被影响你前进的绊脚石牵绊。坚定自己的意志,认准自己的方向,勇敢向前才是正确的选择。

野蛮民族的奇怪信仰

澳洲曾经出现过一个野蛮民族，族人不分男女老幼，个个强壮有力，赤手空拳也能和狮、虎搏斗。残暴的性情加上天赋的力量，令其他弱小的族群长期生活在他们的欺凌之下。

但经过调查，这支民族后来却是澳洲所有稀少民族中最先灭亡的一支。

听说，有人暗查出这个民族传袭着一种奇怪的信仰——禁止洗澡。他们认为身体的污垢是神赐的礼物，若是加以洗净，力量就会消失，形同软弱的兔子，毫无反抗之力，只有任敌人宰割。

于是，几支弱小民族联合起来，在一个风雨交加的夜晚，将暴涨的河水引进他们所居住的洞穴。果然，突如其来的河水，令他们发出惊惶的哀号，一时之间，仿佛失去了所有的力量，一个个痴呆地瘫倒在地。当一支支石刀刺进他们的胸膛，尽管鲜血四溅，他们却在相信力量已经完全消失的心理状态下，不作任何抵抗。

哲理启示

不符合逻辑的信条往往会使人陷入深渊，无法自拔。一个真正聪明的人只会将信条作为辅助力量，而自己才是主宰自己的最主要力量。

纯真的梦想

汉德·泰莱是纽约曼哈顿区的一位神甫。

那天,教区医院里一位病人生命垂危,他被请过去主持临终前的忏悔。他到医院后听到了这样一段话:"仁慈的上帝!我喜欢唱歌,音乐是我的生命,我的愿望是唱遍美国。作为一名黑人,我实现了这个愿望,我没有什么要忏悔的。现在我只想说,感谢您,您让我愉快地度过了一生,并让我用歌声养活了我的6个孩子。现在我的生命就要结束了,但死而无憾。仁慈的神甫,现在我只想请您转告我的孩子,让他们做自己喜欢做的事吧,他们的父亲是会为他们骄傲的!"

一个流浪歌手,临终时能说出这样的话,让泰莱神甫感到非常吃惊,因为这名黑人歌手的所有家当,就是一把吉他。他的工作是每到一处,把头上的帽子放在地上,开始唱歌。40年来,他如痴如醉,用他苍凉的西部歌曲,感染他的听众,从而换取那份他应得的报酬。

黑人的话让神甫想起五年前曾主持过的一次临终忏悔。那是位富翁,住在里士本区,他的忏悔竟然和这位黑人流浪汉差不多。他对神甫说:"我喜欢赛车,我从小研究它们、改进它们、经营它们,一辈子都没离开过它们。这种爱好与工作难分、闲暇与兴趣结合的生活,让我非常满意,并且从中还赚了大笔的钱,我没有什么要忏悔的。"

白天的经历和对那位富翁的回忆,让泰莱神甫陷入思索,当晚,他给报社去了一封信,信里写道:"人应该怎样度过自己的一生才不会留下悔恨呢?我想也许做到两条就够了。第一条,做自己喜欢做的事;第二条,想办法从

中赚到钱。"

后来,泰莱神甫的这两条生活信条,被许多美国人信奉——的确,人生如此,也没什么好后悔的了。

哲理启示

走自己选择的路,才会满身力量,义无反顾;做自己喜欢做的事,才会使生命充实,问心无愧。自我的、自由的、自发的,才会是坦荡的、快乐的、幸福的。

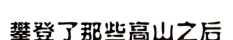

攀登了那些高山之后

在英国伦敦,一位名叫斯尔曼的残疾青年,他的一条腿患上了慢性肌肉萎缩症,走起路来都很困难,可他凭着坚强的意志和信念,创造了一次又一次令人瞩目的壮举:

19 岁时,他登上了世界最高峰珠穆朗玛峰;21 岁时,他登上了阿尔卑斯山;22 岁时,他登上了乞力马扎罗山;28 岁时,他登上了世界上所有著名的高山……

然而,就在他 28 岁这年的秋天,却突然在寓所里自杀了。

功成名就的他,为什么会选择自杀呢? 有记者了解到,在他 11 岁时,他的父母在攀登乞力马扎罗山时不幸遭遇雪崩双双遇难。父母临行前,留给了年幼的斯尔曼一份遗嘱,希望他能像父母一样,一座接一座地登上世界著名的高山。

年幼的斯尔曼把父母的遗嘱作为他人生奋斗的目标,当他全部实现这些目标的时候,感到了前所未有的无奈和绝望。

在自杀现场,人们看到了斯尔曼留下的痛苦遗言:"这些年来,作为一个残疾人创造了那么多征服世界著名高山的壮举,那都是父母的遗嘱给了我生命的一种信念。如今,当我攀登了那些高山之后,我感到无事可做了……"

斯尔曼因失去人生的目标,而失去了人生的全部。

哲理启示

　　不要把别人对你的期许看成是自己的目标,生命的意义在于不断地自我实现。只有自己给自己树立了目标,然后努力地实现它,生命才会因此而丰富绚烂。

62

拿破仑的孙子

托尼是一名普普通通的银行职员。从专科学校毕业后,他就一直待在这家银行。八年过去了,他的身份和刚到这家银行相比,没有任何变化。他没有犯过什么大的错误,但也没有任何功绩。在银行里,他似乎是个可有可无的人,尽管他从未迟到过。已经30多岁了,可他还是住在单身公寓里。

他在这座城市里没有亲人,在别的地方也没有——托尼是个孤儿,他是在孤儿院长大的。相比自己那些流浪街头的儿时伙伴来说,他觉得自己的境遇已经足够好了。即便公司里所有的人都喊着加薪,他也不会参与其中。这不单单是因为他没有这个胆量,更多的原因是:他觉得自己得到了应该得到的。现在的生活已经很不错了,他从未想过自己还能过更好的生活。

本来日子就这样平静地过去。可詹姆斯的一个玩笑却改变了托尼的一生。

一天上午,詹姆斯看到报纸上有一则关于拿破仑后裔的文章。文中提到,这些后裔很可能就分布在今天伦敦的市郊。他们中有大部分都是孤儿。这则不大不小的消息让詹姆斯有了鬼主意。他知道托尼是孤儿,而且托尼所在的孤儿院正好在伦敦市郊,就编了个故事。为了达到更好的效果,他还和几位同样无聊的同事商量了一番。大家打算捉弄一下这个老实得有些呆头呆脑的托尼。

当托尼吃过午饭,回到办公室的时候,詹姆斯便开始大呼小叫地向托尼喊:"托尼,你的身世终于弄清了!"其他几位同事也随声附和着。托尼大吃一惊,在此之前,他从没想过自己的身世还有水落石出的一天。当大家告诉

托尼,他很有可能是拿破仑的曾孙时,托尼的第一个反应竟然是:"拿破仑是谁?"

这个片断在后来被演绎成整栋银行大楼里最搞笑的故事。詹姆斯做梦也没有想到托尼会问这样的问题。也难怪,托尼除了对数字很感兴趣,便很少有其他的兴趣和爱好。他对历史一向没有兴趣。但这一回,为了弄清自己的身世,托尼决定破一次例。

他从图书馆中找来了所有和拿破仑有关的书。从阅读的过程中,托尼慢慢知道了,拿破仑是让整个欧洲为之颤抖的大英雄,他曾率领着法国的骑兵踏遍欧洲的土地。即便被囚禁至死,他也仍然是个让敌人望而生畏的家伙。

意识到自己是这样一位伟大英雄的后代,托尼开始热血沸腾了。他开始反思自己的现状。一位法国皇族的后裔,一位英雄的后代应该过什么样的生活呢?托尼开始对自己的现状万分不满。他开始大量学习与银行业相关的一切。他开始频繁地加班,他开始做有可能让自己出人头地的一切,这一切,只为了不辱没自己的祖先。

十年后,托尼已经成为另一家银行的总经理。同时,他还拥有了数家属于自己的企业。他终于实现了自己的梦想——离自己的祖先所创下的成就更近一些。一次偶然的机会,他又碰到了詹姆斯。闲聊中,二人谈到了托尼的身世。仍然在做小职员的詹姆斯不好意思地向托尼坦白,那只不过是大家和托尼开的玩笑,没有任何证据证明托尼是拿破仑的后裔。

但托尼毫不在乎地摇摇头:"那没什么,现在我是不是拿破仑的后裔已经不重要了,我已得到了梦想中的一切。我还要谢谢你们当年和我开的玩笑,否则我可能仍然在做我的小职员。"

哲理启示

　　在我们每个人的血脉中,都可能拥有辉煌和灿烂,关键是我们对自己是否有信心。你现在普通,并不代表你今后普通,把自己看得高贵和伟大一些,并为此去努力奋斗。

帕瓦罗蒂的中国学生

奥地利皇家歌剧院的首席歌唱家黑海涛原本不过是北京音乐学院的一位来自陕北地区的学生,他是如何取得成功的呢?

世界歌王帕瓦罗蒂到北京来的时候,顺便去了趟北京音乐学院。机会难得,当时许多有背景的人都想让这位歌王听一听自己子女的声音。帕瓦罗蒂耐着性子听,不置可否。这时,窗外有一个男孩引吭高歌,唱的正是名曲《今夜无人入睡》,歌者就是从陕北山区来的学生黑海涛。

听到窗外的歌声,帕瓦罗蒂说:"这个学生的声音像我。"接着他又说:"这个学生叫什么名字? 我要见他,并收他做我的学生。"后来,帕瓦罗蒂亲自张罗黑海涛出国深造事宜(但终因种种原因而未拿到签证)。

1998 年,意大利举行世界声乐大赛,正在奥地利学习的黑海涛写信给帕瓦罗蒂。于是,帕瓦罗蒂亲自给意大利总统写信,终于使黑海涛成行,并在那次大赛上获得名次。

这个奇迹说明,你是千里马,但是你还得叫。如果没有黑海涛那一曲《今夜无人入睡》,此刻他大概会在一个中学当音乐老师。

哲理启示

勇敢地表现自己一次,就是多给了自己一次机会。珍珠之所以不同于石头,是因为它发出了光芒。怯懦地埋藏自己的光芒,无异于是在躲避成功的机遇。

你能成为歌德

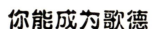

德国著名诗人海涅，年幼时并不是一名好学生，他的作文从来都是老师讥笑的话题，这一度使他对写作丧失了信心。一到语文课，他不是旷课，就是和同学打闹，甚至搞一些恶作剧，想方设法出老师的丑，有几次学校几乎要开除他。直到升入中学，这种状况才有了很大转变。尽管他仍写不好作文，但老师从他那跨越时空的大胆想象中，看到了一棵诗人的苗子。从此之后，老师再也没有按自己的想法强迫他写作文，而是鼓励他说，按你自己的方式写下去，你一定能成为像歌德一样伟大的诗人。

"我能成为像歌德一样伟大的诗人?"小海涅被老师的话震惊了。尽管他当时连歌德是个什么样的人都不知道，但他知道"伟大"是一个很了不起的词，因为他的父亲在说起"伟大"一词时，说的都是德国历史上那些名垂青史的英雄人物。

"能，一定能!"老师拉过小海涅的手说，"不过有一条你要记住，你要向歌德学习。"小海涅记下了这句话，并相信了这句话。后来老师又不失时机地一步一步告诉他向歌德学什么，小海涅竟一丝不苟地按着老师的话去做。老师说，说话要像歌德一样文明，他就再也没有说过一句污言秽语。老师说，要像歌德一样学好知识课，他上课认真听讲的程度就超过了班上任何一名学生。老师说，要勤思考，勤写作，他就专门准备了一本写作的本子，一年要用掉好几本。

经过多年的努力，海涅真的写出了《北海纪游》、《德国——一个冬天的童话》和《旅行记》等在德国和其他国家文艺界产生过积极影响的诗歌和散

文作品,被公认为是继歌德后德国最重要的诗人。

成名后的海涅,给当年的老师写了一封充满感激之情的信,其中有这样一段话:"后来我才知道,您给我讲的那些有关歌德的故事是不真实的,但它对我的益处却是真实的。正是有了这一个又一个信念的激励,注定了我的昨天,也注定了我的今天。"

哲理启示

拥有信念的人,会因为这个信念而发挥出其内在的全部潜能,信念缔造热情,热情促成了成功,所以说,拥有了信念,也便看到了成功的希望。

50年前的作文

有个叫布罗迪的英国老师,在整理阁楼上的旧物时,发现了一摞练习册,它们是50年前皮特金幼儿园B(2)班31位孩子的春季作文,题目叫:"未来我是……"

布罗迪顺便翻了几本,很快被孩子们千奇百怪的自我设计迷住了。比如,有个叫彼得的小家伙说,未来的他是海军大臣,因为有一次他在海中游泳,喝了3升水,都没有被淹死;还有一个说,自己将来必定是法国总统,因为他能背出25个法国城市的名字,而其他同学最多只能背出7个;最让人称奇的,是一个叫戴维的小盲童,他认为,将来他必定是英国的一个内阁大臣,因为在英国还没有一个盲人进入过内阁。

总之,31个孩子都在作文中描述了自己的未来:有当驯狗师的;有当领航员的;有做王妃的,五花八门,应有尽有。

布罗迪读着这些作文,突然有一种冲动——何不把这些本子重新发到同学们手中,让他们看看现在的自己是否实现了50年前的梦想。

当地一家报纸得知他的这一想法后,为他发了一则启事。没几天,书信向布罗迪飞来。他们中间有商人、学者及政府官员,更多的是没有身份的人,他们表示,很想知道儿时自己的梦想,并且很想得到那本作文簿,布罗迪按地址一一给他们寄去。

一年后,布罗迪身边仅剩下一个作文簿没有人索要。他想,这个叫戴维的人也许死了。毕竟50年了,50年间是什么事都会发生的。就在布罗迪准备把这个本子送给一家私人收藏馆时,他收到内阁教育大臣布伦科特的一

69

封信。他在信中说:"那个叫戴维的就是我,感谢您还保存着我们儿时的梦想。不过我已经不需要那个本子了,因为从那时起,我的梦想就一直在我的脑子里,我没有一天放弃过;50年过去了,可以说我已经实现了那个梦想。今天,我还想通过这封信告诉我其他的30位同学,只要不让年轻时的梦想随岁月流逝,成功总有一天会出现在你面前。"布伦科特的这封信后来被发表在《太阳报》上,因为他作为英国第一位盲人大臣,用自己的行动证明了一个真理。

哲理启示

梦想不需要总是挂在嘴边,梦想应该深藏于心底,并时时刻刻准备为之付出辛苦与努力。一个人会因为有了梦想而变得充实和坚强。

一个漂流瓶

15世纪中叶的一个夏天，航海家哥伦布从海地岛海域向西班牙胜利返航。

怀着又一次航海探险成功的喜悦，哥伦布率领他的船队在风平浪静、一望无际的茫茫大海上像海鸟一样轻松地游弋，经历了惊涛骇浪的船员都在甲板上默默祈祷：上帝呀，请让这和煦的阳光一直陪伴我们返回到西班牙吧。

但船队刚离开海地岛不久，天气就骤然变得十分恶劣。天空布满乌云，远方电闪雷鸣，巨大的风暴从远方的海上向船队扑来。这是哥伦布航海史上遭遇的最大一次风暴，有几艘船已经被排浪打翻了，只一闪，便沉入了大海的深渊。船长悲壮地告诉哥伦布说："我们将永远不能踏上陆地了。"

哥伦布知道，或许就要船毁人亡了。他叹口气对船长说："我们可以消失，但资料却一定要留给人类。"哥伦布钻进船舱，在疯狂颠簸的船舱里，迅速地把最为珍贵的资料缩写在几页纸上，卷好，塞进一个玻璃瓶里并加以密封后，将玻璃瓶抛进了波涛汹涌的茫茫大海。

"有一天，这些资料一定会漂到西班牙的海滩上！"哥伦布自信而肯定地说。"绝不可能！"船长说，"它可能会葬身鱼腹，也可能被海浪击碎，或许会深埋沙底，但它不可能被冲到西班牙海滩上去！"

哥伦布自信地说："或许是一年两年，也许是几个世纪，但它一定会漂到西班牙去，这是我的信念。上帝可以辜负生命，却绝不会辜负生命坚持的信念。"

　　幸运的是,哥伦布和他的大部分船只在这次空前的海上风暴中死里逃生了。回到西班牙后,哥伦布和船长都不停地派人在海滩上寻找那个漂流瓶,但直到哥伦布离开这个世界时,那个漂流瓶也没有找到。

　　1856 年,大海终于把那个漂流瓶冲到了西班牙的比斯开湾,而此时,距哥伦布遭遇的那场海上风暴,已经整整过去了三个多世纪。上帝不会辜负生命的信念,上帝没有辜负哥伦布的信念。

哲理启示

　　坚守信念是需要勇气和乐观的精神的,一个人的绝望是对其信念的最大背叛,而无论身处什么样的困境,却能一如既往地坚守信念的人,是可以创造奇迹的。

战胜癌症

卡尔·赛蒙顿是美国一位专门治疗晚期癌症病人的著名医生。在他的从医生涯中，有这样一则有趣的故事：

有一次，赛蒙顿医生治疗一位 61 岁的癌症病人。当时这位病人因为病情的影响，体重大幅下降，瘦到只有 98 磅（约合 44 千克），癌细胞的扩散使他无法进食，甚至连吞咽都很困难。

赛蒙顿医生告诉这位患者，将会全力为他诊治，帮助他对抗恶疾。同时每天将治疗进度详细地告诉他，并清楚讲述医疗小组治疗的情形，及他身体对治疗的反应，使得病人对病情得以充分了解，充分和医护人员合作。结果治疗情形出奇地好。赛蒙顿医生认为这名患者实在是个理想的病人，因为他对医生的嘱咐完全配合，使得治疗过程进行得十分顺利。

更关键的是，赛蒙顿医生教这名病人运用想象力，想象他体内的白血球大军如何与顽固的癌细胞对抗，并最后战胜癌细胞的情景。结果数星期之后，医疗小组果然抑制了癌细胞的破坏性，成功地战胜了癌症。对这个杰出的治疗结果，就连医生本人都感到惊讶。

哲理启示

绝症并不可怕，关键是要有抗击绝症的勇气和信念。如果坚信自己可以克服困难，那么你就可以克服它，因为坚信会成功，所以结果便会成功。

信念的力量

　　这是发生在非洲的一个真实的故事。九名矿工在很深的矿井下采煤，突然，矿井倒塌，出口被堵住，矿工们顿时与外界隔绝。这种事故在当地并不少见，凭借经验，他们意识到自己面临的最大问题是缺乏氧气，井下的空气最多还能让他们生存三个半小时。九人当中只有一人有手表。于是大家商定，由戴表的人每半小时通报一次。当第一个半小时过去的时候，戴表的矿工轻描淡写地说："过了半小时了。"但是他的心里却是异常地紧张和焦虑，因为这是在向大家通报死亡线的临近。这时，他突然灵机一动，决定不让大家死得那么痛苦。第二个半小时到了，他没有出声，又过了一刻钟，他打起精神说："一个小时了。"其实，时间已经过了 75 分钟。又过了一个小时，戴表的矿工才第三次通报所谓的"半小时"。同伴们都以为时间只过了 90 分钟，只有他知道，135 分钟已经过去了。事故发生四个半小时后，救援人员终于进来了，令他们感到惊异的是，九人中竟有八人还活着，只有一个人窒息而死——他就是那个戴表的矿工。

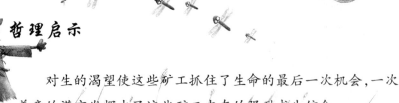

哲理启示

　　对生的渴望使这些矿工抓住了生命的最后一次机会，一次善意的谎言发挥出了这些矿工内在的强烈求生信念。

细节
决定成败

等待上帝的神父

在一个很远的地方,有一个小村落。有一天,突然下了一场非常大的暴雨,形成了特大山洪,洪水淹没了整个村庄。

村子里有座教堂,一位神父正在教堂里祈祷平安,眼看洪水很快就要淹到他跪着的膝盖了,他依然很虔诚地膜拜。这时,一个村人驾着舢板来到教堂,他发现神父还在教堂,就很着急地跟神父说:"神父,赶快上来吧! 不然,洪水会把你淹死的!"神父很执著地说:"不! 我深信上帝会来救我的,你先去救别人好了。"村人无奈,只好先行营救其他人。

过了不久,洪水越涨越高,已经淹过了神父的胸口了,神父只好勉强站在祭坛上躲避。这时,又有一个救生员开着快艇过来了,他在尽力寻找落下的人,看到了祭坛上的神父,他高兴万分,急切地跟神父说:"神父,快上来,再不走你就会被淹死的!"神父依然摇头:"不,我要守住我的教堂,我相信上帝一定会来救我的。你还是先去救别人好了。"救生员劝说不动,为了赢得时间,就很遗憾地去寻找其他人了。

又过了片刻,洪水已经把整个教堂淹没了,神父再也没有地方可躲了,他只好紧紧抓住教堂顶端的十字架。有一架直升飞机从远方缓缓地飞了过来,飞行员丢下了绳梯之后大声呼叫:"神父,快点上来啊,如果再不走,洪水会漫过教堂顶端,再也没有机会逃亡了,我们可不愿意见到你被洪水淹死啊!"神父还是意志坚定地说:"不,我要守住我的教堂! 上帝不会不管我,他一定会来救我的。你还是先去救别人好了,上帝会与我同在的!"

说话间,洪水滚滚而来,一个大浪打过来,神父被卷了进去再也没上来,固

执的神父终于被淹死了……

神父上了天堂，见到上帝后非常生气地质问："主啊，我是多么忠诚，终生奉献自己，兢兢业业地侍奉您，为什么您还这么残忍，根本就不肯救我！"

上帝说："我怎么不肯救你？第一次，我派了舢板来救你，你不要，我以为你担心舢板危险；第二次，我又派一只快艇去，你还是不要；第三次，我以国宾的礼仪待你，再派一架直升飞机来救你，结果你还是不愿意接受。我以为你急着想要回到我的身边来，可以好好地陪我，所以就默许了。"

哲理启示

有时候，接受了别人的援助，会使自己更快地到达目的地。遇到困难的时候，一味地把希望寄托在虚无缥缈的信念上，将毫无用处。

为谁辛苦为谁忙

曾是美国首富的石油大亨保罗·盖蒂,年轻时家境并不好,守着一大片收成很差的旱田。有时挖水井,会冒出黏糊糊的液体,后来才知道是石油。

于是水井变油井,旱田变油田,他雇工开采起石油来。

保罗·盖蒂没事便到各油井去巡视,每次看到浪费的现象和闲人,他都要把工头叫来,要求消除浪费和闲人。然而,下次再去,浪费、闲人如故。

保罗·盖蒂百思不得其解:"为何我不常来,都看得出浪费和闲人,而那些工头天天在此,却视而不见?"

后来,保罗·盖蒂遇到了一位管理专家,便向他请教。

专家只一句话,便点醒了保罗·盖蒂。他说:"那是你自己的油田。"

保罗·盖蒂醒悟了,立即招来各工头,向他们宣布:"从此油井交给各位负责经营。收益的25%由各位全权分配。"

此后,保罗·盖蒂再到各油田去巡视,发现不仅浪费、闲人绝迹,而且产出大幅增加。于是他也便依约行事。

由于如此高效经营,他的公司不仅在后来一波波的兼并中没被并购,反而兼并了更多别的经营不善的油井,成了石油大王。

仔细想想,企业经营亦无什么奥秘,只要每位员工肯努力耕种"自己的田",则丰收可期。

但是,凭什么让员工觉得不只是"为人作嫁",而真正感受到努力与报酬成正比呢?

除了分红入股之外,恐怕须借助一套公平合理的高效管理体系,让高层、中层、基层皆能看到,并得到各自的努力目标及成果,较之画饼充饥或只分到些芝麻粒,更具激励性。

哲理启示

利益是人不断追求和努力达成的目标,所以尽量满足合作方的利益,使对方在心理上和收益上保持平衡,由此,自己也会获得相应多的利益。

学会倾听

美国汽车推销之王乔·吉拉德曾有一次深刻的体验。一次,某位名人来向他买车,他推荐了一种最好的车型给他。那人对车很满意,并掏出10000美元现钞。眼看就要成交了,对方却突然变卦而去。

乔为此事懊恼了一下午,百思不得其解。到了晚上11点,他忍不住打电话给那人:"您好! 我是乔·吉拉德,今天下午我曾经向您介绍过一部新车,眼看您就要买下,为什么却突然走了?"

"喂,你知道现在是什么时候吗?"

"非常抱歉,我知道现在已经是晚上11点钟了,但是我检讨了一下午,实在想不出自己错在哪里了,因此特地打电话向您讨教。"

"真的吗?"

"肺腑之言。"

"很好! 你用心在听我说话吗?"

"非常用心。"

"可是,今天下午你根本没有用心听我说话。就在签字之前,我提到我的吉米即将进入密执安大学念医科,我还提到他的学科成绩、运动能力以及他将来的抱负,我以他为荣,但是你毫无反应。"

乔不记得对方曾说过这些事,因为他当时根本没有注意。乔认为已经谈妥那笔生意了,他不但无心听对方说什么,反而在听办公室内另一位推销员讲笑话。这就是乔失败的原因:那人除了买车,更需要得到对方的注意和重视。

哲理启示

上天给了人一个嘴巴,两个耳朵,目的就是要人少说多听。学会倾听,会使你结交更多的朋友;学会倾听,会使你不断有新的收获;学会倾听,是智慧和谦虚的表现。

5 美元的力量

　　柏年在美国的律师事务所刚开业时,连一台复印机都买不起。移民潮一浪接一浪涌进美国时,他接了许多移民的案子,常常深更半夜被唤到移民局的拘留所领人,还不时地在黑白两道间周旋。他开一辆掉了漆的汽车,在小镇间奔波,兢兢业业地做律师。终于媳妇熬成了婆,电话线换成了四条,扩大了办公室,又雇用了专职秘书、办案人员,气派地开起了"奔驰",处处受到礼遇。然而,天有不测风云,一念之差,他将资产投资股票而几乎尽亏,更不巧的是,岁末年初,《移民法》又被再次修改,职业移民名额削减,顿时门庭冷落。他想不到从辉煌到倒闭几乎是一夜之间。这时,他收到了一封信,是一家公司总裁写的:愿意将公司30%的股权转让给他,并聘他为公司和其他两家分公司的终身法人代理。他不敢相信自己的眼睛。他找上门去,总裁是个只有40出头的波兰裔中年人。"还记得我吗?"总裁问。他摇摇头。总裁微微一笑,从硕大的办公桌的抽屉里拿出一张皱巴巴的5块钱汇票,上面夹的名片,印着柏年律师的地址、电话。他实在想不起还有这一桩事情。"10年前,在移民局里,"总裁开口了,"我在排队办工卡,排到我时,移民局已经快关门了。当时,我不知道工卡的申请费用涨了5块钱,移民局不收个人支票,我又没有多余的现金,如果我那天拿不到工卡,雇主就会另雇他人了。这时,是你从身后递了5块钱上来。我要你留下地址,好把钱还给你,你就给了我这张名片。"他也渐渐回忆起来了,但是仍将信将疑地问:"后来呢?""后来我就在这家公司工作,很快我就发明了两项专利。我到公司上班后的第一天就想把这张汇票寄出,但是一直没有。我单枪匹马来到美国闯

天下,经历了许多冷遇和磨难。这5块钱改变了我对人生的态度,所以,我不能随随便便就寄出这张汇票。"

哲理启示

相信别人,真诚地帮助别人,你会得到出人意料的收获和回报。乐于帮助别人的人是充实的,因为他的帮助不仅解决了对方的困难,而且还温暖了对方的心灵。

没有下一次

　　某人从日本回来,想投资开一个日式料理店,让朋友帮他选择地点,他们跑遍了整个城市,看了无数的房子,最后他从中挑选出 10 个,列为准店,把它们的位置、环境、布局等方面的优劣列成清单,反复比较,从中优选出 3 个,然后把这 3 个店的位置、环境、布局及服务内容等方面列成一个更为详细的调查表,委托一家信息咨询公司作市场调查,根据调查回馈,最后确定其中一个,接下来开始装修。请来装修公司,详细地讲述他的意图,他说得太详细了,不仅店内所有的空间包括门厅、厨房、卫生间里的每一个角落都不放过,而且,店外远至百米的路段也作了精心布置,简直精细到了极点,甚至显得有些婆婆妈妈。

　　店终于按照他的要求装修好了,进到里面,给人的第一感觉是舒服,第二感觉还是舒服,你能想到的他全想到了。可他还不放心,让朋友帮他挑毛病,看看还有什么没想到的地方。从选店址到装修,他不仅多跑了许多路、多花了许多钱,更重要的是,花了许多时间,如果换成别人,现在早营业赚钱了,可他还在这儿挑毛病。朋友说:"挺好的,赶快开业吧,早开一天早收入一天。"

　　他看着朋友说:"正式开业还要等一个星期,从明天开始,我请你带朋友来吃饭,全部免费,但有一条,每吃一次,至少要提一条意见。"

　　"为什么?"朋友大为不解。

　　"因为在日本,不能让客人等候超过 5 分钟,不能让他有任何不满意的地方。现在开业,我没有把握,所以我付费请咨询公司替我找最挑剔的顾客来,如果你方便也请你来,多挑毛病,拜托了!"他说。

　　"你也太认真了,这是在中国,不用这样,要我说,先开业,发现问题再

85

说，现改也来得及。"

"不，我不能拿顾客做试验，在日本，我作过调查，开业最初10天进店的顾客，基本上就是你店里长期的顾客，如果你在这10天里留不住顾客，你就得关门。"

"为什么？一个新开的店，有点儿不足是难免的，客人也会谅解的，下次改正就行了。"

"不，在日本，没有下次，只给你一次机会。我刚到日本和日本人初次交往时，觉得他们很傻，你说什么他都信，你如果想骗他们其实很容易，但是他只给你骗一次，以后他永远都不会和你来往。在日本，只要你是因本人的原因犯错，你就得走，你不必说'对不起，这次我错了，给我机会，我保证下次改正'。没有下次，只给你一次机会。"

朋友看着他，突然明白了为什么这些天来，他如此认真、如此精细。这个在别人看来没什么了不起的料理店，在他看来，仅次于他的生命，因为他深深知道，这既是他的第一个店，也是他的最后一个店，成败只此一次，没有再一，更无再二。

哲理启示

　　没有最好，只有更好。只有不断地精益求精，才会稳健地进入成功之门。人生在世，会遇到许多对我们来说很残酷的事情，第一次就做好，会减少许多悔恨和错误。

细节决定成败

满清末期,为了以军事强国,满清政府向德国购买了大批军舰,组建了亚洲第一的"北洋水师"。而当时的日本不过是刚刚摆脱殖民地统治的小国,他们手中的军舰远不及北洋水师,但此时的日本却已经开始谋图他们身边这位曾经的老师。

为了搞清中国海军的真正实力,日本人派出间谍屡次刺探北洋水师的底细。当日本间谍发现中国的海军竟然在舰炮上晾晒衣服时,他们及时把这一发现报告给了自己的长官。

日本人经过分析,觉得中国虽然拥有先进的军舰,但是却疏于训练,于是决定向中国开战。

结果,甲午海战,我们全军覆没。

一百多年后的一天,一位外商来到中国某个城市的工厂。他们决定对这个企业进行战略投资。如果合作达成,该市的就业和经济发展都将大受其益。

外商看着齐全的设备、认真工作的员工,不住地啧啧称叹。就在投资方和中方人员决定返回办公室签合同的时候,中方的厂长吐了一口痰。外商立刻改变了主意,他们通过翻译向中方人员说明:合作计划取消,因为他们不敢相信一个连厂长都随地吐痰的企业能够生产出高质量的产品。

哲理启示

　　小细节的疏忽，可能导致大事情的失败。因小失大的事情从古至今一直不停在上演，所以应该严肃地从这些事情中得到警示，养成重视小事情、小细节的习惯。

华盛顿的"决斗"

1754年,身为上校的华盛顿率领部下驻防亚历山大市。当时正值弗吉尼亚州议会选举议员,有一个名叫威廉·佩恩的人反对华盛顿所支持的候选人。

据说,华盛顿与佩恩就选举问题展开激烈的争论,说了一些冒犯佩恩的话。佩恩火冒三丈,一拳将华盛顿打倒在地。当华盛顿的部下跑上来要教训佩恩时,华盛顿急忙阻止了他们,并劝说他们返回营地。

第二天一早,华盛顿就托人带给佩恩一张便条,约他到一家小酒馆见面。佩恩料想必是一场决斗,做好准备后赶到酒馆。令他惊讶的是,等待他的不是手枪而是美酒。华盛顿站起身来,伸出手迎接他。

华盛顿说:"佩恩先生,人非圣贤,孰能无过。昨天确实是我不对,我不可以那样说,不过你已经采取行动挽回了面子。如果你认为到此可以解决的话,让我们交个朋友。"从此以后,佩恩成为华盛顿的一个狂热崇拜者。

哲理启示

面对冲突时,有些人会火上浇油,结果双方的积怨越来越深。而有些人则会以退为进,结果是双方化仇怨为友谊,后一种做法是聪明人的做法。

89

卡耐基的继母

卡耐基小时候是一个公认的非常淘气的坏男孩。在他 9 岁的时候,父亲把继母娶进家门。当时,他们是居住在弗吉尼亚州乡下的贫苦人家,而继母则来自较好的家庭。他父亲一边向她介绍卡耐基,一边说:"亲爱的,希望你注意这个全县最坏的男孩,他可让我头疼死了,说不定会在明天早晨以前就拿石头扔向你,或者做出别的什么坏事,总之让你防不胜防。"出乎卡耐基意料的是,继母微笑着走到他面前,托起他的头看着他,接着又看着丈夫说:"你错了,他不是全县最坏的男孩,而是最聪明,但还没有找到发泄热忱的地方的男孩。"继母说得卡耐基心里热乎乎的,眼泪几乎滚落下来。就凭着她这一句话,他和继母开始建立友谊。也就是这一句话,成为激励他的一种动力,使他日后创造了"成功的 28 项黄金法则",帮助千千万万的普通人走上了成功和致富的光明大道。因为在她来之前没有一个人称赞过他聪明。

哲理启示

学会赞美别人是一种可贵的品质。赞美别人,是谦虚的表现,是给对方带来光明的体现,是尊重和帮助他人的体现。一个学会赞美别人的人本身便值得被赞美。

宝　箭

这是一个发生在春秋战国时代的故事。一位将军带着他的儿子出征打仗。他的儿子还只是一名马前卒——这位将军希望儿子能从一名普通士兵的角度去理解战争。很快,敌军来到阵前,双方即将开始首次较量。

一阵号角吹过,战鼓鸣过后,父亲庄严地托起一个箭囊,其中插着一支箭。他郑重地对儿子说:"这是家传宝箭,带在身边,力量无穷,但千万不可抽出来。"

儿子仔细观察着眼前这个神秘的"宝贝":这是一个极其精美的箭囊,用厚牛皮打造,镶着幽幽泛光的铜边儿,露出的箭尾一眼便能认定是用上等的孔雀羽毛制作的。儿子喜上眉梢,贪婪地推想箭杆、箭头的模样,心中一下子充满了力量。

冲锋时,儿子一马当先,奋不顾身地拉弓射箭。箭嗖嗖地掠过,敌方的主帅应声落马而毙。果然,佩带宝箭的儿子英勇非凡,所向披靡。当鸣金收兵的号角吹响时,儿子再也禁不住得胜的豪气,完全背弃了父亲的叮嘱,强烈的欲望驱使着他呼的一声拔出宝箭,试图看个究竟。

骤然间他惊呆了。一支断箭,箭囊里装着一支折断的箭。我一直带着支断箭打仗呢!儿子吓出了一身冷汗,仿佛顷刻间失去支柱的房子,意志轰然坍塌了。当敌军重新冲杀过来的时候,儿子不再复刚才的英勇,惨死于乱军之中。

战斗结束了。拂开蒙蒙的硝烟,父亲拾起那支断箭,沉重地啐一口道:"不相信自己的意志,永远也做不成将军。"

哲理启示

意志、理想、宗教，往往可以使人拥有极大的力量，但又像是在沙漠中建的高层建筑，一旦地基不牢，高楼大厦也便随之倒塌。所以，意志也是一柄双刃剑。

博士求职

　　有一位留学美国的计算机博士,毕业后在美国找工作,结果接连碰壁,许多家公司都将这位博士拒之门外。这样高的学历,这样吃香的专业,为什么找不到一份工作呢?

　　万般无奈之下,这位博士决定换一种方法试试。

　　他收起了所有的学位证书,以最低身份再去求职。不久他就被一家电脑公司录用,做一名最基层的程序录入员。这是一份稍有学历的人都不愿去干的工作,而这位博士却干得兢兢业业,一丝不苟。没过多久,上司就发现了他的出众才华:他居然能看出程序中的错误,这绝非一般录入员所能比的。这时他亮出了自己的学士证书,于是老板给他调换了一个与本科毕业生对口的工作。过了一段时间,老板发现他在新的岗位上游刃有余,还能提出不少有价值的建议,这比一般大学生高明。这时他才亮出自己的硕士身份,老板又提升了他。

　　有了前两次的经验,老板也比较注意观察他,发现他还是比硕士有水平,专业知识的广度与深度都非常人可比,就再次找他谈话。这时他拿出博士学位证书,并叙述了自己这样做的原因。

　　此时老板才恍然大悟,接着毫不犹豫地重用了他,因为对他的学识、能力及敬业精神早已全面了解了。

哲理启示

学历并不代表能力,证书并不代表可以胜任。关键是摆正自己的心态,找到属于自己的位置,从点滴做起,从低处做起,是金子总会发光。

林肯的演说

　　1860 年, 林肯作为美国共和党候选人参加总统竞选, 他的对手是大富翁道格拉斯。道格拉斯租用了一辆豪华富丽的竞选列车, 车后安放了一尊大炮, 每到一站, 就鸣炮 30 响, 加上乐队奏乐, 声势之大, 史无前例。道格拉斯得意扬扬地说: "我要让林肯这个乡巴佬闻闻我的贵族气味。"林肯面对此情此景, 一点也不惧怕, 他照样买票乘车, 每到一站, 就登上朋友们为他准备的耕田用的马拉车, 发表这样的竞选演说:

　　"有人写信问我有多少财产。我有一个妻子和三个儿子, 他们都是无价之宝。此外, 我还租有一个办公室, 室内有办公桌一张, 椅子三把, 墙角还有一个大书架, 架上的书值得每个人一读。我本人既穷又瘦, 脸蛋很长, 不会发福, 我实在没有什么可以依靠的, 唯一可依靠的就是你们。"

　　选举结果大出道格拉斯所料, 竟是林肯获胜, 当选美国总统。

哲理启示

　　善于抓住听众的最大窍门便是把他们看成是主角。林肯在大选中把众多选民视为自己依靠的对象, 可以说是他作为一个演说家的聪明之处。

一只苍蝇

　　这是一场举世瞩目的赛事。台球世界冠军已走到卫冕的门口了。他只要把最后那个8号球打进球洞,凯歌就奏响了。就在这时,不知从什么地方飞来了一只苍蝇。苍蝇第一次落在他握杆的手臂上,有些痒,冠军停下来,苍蝇飞走了。冠军俯下腰去,准备击球。苍蝇又来了,这回竟飞落在了冠军紧锁的眉头上。冠军不情愿地停下来,烦躁地去打那只苍蝇。苍蝇又轻捷地逃脱了。冠军做了一番深呼吸去击那只8号球。天啊!他发现那只苍蝇又回来了,像个幽灵似的落在8号球上。冠军怒不可遏,拿起球杆对着苍蝇捅过去,苍蝇受惊飞走了。可球杆触动了8号球,按照比赛规则,该轮到对手击球了。对手抓住机会死里逃生,一口气把该进的球都打进了。

　　卫冕失败,冠军恨死了那只苍蝇。

哲理启示

　　小不忍则乱大谋。成大事的人大都有颗平静、镇定的心,对一点儿小事就表现出烦躁和不耐烦的人,结局不会太完美。

温水中的青蛙

有位科学家作了这样一个实验:他捉来一只青蛙,并把它抛进盛满沸水的铁锅里。青蛙立刻挣扎着跳出来。

接下来,科学家又把它放进一口盛满冷水的锅里,并慢慢给锅加热。青蛙在里面十分舒服地游着泳,一点儿也没有感觉到即将到来的危险。当水温变得非常高时,青蛙想跳出来,可是它已经没有力气了。就这样,一只从沸水中逃生的青蛙却死在了温水里。

哲理启示

安于现状的人最终会被不断变化的世界所吞没,只有居安思危,不断地以变应变的人才会一直站在时代的潮头,不因眼前的美景和诱惑搁浅。

97

传 话

1910 年,美国部队在一次传递命令中的情况是这样的:

营长对值班军官:明天 8 点钟左右,哈雷彗星可能在这一地区看到,这种彗星每隔 76 年才能看到一次。命令所有士兵着野战服在操场上集合,我将向他们解释这一罕见现象。如果下雨的话,就在礼堂里集合,我将为他们放映一部关于彗星的片子。

值班军官对连长:根据营长命令,明晚 8 点哈雷彗星将在操场上出现,如果下雨的话,就让士兵穿着野战服去礼堂,这个现象将在那里出现。

连长对排长:根据营长的命令,明晚 8 点,非凡的哈雷彗星将身穿野战服在礼堂出现。如果操场上下雨的话,营长将下达下一个命令,这种命令每隔 76 年才会出现一次。

排长对班长说:明晚 8 点,营长将带着哈雷彗星在礼堂出现,这是每隔 76 年才会有的事。如果下雨的话,营长将命令哈雷彗星身穿野战服到操场上去。

班长对士兵说:在明晚 8 点下雨的时候,著名的 76 岁的哈雷将军将在营长的陪同下身穿野战服开着那辆"彗星"牌汽车经过操场前往礼堂。

哲理启示

要有追根溯源的精神和习惯,对于人们口口相传的东西,一定要加以认真鉴别、追究,不要轻易把别人的结论当成自己的结论。

98

钉子与战争

国王理查德三世准备拼死一战了。里奇蒙得伯爵亨利带领的军队正迎面扑来,这场战斗决定着谁将统治英国。

战斗进行的当天早上,理查德派马夫去备好自己最喜欢的战马。

"快点给它钉掌。"马夫对铁匠说,"国王希望骑着它打头阵。"

"你得等等,我前几天给国王全军的马都钉了掌,现在我得找点铁片来。"铁匠回答道。

"我等不及了,敌人正在不断前进,我们必须在战场上迎击敌兵,有什么就用什么吧。"马夫不耐烦地说。

铁匠埋头干活,从一根铁条上弄下四个马掌,把它们砸平、整形后固定在马蹄上,然后开始钉钉子。钉了三个掌后,他发现没有钉子来钉第四个掌了。"我需要一两个钉子,需要一点儿时间来砸出两个。"

"我告诉过你我等不及了,我听见军号了。你能不能凑合凑合?"马夫急切地说。

"我能把马掌钉上,但不能像其他几个那样牢固。"

"能不能挂住?"马夫问。

"应该能,但是我没有把握。"

"那好吧,就这样,快点,要不然国王会怪罪到我们头上的。"马夫叫道。

两军交上了锋,理查德国王就在军队的阵中,他冲锋陷阵,鞭策士兵迎战敌人。远远地他看见战场另一头几个自己的士兵退却了。如果别人看到他们这样,也会后退的,所以理查德策马扬鞭冲向那个缺口,召唤士兵调头

战斗。

他还没有走到一半，一只马掌掉了，战马跌翻在地，理查德也被掀在地上。国王还没有抓住缰绳，惊恐的畜生就跳起来逃走了。理查德环顾四周，他的士兵们纷纷撤退，亨利的军队包围了上来。

他在空中挥舞宝剑，"马，"他喊道，"一匹马，我的国家倾覆就是因为这一匹马。"

他没有马骑了，他的军队也已经分崩离析，士兵们自顾不暇，不一会儿，亨利的士兵俘获了理查德，战斗结束了。

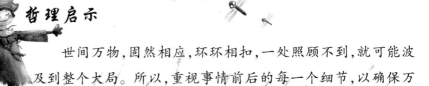

哲理启示

世间万物，固然相应，环环相扣，一处照顾不到，就可能波及到整个大局。所以，重视事情前后的每一个细节，以确保万无一失。

关注细节

有位法学院的教授，上课时说了一个故事："三只猎狗追一只土拨鼠，土拨鼠钻进一个树洞，居然从树洞的另一边跑出一只兔子，兔子飞快地向前奔跑，并跳上另一棵大树，却在树枝上没站稳，掉了下来，砸晕了正仰头观望的猎狗，兔子终于逃脱。"故事说完，许多学生提出他们的疑问："兔子怎么会爬树呢？一只兔子怎么可能同时砸晕三条猎狗呢？""这些问题都不错，显示了故事的不合理性。"教授说，"可是更重要的事情，你们却没问——土拨鼠到哪里去了？"

有位教美术史的教授，在谈到国画家使用的颜料时说，"将贝壳烧烤之后，磨成细粉，再以胶调和，可以做成白色的颜料。"接着，教授便举行考试，其中有一个是非题："如果你在海边捡到了贝壳，带回家放进烤箱，以 500 度烤上 30 分钟，再拿出来磨成粉，以胶水调和，可以做成黑色颜料。结果大部分学生都没有看完这个题目，便十分自信地答"是"。

哲理启示

细节决定命运，细节决定成败。细致不仅体现在对事物细节的重视，还体现在细腻的观察力和思维力方面，细致的思维是决定事情成败的基础。

让人不痛的批评

卡尔文·柯立芝于1923年登上美国总统宝座。这位总统以少言寡语出名,常被人们称做"沉默的卡尔文",但他也有出人意料的时候。

柯立芝有一位漂亮的女秘书,人虽长得不错,但工作中却粗心大意。一天早晨,柯立芝看见秘书走进办公室,便对她说:"今天你穿的这身衣服真漂亮,正适合你这样年轻漂亮的小姐。"

这几句话出自柯立芝口中,简直让秘书受宠若惊。柯立芝接着说:"但也不要骄傲,我相信你的公文处理也能和你一样漂亮。"果然从那天起,女秘书在公文上便很少出错了。

一位朋友知道了这件事,就问柯立芝:"这个方法很妙,你是怎么想出来的?"柯立芝扬扬得意地说:"这很简单,你看见过理发师给人刮胡子吗? 他要先给人涂肥皂水,为什么呀,就是为了刮起来使人不痛。"

哲理启示

生活中,学会委婉地处世,可以使你提升自身的素质,得到别人的尊重。委婉是使自己的人际关系更为融洽的润滑剂。

鹅卵石与沙子

在一次时间管理的课上,教授在桌上放了一个装水的罐子,然后又从桌子下面拿出一些拳头大小,正好可以从罐口放进罐子的鹅卵石,当教授把石块放完后,问他的学生道:"你们说这罐子是不是满的?"

"是。"所有的学生异口同声地回答说。

"真的吗?"教授笑着问,然后从桌底下拿出一袋碎石子,把碎石子从罐口倒下去摇一摇,再加一些,于是又问他班上的学生:"你们说,这罐子现在是不是满的?"这回他的学生不敢答得太快。

最后,班上有位学生怯生生地细声答道:"也许没有满。"

"很好!"教授说完后,又从桌下拿出一袋沙子,然后把沙子慢慢倒进罐子,倒完后再问班上的学生:"现在你们告诉我,这个罐子是满的呢,还是没满?"

"没有满。"全班同学这下学乖了,大家都很有信心地回答说。

"好极了。"教授再一次称赞这些"孺子可教"的学生们。称赞完了后,教授从桌子底下拿出一大瓶水,把水倒在看起来已经被鹅卵石、小碎石、沙子填满了的罐子。

当这些事都做完后,教授正色问他班上的同学:"我们从上面这些事情得到了什么重要的启示?"

班上一阵沉默后,一位自以为聪明的学生回答说:"无论我们的工作多忙,行程排得多满,如果要紧一下的话,还是可以多做些事的。"这位学生回答完后心中很得意地想:"这门课程到底讲的是时间管理啊!"

教授听到这样的回答后,点一点头,微笑道:"答案不错,但这并不是我要告诉你们的重要讯息。"说到这里,这位教授故意顿住,用眼睛向全班同学扫一遍后说:"我想告诉各位的最重要讯息是:如果你不先将大的鹅卵石放进罐子去,你也许以后永远没机会把它们再放进去了。"

各位有没有想过,什么是你生命中的鹅卵石?是和我们心爱的人长相厮守,还是我们的信仰、教育、值得奋斗的目标、做年轻人的好榜样、为下一代留下一些值得的回忆。也许今晚上床之前,或一个人安静的时候,我们都该想想"什么是我生命中的鹅卵石"这个问题。

传统的教育,往往只教我们怎么把书读好、进好学校,但很少教我们怎样去做一个快乐的人,过一个有价值的人生。换句话说,我们都很会用小碎石加沙和水去填满罐子,但却一直忘了把这块鹅卵石放进人生的梦想。

哲理启示

鹅卵石代表着生命中你认为最重要的事情,它是属于生命深处的东西。如果不趁早实现它或为之付出努力,那么它的空间便会被沙子或水这些生命中的其他事情所占据。

记住别人的名字

美国一家球星经纪公司有位女业务代表，是有名的工作狂。她极具慧眼，凡是被她盯上的篮球新人，日后几乎都能成名。有一段时间，她盯上了德国篮球新秀迪文·乔治。从此，只要有乔治出现的地方，她一定会出现。

她不仅要跟随乔治满世界飞来飞去，还要照顾他的日常生活。她要让乔治感觉到，她很关心他，这样才有可能成为乔治的经纪人。

有一次，就在她刚刚忙完了乔治的一场篮球训练赛，又得知巴黎有一场公开赛邀请了乔治。这时，本已极度疲劳的她还想跟过去为乔治捧场。主管担心她会因过度疲劳而耽误大事，建议让其他人代劳。结果她极力劝说主管让她去，因为她还从没失手过。终于，她准时飞到了巴黎，顺利见到了乔治。

当天晚上，在一个为选手和记者们准备的宴会上，她像一位女主人一样照顾着乔治，并为他介绍来自世界各地的来宾。篮球名将约翰逊出现在他们面前时，她热情地准备为乔治作介绍，因为她跟约翰逊是老熟人，而约翰逊又是乔治的偶像。就在她很有礼貌地说："这位就是美国篮球名将约翰逊，这位是……"她支吾了半天，居然将乔治的名字给忘记了！可想而知，那天的情况糟糕透了。

后来，乔治进了洛杉矶湖人队，果然成了篮球名将，可是却与她和她所在的公司没有任何关系。不要认为只要付出就一定会有回报，这是错误的。学会有效地工作，这是经营自己强项的重要课程。

哲理启示

　　无论是在学习中，还是在工作中，学会抓住关键点将会对目标的实现很有效用。如果没有看到关键点，那么所有的努力和付出都很可能是徒劳的。

一美元与八颗牙

1962年7月,在美国西北部一个叫顿维尔的小镇上,一家名为沃尔玛的普通商店开业了,店主是44岁的退伍男子沃尔顿。30多年后的今天,沃尔玛已成为全球最大的商业连锁集团。在2000年《财富》五百强排名中,沃尔玛以1668亿美元的营业额名列第二。沃尔顿创下了一个商业奇迹。

我对沃尔玛连锁店的最初认识还是十几年前在国外生活时,那时中国还没有超市。当我第一次走入沃尔玛连锁店时,先是被它巨大的面积所震惊,继而为它的便宜价格所打动。同样一件商品,沃尔玛的售价至少会比其他店便宜5%,但是给我印象最深的还是每一个售货员的微笑,那样亲切自然。此后,每次去美国,我都会选择去沃尔玛店购物,享受一个消费者内心的满足感。

后来我才知道,沃尔玛经营宗旨之一便是"天天平价"。老板沃尔顿常常告诫员工:"我们珍视每一美元的价值,我们的存在是为顾客提供价值,这意味着除了提供优质服务外,我们还必须为他们省钱。每当我们为顾客节约了一美元时,那就使自己在竞争中占先了一步。"

为了不愚蠢地浪费一美元,沃尔顿率先垂范。他从不讲排场,外出巡视时总是驾驶着最老式的客货两用车。需要在外面住旅馆时,他总是与其他经理人员住的一样,从不要求住豪华套间。

为了赢得这一美元的价值,沃尔玛实行了全球采购战略,"低价买入,大量进货,廉价卖出"。沃尔玛中国采购总监芮约翰每到一地,都要看各家商店,认真比较价格,选择合适商品。他对我说,中国商品的质量近年来有大

幅提高,沃尔玛在中国的采购额也在逐年增加,今年将达到40亿美元。

价格与服务是沃尔玛赢得竞争的两个轮子。已在中国工作了五年的芮约翰说:"你知道我们有一个微笑培训吗?必须露出八颗牙齿才算合格。你试一试,只有把嘴张到露出八颗牙齿的程度,一个人的微笑才能表现得最完美。"我不禁回想起初识沃尔玛时的印象,原来售货员那一颦一笑都有着如此严格的规定。

做生意自然要追求利润的最大化,而实现最大化的目标则要从最小化的具体行动开始。经营节约一美元与微笑露出八颗牙,抓好每一件这样的小事,企业方能造就通向成功的阶梯。

哲理启示

只有尊重别人的人格和利益,才会给自己创造同样的回报。而尊重别人要从一些细小的事情做起,以小见大,方能深入人心。

金钱只认得金钱

美国著名的《财富》期刊曾经在封面上登过一位年仅 19 岁的年轻人的照片。

他叫詹森·斯维斯彭,一位网站拥有者。他因为在投资家的资助下推出一个名叫"心想事成"的网站而一举成名,在短短数月内,网站的访问量达到了 900 万人次。

这在美国是绝无仅有的,有人惊叹:"难道他是下一个比尔·盖茨吗?"

詹森在网络上得到了上亿美元的收益资金,成为美国的一位网络新贵。

他获得了巨大的成功,认为自己有非凡的能力,也能办到一切事情。在当时许多人认为这绝不是狂言,因为他的年龄和成就甚至超过了当年的比尔·盖茨。有不少预言家也断定他必然会积累巨大的财富,成为类似于比尔·盖茨那样的影响全球的人物。

不久,美国许多金融机构主动向他提供贷款,给予巨大的财力支持,他的公司很快上市。财富的积累量像雪球一样越滚越大,从原来的 1 亿余美元扩增到 26 亿美元。

这简直就是一个财富神话。

他成了美女、媒体追逐的对象,他和世界级的超级模特拍拖约会,和大量的媒体接触,甚至准备拍一部反映他的创业史的电影。他的生活也极尽奢华,他一共花去了 3.24 亿美元。

不久,美国股市风云突变,詹森公司的股票从原来的每股 168 美元狂跌到 2 美元,公司被宣布破产。

仅仅两年后,他变成了一个身无分文的普通人。那些曾经和他热恋的模特和像苍蝇一样追逐他的电影公司全都不见了。

詹森现在正四处筹款准备东山再起,但他发现,原来借钱竟然如此困难。没有一家公司和金融机构愿意借钱给他,这让人觉得不可思议。

最后,他从他的叔叔那里借到了钱,他又注册了一个网站,但风光不再。

詹森说:"经过这些事,我终于明白了,金钱只认得金钱,它不会认得人。以前我失败的原因是,我总认为金钱是认得我的。"

有媒体评价说:这位 20 岁的年轻人,以后可以成为一位哲学家。

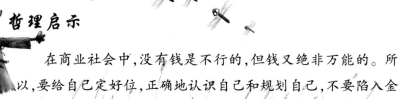

哲理启示

在商业社会中,没有钱是不行的,但钱又绝非万能的。所以,要给自己定好位,正确地认识自己和规划自己,不要陷入金钱万能的怪圈中。

鲨鱼其实并不可怕

鲨鱼的攻击性极强,只要被鲨鱼发现,很少有人能够逃生。不过奇怪的是,海洋生物学家罗福特对鲨鱼研究了多年,经常穿着潜水衣游到鲨鱼的身边,与鲨鱼近距离接触,可鲨鱼好像并不介意他的存在。罗福特介绍说:"鲨鱼其实并不可怕。可怕的是你一见到鲨鱼,自己就先害怕了。"

是的,的确如此。只要你见到鲨鱼时,心里不害怕,那么你就很安全。人在遇到鲨鱼时,心跳就会加速,正是那快速跳动的心脏引起了鲨鱼的注意。鲨鱼就是从那快速跳动的心脏在水中感应波动发现猎物的。如果在鲨鱼面前,你能够心情平静,毫不惊慌,那么鲨鱼对你就不构成任何威胁,哪怕它不小心触到了你的身体,也不会实施任何侵犯,马上会从你的身边游走去寻找它的猎物去了。反之,如果你一见到鲨鱼就吓得浑身发抖,尖声惊叫,心跳加速,然后只想快点逃命,那么你注定会成为鲨鱼的一顿美食。

哲理启示

很多时候,我们自己成为了自己的敌人,就像世界上不存在的鬼怪一样,大多时候,恐惧来自自己的臆想,只有心态坦然,才能做到真正的勇者无惧,智者无忧。

澳洲草原上的羊群

　　望春是澳大利亚一个草原的名字,那里的草儿都长得特别好,所以生长在那里的羊群规模越来越大。随着羊群不断发展壮大,就出现了一个非常奇怪的现象:走在前面的羊群总能够吃到草,而走在后面的羊群总是只能吃剩下的,于是后面的羊群在前面的羊群吃草的时候就会跑到队伍前面。就这样,羊群为了争夺食物,都不愿意落在后面。羊群开始不断地往前奔跑。到最后,所有的羊都知道:要想吃到草就要拼命地跑在最前面。这样在草原上就形成了一个非常壮观的场面,羊群都朝一个方向不停地奔跑。

　　望春草原的尽头是一个悬崖,羊群跑到悬崖边缘也全然不去理会,于是整群的羊就往悬崖下跳……

哲理启示

　　　　人在利益的驱动下,往往会做出不顾后果的事,人们看羊群可能觉得很傻,但是人类自身为了利益也做出过种种疯狂的举动。

112

阿喀琉斯的脚后跟

古希腊神话中有一位伟大的英雄阿喀琉斯,他有着超乎寻常的神力和刀枪不入的身体,在激烈的特洛伊之战中无往不胜,取得了赫赫战功。但就在阿喀琉斯为攻占特洛伊城奋勇作战之际,站在对手一边的太阳神阿波罗却悄悄一箭射中了伟大的阿喀琉斯,在一声悲凉的哀叹中,强大的阿喀琉斯竟然倒下去了。

原来这支箭射中了阿喀琉斯的脚后跟,这是他全身唯一的弱点,只有他的父母和天上的神才知道这个秘密。在他还是婴儿的时候,他的母亲、海洋女神特提斯,就曾捏着他的右脚后跟,把他浸在神奇的冥河中,被河水浸过的身体变得刀枪不入,近乎于神。可那个被母亲捏着的脚后跟由于浸不到水,成了阿喀琉斯全身唯一的弱点。母亲造成的这唯一弱点要了儿子的命!

哲理启示

越是强大的敌人,越可能有致命的弱点。越是坚固的建筑,越可能有脆弱的环节。只要找对地方,攻其一点,往往可以一举成功。

一只照看孩子的狗

有一个发生在美国阿拉斯加的故事,有一对年轻的夫妇,妻子因为难产死去了,不过孩子倒是活了下来。丈夫一个人既工作又照顾孩子,有些忙不过来,可是找不到合适的保姆照看孩子,于是他训练了一只狗,那只狗既听话又聪明,可以帮他照看孩子。

有一天,丈夫要外出,像往日一样让狗照看孩子。他去了离家很远的地方,所以当晚没有赶回家。第二天一大早他急急忙忙往家里赶,狗听到主人的声音摇着尾巴出来迎接,可是他却发现狗满口是血,打开房门一看,屋里也到处是血,孩子居然不在床上……他全身的血一下子都涌到头上,心想一定是狗的兽性大发,把孩子吃掉了,盛怒之下,拿起刀来把狗杀死了。

就在他悲愤交加的时候,突然听到孩子的声音,只见孩子从床下爬了出来,丈夫感到很奇怪。他再仔细看了看狗的尸体,这才发现狗的后腿上有一大块肉没有了,而屋门的后面还有一只狼的尸体。原来,是狗救了小主人。

哲理启示

有的时候,对待事情的表面现象一定要严谨慎重,力求做到了解真相以后再作决定,只有这样,才不会产生误会甚至是悔恨。

一颗糖果的诱惑

一个寂静的午后,美国得克萨斯州的一个镇小学一个班的十几个学生,被老师带到了一间很大的空房里。玻璃窗明晃晃地耀眼,正当学生们强按住内心的好奇,凝神等待着将要发生的一切时,老师领着一个陌生的中年男子走了进来。

他一脸和蔼地来到孩子们中间,给每个人都发了一颗包装十分精美的糖果,并告诉他们:这糖果是属于你的,可以随时吃掉,但如果谁能坚持等我回来以后再吃,那就会得到两颗同样的糖果作为奖励。说完,他和老师一起转身离开了这里。

等待是漫长的,许诺是遥远的,而那颗糖果却真真切切地摆在每个孩子的面前。

时间一分一秒地过去了。这颗糖果对孩子们的诱惑也越来越大,伴随着窗外苹果花的芬芳,这种诱惑几乎不可抗拒。

有一个孩子剥掉了精美的糖纸,把糖放进嘴里并发出"啧啧"的声音。受他的影响,有几个孩子忍不住了,纷纷剥开了精美的糖纸。但仍有一半以上的孩子在千方百计地控制着自己,一直等到那陌生人回来。那是一个比暑假还漫长的40分钟。但陌生人最终兑现了自己的承诺,那些付出等待的孩子得到了应有的奖励。

事实上,这是一次叫做"延迟满足"的心理实验。后来,那个陌生人跟踪这些孩子整整20年。他发现,能够"延迟满足"的学生,各科成绩要比那些熬不住的学生平均高出20分。参加工作后,他们从来不在困难面前低头,

总是能走出困境获得成功。

哲理启示

　　能承受住诱惑的人往往是意志坚定的人,意志力是成功不可或缺的品质,只有控制住了眼前利益对自己的诱惑,才能获得将来的更长久的利益。

敢于漠视困难

一天晚上,驯兽师像往常一样演出。在众人瞩目之下,他领着几只老虎进入铁笼子,然后将门锁上。观众紧张地注视着聚光灯下的铁笼子,看驯兽师如何潇洒地挥舞鞭子、发号施令,看威武的老虎如何服服帖帖地做出各种杂要动作。演出越来越精彩,可是就在这时,糟糕的事情发生了:现场突然停电!黑暗中双眼放光的孟加拉虎就近在咫尺,而他却看不到它们,只有一根鞭子和一把小椅子可做防身之用。在长达近一分钟的时间里,观众的心情忐忑不安,都为笼子里的驯兽师担忧。然而,在灯重新亮了以后,大家惊喜地发现驯兽师安然无恙,之后他平静地将整个演出完成。

在后来的采访中,记者问他,他当时是否害怕老虎会朝他扑过来。驯兽师说,一开始自己确实感到毛骨悚然,但他马上就镇静下来,因为他意识到了一个非常重要的事实:虽然他看不见老虎,但老虎并不知道这一点。"所以,我只需像往常一样,不时地挥动鞭子、吆喝,就当什么事也没发生一样,不让老虎觉得我看不到它们。"

哲理启示

视困难和挫折为空气,它们就真的会成为空气,这是一个想要成功的人在前进的路上必须具备的心理素质。如果时刻想着眼前的厄运或困难,那么它们就会过来吞没你。

螃蟹文化

钓过螃蟹的人或许都知道，篓子中放了一群螃蟹，不盖上盖子，螃蟹也是爬不出来的。因为只要有一只想往上爬，其他的螃蟹便会纷纷攀附在它的身上，结果是把它拉下来，没有一只出得去。

组织中也应该留意驱除所谓的"螃蟹文化"。企业里常常有一些人，不喜欢看别人的成就与杰出表现，天天想尽办法破坏与打压。如果不予驱除，久而久之，组织里只剩下一群互相牵制而毫无生产力的螃蟹。

哲理启示

人与人之间如果不互相合作，而是互相拆台的话，那么双方的利益都会受到损失。要学会互相援助，互相合作，只有这样，才会达到双赢的效果，得到更多的好处。

迟到的蛙雷

二战期间,德军为对付盟军舰船,由海军牵头汇集一批物理学家、化学家和爆破专家,花了很长时间,秘密研制成功一种水雷——蛙雷。

这种水雷是靠水压引爆的,舰船无须触雷,只要从它身边经过,使水雷附近的水压发生变化,水雷受到压力即可爆炸。这种水雷的威力是很大的。德国空军将领率先向最高统帅部提出,用飞机将水雷布设在盟军的港口和便于盟军登陆的海区,让盟军尝尝蛙雷的厉害。海军将领则坚决反对空军布设蛙雷的计划,他们认为,如此有价值的"秘密武器",必须用在最关键的时刻,过早布设会泄露天机。经过一番争论之后,最高统帅部采纳了海军的意见,命令将蛙雷封进仓库。

1944年5月,德军已知道盟军将进行大规模登陆作战,于是命令海、空军作好布设蛙雷的准备,但由于摸不准盟军确切的登陆时间和地点,迟迟未能下手。6月6日,盟军在诺曼底的突然登陆成功顿时使德军慌了手脚,这时德军才急急忙忙在塞纳湾和不列塔尼沿岸布下数千枚蛙雷,但为时已晚,蛙雷还没有发挥作用,失败就已经降临了。

后来盟军获得了蛙雷的样品,当爆破专家小心翼翼地打开蛙雷外壳时,所有在场的人都被蛙雷的灵巧和科学的结构惊呆了。战后许多军事专家评论说,如果希特勒当时采纳空军的意见或在诺曼底及时布设蛙雷,德军能否及早灭亡不能肯定,但第二次世界大战的进程向后推移将是毫无疑问的。

哲理启示

　　如果不在关键时候发挥出自己的才能,就好比在战场上没有用上最先进的武器一样,所以要想自己取得成功,必须学会适时地、适当地发挥自己的聪明才智,确保恰到好处。

幻想
也是财富

渴望目睹天堂鸟

1858 年,瑞典的一个富豪人家生了一个女儿。然而欢乐并没有延续多久,数年后小女孩突然患了一种无法解释的瘫痪症,丧失了走路的能力。

隔年夏天,他们全家人都到海边避暑,住在当地一位船长家。主人出海航行,但是女主人很热心地讲了许多有关她丈夫和他的船的故事给小女孩听。而最令小女孩入迷的,是船长的那只天堂鸟,她真巴不得船长立刻回来,好让她亲睹天堂鸟的模样。小女孩对未曾见过的天堂鸟已经爱得不得了。

船长终于回来了。保姆带着小女孩上船,她把小女孩留在甲板上,然后自个儿去找船长。小女孩却耐不住性子等待,她要求船上的服务员立刻带她去看天堂鸟。那服务员并不知道女孩的腿不能走路,而只顾要带着她一起去看那只美丽的鸟。奇迹发生了。小女孩因为过度渴望目睹天堂鸟,竟忘我地拉着服务员的手,慢慢地走。从那天起,小女孩的病便痊愈了。

那小女孩就是拉格勒夫,后来成了瑞典最伟大的作家之一,并于 1909 年成为第一个荣获诺贝尔文学奖的女性。

哲理启示

一个有坚定意志的人遇到任何困难都能克服,因为在坚定的意志面前,由困难带来的恐惧、自卑、懦弱都会一扫而光,人会变得更坚强,更有韧性,所以心存必胜的信念和意志,成功很容易就会来临。

希望，唯一的财宝

亚历山大大帝远征波斯，出发之前他将所有的财产都分给了臣下。大臣皮尔底加斯非常惊奇，问道："那么陛下，你带什么起程呢？"

"希望，我只带这唯一的财宝。"亚历山大回答说。

听到这个回答，皮尔底加斯说："那么请让我们也来分享它吧。"于是，他谢绝了分配给他的财产。

亚历山大带着唯一的希望出发，却带回来所要征服的全部。

哲理启示

人内在的潜能是无限的，关键是怎样把其挖掘出来，信念是激发人内在潜能的一个因素。心存自己的信念，就是给自己选定了奋斗的目标，因而会一直沿着信念之路前进，直到成功。

写下你的梦想

1940 年 11 月 27 日,他出生在美国三藩市,英文名字叫布鲁斯·李。因为父亲是演员,他从小就有了跑龙套的机会,于是产生了想当一名好演员的梦想。由于身体虚弱,父亲便让他拜师习武来强身。1961 年,他考入华盛顿州立大学主修哲学,后来,他像所有普通人一样结婚生子。但在他内心深处,一刻也不曾放弃过当一名演员的梦想。

一天,他与一位朋友谈到梦想时,随手在一张纸上写下了自己的人生目标——"我,布鲁斯·李,将会成为全美国薪酬最高的超级巨星。作为回报,我将奉献出最激动人心、最具震撼力的演出。从 1970 年开始,我将会赢得世界性声誉,到 1980 年,我将会拥有 1000 万美元的财富,那时候的我及家人将会过上愉快、和谐、幸福的生活。"

写下这张便笺的时候,他的生活正穷困潦倒,不难想象,如果这张便笺被别人看到,会引起什么样的嘲笑。

然而,他却把这些话深深铭刻在心里。为实现梦想,他克服了无数常人难以想象的困难。比如,他曾因脊背神经受伤,在床上躺了四个月,但后来他却奇迹般地站了起来。1971 年,命运女神终于向他露出微笑。他主演的电影《唐山大兄》、《精武门》、《猛龙过江》,均刷新香港票房纪录。1972 年,他主演了香港嘉禾公司与美国华纳公司合作的《龙争虎斗》,这部电影使他成为一名国际巨星——被誉为"功夫之王"。1998 年,美国《时代》周刊将其评为"20 世纪英雄偶像"之一,是唯一入选的华人。他就是李小龙——一个"最被欧洲人认识的亚洲人",一个迄今为止在国际上享有盛誉的华人明星。

1973 年 7 月,事业刚步入巅峰的他因病身亡。在美国加州举行的"李小龙遗物拍卖会"上,这张便笺被一位收藏家以 2.9 万美元的高价买走。同时,2000 份获准合法复印的副本也当即被抢购一空,以至于拍卖会的主持人大叫:"这就是你们有必要把想到的事情马上写下来的原因所在。"

写下你的梦想,哪怕是在一张不起眼儿的便笺上。

哲理启示

把梦想写在纸上,把它作为自己一生奋斗的目标,常存心底,这样你就会时刻为此而拼搏奋斗,不懈努力。写在纸上的梦想会成为一个标志,时刻鞭策你前进。

困扰人们 2000 多年的数学题

1796 年的一天,德国哥廷根大学,一个 19 岁的很有数学天赋的青年吃完晚饭,开始做导师单独布置给他的每天例行的三道数学题。

像往常一样,前两道题目在两个小时内顺利地完成了。第三道题写在一张小纸条上,是要求只用圆规和一把没有刻度的直尺做出正 17 边形。青年做着做着,感到越来越吃力。

困难激起了青年的斗志:我一定要把它做出来!终于,当窗口露出一丝曙光时,青年长舒了一口气,他终于做出了这道难题!

作业交给导师后,导师当即惊呆了。他用颤抖的声音对青年说:"这真是你自己做出来的?你知不知道,你解开了一道有 2000 多年历史的数学悬案?阿基米得没有解出来,牛顿也没有解出来,你竟然一个晚上就解出来了!你真是天才!我最近正在研究这道难题,昨天给你布置题目时,不小心把写有这个题目的小纸条夹在了给你的题目里。"

多年以后,这个青年回忆起这一幕时,总是说:"如果有人告诉我,这是一道有 2000 多年历史的数学难题,我不可能在一个晚上解决它。"

这个青年就是数学王子高斯。

哲理启示

面对困难和挫折,不要把它想得太严重,只要相信自己的能力,挑战自己的潜力,你会很顺利地达到目的,相反,如果没有必胜的信念,害怕权威,低估自己则很难成功。

教师与歌唱家

众所周知的意大利著名男高音歌唱家卢西亚诺·帕瓦罗蒂,竟然险些成为一名普通的教师。当他回顾自己走过的成功之路时,他说:"当我还是个孩子时,我的父亲,一个面包师,就开始教我学习唱歌。他鼓励我刻苦学习,培养嗓子的功底。后来,在我的家乡意大利的摩德纳市,一位名叫阿利戈·波拉的专业歌手收我做他的学生。那时,我还在一所师范学院上学。在毕业时,我问父亲:'我应该怎么办?是当教师还是成为一个歌唱家?'

"我父亲这样回答我:'卢西亚诺,如果你想同时坐两把椅子,你只会掉到两个椅子之间的地上。在生活中,你应该选定一把椅子。'"

"我选择了。我忍住失败的痛苦,经过七年的学习,终于第一次正式登台演出。此后我又用了七年的时间,才得以进入大都会歌剧院。现在我的看法是:'不论是砌砖工人,还是作家,不管我们选择何种职业,都应有一种献身精神。坚持不懈是关键,选定一把椅子吧。'"

哲理启示

在这个世界上,基本没有全才的人,我们所说的成功的人都是在某一个领域有所成就的人。所以选择好自己所要走的道路,然后一心一意,坚持不懈,集中精力,把这条路走好,你终会走向成功。

最为璀璨的梦想

安东尼·吉娜是目前美国纽约百老汇中最年轻、最负盛名的年轻演员，她曾在美国著名的脱口秀节目《快乐说》中讲述了她的成功之路。

几年前，吉娜是大学里艺术团的歌剧演员。在一次校际演讲比赛中，她向人们展示了一个最为璀璨的梦想：大学毕业后，先去欧洲旅游一年，然后要在纽约百老汇中成为一名优秀的主角。

当天下午，吉娜的心理学老师找到她，尖锐地问了一句："你今天去百老汇跟毕业后去有什么差别？"吉娜仔细一想："是呀，大学生活并不能帮我争取到百老汇的工作机会。"于是，吉娜决定一年以后就去百老汇闯荡。

这时，老师又冷不丁地问她："你现在去跟一年以后去有什么不同？"

吉娜苦思冥想了一会儿，对老师说，她决定下学期就出发。老师紧追不舍地问："你下学期去跟今天去，有什么不一样？"吉娜有些晕眩了，想想那个金碧辉煌的舞台和那双在睡梦中萦绕不绝的红舞鞋……她终于决定下个月就前往百老汇。

老师乘胜追击地问："一个月以后去，跟今天去有什么不同？"吉娜激动不已，她情不自禁地说："好，给我一个星期的时间准备一下，我就出发。"老师步步紧逼："所有的生活用品在百老汇都能买到，你一个星期以后去和今天去有什么差别？"

吉娜终于双眼盈泪地说："好，我明天就去。"老师赞许地点点头，说："我已经帮你订好明天的机票了。"

第二天，吉娜就飞赴全世界最巅峰的艺术殿堂——美国百老汇。当时，百老汇的制片人正在酝酿一部经典剧目，几百名各国艺术家前去应征主角。按当时的应聘步骤，是先挑出十个左右的候选人，然后，让他们每人按剧本

的要求演绎一段主角的念白。这意味着要经过百里挑一的两轮艰苦角逐才能胜出。

吉娜到了纽约后，并没有急于去漂染头发，买靓衫，而是费尽周折从一个化装师手里要到了将排的剧本。这以后的两天中，吉娜闭门苦读，悄悄演练。正式面试那天，吉娜是第 48 个出场的，当制片人要她说说自己的表演经历时，吉娜粲然一笑，说："我可以给您表演一段原来在学校排演的剧目吗？就一分钟。"制片人首肯了，他不愿让这个热爱艺术的青年失望。

而当制片人听到传进自己鼓膜里的声音，竟然是将要排演的剧目对白，而且，面前的这个姑娘感情如此真挚，表演如此惟妙惟肖时，他惊呆了！他马上通知工作人员结束面试，主角非吉娜莫属。

就这样，吉娜来到纽约的第一天就顺利地进入了百老汇，穿上了她人生的第一双红舞鞋。

哲理启示

面对理想，只有抓住机会、付诸行动才会实现。相反，只会空想，只有愿望而没有行动的人是不会实现理想的。人生在世的时间很短暂，把握机会，抓紧行动是实现理想最好的方式。

歌德与书的故事

　　歌德是德国著名的诗人。但是歌德在小时候曾有很长一段时间是个不爱学习的孩子,不仅不爱学习,而且还非常厌恶学习。那时他把学习当做自己最大的敌人。当时小歌德成天只知道玩,他挨了很多的骂,也挨了不少的打,但是无论他父亲怎么做,都不能让他安心地学习。

　　一个偶然的机会,歌德的父亲见到了著名人类学家福斯贝先生,他是一个热衷于儿童教育的人,他讲了许多名人受教育的故事给歌德父亲听,歌德父亲从他的谈话中受到了许多启发。

　　回到家中,他对歌德运用新的教育方式,并改变了态度。他跟小歌德讲了历史上许多伟人的故事,并告诉他,那些伟人从小都是爱读书的孩子。

　　他的父亲一开始也不要求小歌德什么都听从他的,他只是让小歌德在潜意识里慢慢地把读书、学习和伟人联系在一起,对学习有一个新的认识。

　　一天, 他父亲与一个朋友正在谈一个流浪汉的故事,当发现歌德在旁边时,歌德的父亲故意提高了声音说道:"听说他小的时候也不爱读书,只知道玩,他认为不读书可以生活得很好。可是长大之后,因为他什么都不懂,什么都不会,想找个工作也找不到,只好变成一个要饭的人了。"

　　父亲的话给了小歌德巨大的震撼,他想,我是要做一个高尚的人,还是要做一个要饭的人呢? 第二天,小歌德做出了一个惊人之举,他主动要求学习,并不顾一切地拼命学习起来。他的行为告诉人们,他选择了去做一个高

尚的人。最后,小歌德成了一个高尚的人,他实现了自己的愿望。其实,任何孩子都可能像小歌德一样做到这样的转变的。

哲理启示

当我们真心地信仰某样东西时,我们就会用全身心的热情去为之付出。所以对于信仰的选择很重要,崇高的、有价值的信仰会使一个人拥有成功和美好的未来,而卑下的、无意义的信仰则会把一个人引向歧途。

丘吉尔的成功秘诀

1948 年,牛津大学举办了一个主题为"成功秘诀"的讲座,邀请丘吉尔前来演讲。

演讲的那天,会场上人山人海,全世界各大新闻媒体都到齐了。

丘吉尔用手势止住大家雷动的掌声,说:"我的成功秘诀有三个:第一是,决不放弃;第二是,决不、决不放弃;第三是,决不、决不、决不能放弃! 我的演讲结束了。"

说完他就走下了讲台。

会场上沉寂了一分钟后,突然爆发出热烈的掌声,那掌声经久不息

哲理启示

坚持不懈、决不放弃是丘吉尔成功的秘诀,同时也是我们做事情应该坚守的原则。有面对困难迎头而上、坚持不懈精神的人,才是成功者。而有大理想,但在关键时刻选择放弃的人则永远是失败者。

幻想也是财富

越战期间，美国好莱坞曾经举办过一场募捐晚会，由于当时的反战情绪比较强烈，募捐晚会以 1 美元的收获而收场。在这次晚会上，一个叫卡塞尔的小伙子一举成名，他是苏富比拍卖行的拍卖师，这唯一的 1 美元就是他募得的。在晚会现场，他让大家选出一位漂亮姑娘，然后由他来拍卖这位姑娘的吻，最后，他终于募到难得的 1 美元。

这无疑是对战争的嘲讽，多数人也都把它当做一个笑料。然而德国的猎头公司却发现了这位天才，他们认为卡塞尔是棵摇钱树，谁能运用他的头脑，必将财源滚滚。于是建议日渐衰落的奥格斯堡啤酒厂重金聘请他为顾问。1972 年，卡塞尔移民德国，受聘于奥格斯堡啤酒厂。在那里，他果然不断有奇思妙想，他甚至开发出美容啤酒和沐浴用啤酒，这使奥格斯堡一夜之间成了全球销量最大的啤酒厂。

而卡塞尔最引人注目的举动是 1990 年，他以德国政府顾问的身份主持拆除了柏林墙。这一次，他让柏林墙的每一块砖都变成了收藏品，进入全世界 200 多万个家庭和公司，创造了城墙售价的世界纪录。

哲理启示

喜爱幻想是一个人头脑灵活的体现，一个头脑里有想法的人，当他的想法变为现实，就会带来源源不断的财富和无数的成功。所以，开动自己的大脑，然后努力把想法变为现实，你的人生会很精彩。

穷人最缺少的是什么

巴拉昂是一位年轻的媒体大亨,以推销装饰肖像画起家。在不到10年的时间里,迅速跻身于法国50位首富之列。1998年他因前列腺癌在法国博比尼医院去世。临终前,他留下遗嘱,把4.6亿法郎的股份捐献给博比尼医院,用于前列腺癌的研究;另将100万法郎作为专项资金,奖给揭开贫穷之谜的人。

巴拉昂去世后,法国《科西嘉人报》刊登了他的遗嘱。他说,我曾是一位穷人,去世时却是一个富人。在去世前,我不想把我成为富人的秘诀带走,现在秘诀就锁在法兰西中央银行我的私人保险箱里,保险箱的3把钥匙在我的律师和两位代理人手中。谁若能回答"穷人最缺少的是什么"而猜中我的秘诀,他将能得到我的祝贺。当然,那时我已无法为他的睿智而欢喜,但是他可以从那只保险箱里荣幸地拿走100万法郎,那就是我给予他的掌声。

遗嘱刊出之后,《科西嘉人报》收到大量的信件,也收到了各种各样的答案。

绝大部分人认为,穷人最缺少的是金钱,除此之外还能缺少什么?还有一部分人认为,穷人最缺少的是机会,一些人之所以穷,就是因为没遇到良机。另一部分人认为,穷人最缺少的是技能,现在能迅速致富的都是有一技之长者;一些人之所以成为穷人,就是因为学无所长。还有的人认为,穷人最缺少的是帮助和关爱,每个党派在上台前,都给失业者大量的许诺,然而上台后真正关心他们的又有几个?另外还有一些其他的答案,比如:穷人最缺少的是美貌,是皮尔·卡丹外套,是宽敞的住房……总之,答案千奇百怪。

在巴拉昂逝世周年纪念日,律师和代理人按他生前的交代,在公证部门的监督下打开了那只保险箱,在 48561 封来信中,有一位叫蒂勒的小姑娘猜对了巴拉昂的秘诀。蒂勒和巴拉昂都认为:穷人最缺少的是野心。

在颁奖之日,《科西嘉人报》带着所有人的好奇,问年仅 9 岁的蒂勒,为什么想到是野心,而不是其他的答案?蒂勒说:"每次,我姐姐把她 11 岁的男朋友带回家时,总是警告我说:不要有野心!不要有野心!我想,也许野心可以让人得到自己想得到的东西。"

巴拉昂的谜底和蒂勒的回答见报后,引起了世界性的震动。一些好莱坞新贵和其他行业年轻的富翁在就此话题接受采访时,也都毫不掩饰地承认:野心是永恒的生命动力,是所有奇迹燃烧的火种。

哲理启示

野心是对自身潜力的一次挑战,野心是对更高更远的目标的一种憧憬。有野心,才会有目标,才会有动力,才会坚持不懈地为实现目标而努力。所以,野心会激发我们内在的潜能,实现人生更大的目标。

把成功调出来

1984 年，三个美国少年被得克萨斯州立大学开除了。由于家境贫寒，这三位少年常常被同学们瞧不起，生活在被歧视的阴影里，老师总是说他们成绩不好，于是他们结伴逃课。终于，学校决定将他们开除。

三个被开除的少年觉得自己的前途一片黑暗。他们幻想着如果突然拥有了一笔钱，就可以住上漂亮的房子，坐上高档轿车，还可以像班上有钱同学的父母那样给学校捐一笔钱，老师和同学们便不敢瞧不起他们了。可是，从哪儿弄到这笔钱呢？凯文·罗斯林和鲍勃·伊诺斯觉得唯一的办法就是抢劫……

就在他们胡思乱想之际，迈克尔·戴尔将自己设计的模拟成功的录像从电脑里调出来，三个少年津津有味地看着自己住在一幢漂亮的别墅里，别墅的车库里停放着他们喜爱的克莱斯勒轿车。迈克尔·戴尔说："现在，你们将自己漂亮的别墅和轿车安置在什么地方呢？"

凯文·罗斯林抢着说自己要住在佛罗里达，因为他喜欢与富翁们聚会，而那里就住着大量的富翁。鲍勃·伊诺斯说自己想住在拉斯韦加斯，因为那里风景秀丽，还有大量的豪华酒店，可以让他任意选购。可是，很快，他们便神色黯然了，两人望着迈克尔·戴尔，有点遗憾地说："如果这一切都是真的那该多好啊！"迈克尔·戴尔认真地看着两位伙伴说："这美好的一切，我们不是已经看到了吗？现在我们要考虑的就是怎样将它们从电脑里调出来，放到我们喜欢的地方去，比如，佛罗里达，或者拉斯韦加斯！"两人觉得迈克尔·戴尔的话有道理。

就这样，迈克尔·戴尔和另外两名少年经过一夜的仔细策划，决定第二天一早便去大街上卖报纸。不久，他们用卖报纸赚的 1000 美元开办了一家小店，那就是后来的戴尔公司。迈克尔·戴尔带着另外两个同伴，经过 20 年的打拼，不但实现了当年的梦想，还将戴尔公司发展成了拥有 250 亿美元资产的大公司。

哲理启示

有了美好的理想固然重要，但更重要的则是将理想付诸实践的行动。勇敢地迈出通向理想的第一步，以后你距离理想就会越来越近，不停地走下去，终会看到理想的彼岸。

肯德基老头

他静静地埋伏在草丛里,思索着。他研究过小女孩的习惯,知道她会在下午两三点钟从外公的家里出来玩。

为此他深深地痛恨自己。尽管他的日子过得一塌糊涂,可他从来没有过绑架这种冷酷的念头。

然而此刻他却借着屋外树丛的掩护,躲在草丛中,等待着一个天真无邪、长着红头发的两岁小姑娘进入他的攻击范围。

这是漫长的等待,使他有时间去思考。或许哈伦德从前的日子都过得太匆忙了。他父亲是印第安纳州的农民,去世时他才五岁。

他十四岁时从格林伍德学校辍学,开始了流浪生涯。

他在农场干过杂活,干得很不开心。

当过电车售票员,也很不开心。

他十六岁时谎报年龄参军——而军旅生活也不顺心。

一年的服役期后,他去了亚拉巴马州。开了个铁匠铺,不久就倒闭了。随后他在南方铁路公司当上了机车司炉工。他很喜欢这份工作,以为终于找到了自己的位置。

他十八岁时娶了媳妇,没有想到仅过了几个月时间,在得知太太怀孕的同一天又被解雇了。

接着有一天,当他在外面忙着找工作时,太太卖了他们所有的财产逃回了娘家。

随后大萧条开始了。哈伦德不会因为老是失败而放弃,别人也是这么

说的,他确实努力过了。

有一次还在铁路上工作的时候,他曾通过函授学习法律,但后来放弃了。

他卖过保险,也卖过轮胎。他经营过一条渡船,还开过一家加油站,都失败了。认命吧,哈伦德永远也成功不了。

此刻,他躲在弗吉尼亚州若阿诺克郊外的草丛中,谋划着一次绑架行动。他观察过小女孩的习惯,知道她下午什么时候会出来玩。

可是,这一天,她没有出来玩。因此他还是没能突破他一连串的失败。

后来,他成了考宾一家餐馆的主厨和洗瓶师。要不是那条新的公路刚好穿过那家餐馆,他会干得很好。

接着到了退休的年龄。

他并不是第一个,也不会是最后一个到了晚年还无以为荣的人。幸福鸟,或随便什么鸟,总是在不可企及的地方拍打着翅膀。他一直安分守己——除了那次未遂的绑架。

出于公正,必须说明的是,他只是想从离家出走的太太那儿绑架自己的女儿。

不过,母女俩后来回到了他的身边。

时光飞逝,眼看一辈子都过去了。而他却一无所有,要不是有一天邮递员给他送来了他的第一份社会保险支票,他还不会意识到自己老了。

那天,哈伦德身上的什么东西愤怒了、觉醒了、爆发了。

政府很同情他。政府说:轮到你击球时你都没有打中,不用再打了。该是放弃、退休的时候了。

他们寄给他一张退休金支票,说他"老"了。

他说"呸"。

他气坏了。他收下了那105美元的支票,并用它开创了新的事业。

今天,他的事业欣欣向荣。而他,也终于在88岁高龄时大获成功。

这个到该结束时才开始的人就是哈伦德·山德士。

他用自己的第一笔社会保险金创办的崭新事业正是肯德基家乡鸡。

哲理启示

　　只要拥有梦想,无论年龄多大,都会激发出身体内部的激情和潜能。同时,追逐梦想的过程也是不断克服困难、挫折,不断完善自己心态的过程。

相信自己的能力

十来岁时,惠特尼·休斯顿在她母亲——20 世纪 60 年代美国"甜美灵感"乐队创始人的严密关注下,培养出了良好的歌唱才能。休斯顿 17 岁那一年,一次,当她正在为当晚与她母亲同台演出的演唱会作准备时,突然接到了她母亲打来的声音嘶哑的电话:"我的嗓子坏了,不能唱了。"听到母亲的话后,休斯顿很着急地说:"我总不能一个人上台去唱啊!"她母亲对她说:"你完全能够一个人唱,因为你很棒。"于是,休斯顿因为她母亲的这次意外得病,第一次独自走上了舞台。

休斯顿一唱成名,成了美国的王牌歌手。

哲理启示

很多时候,因为不自信,我们会错过很多的机会。所以,相信自己能行对于实现自己的价值很重要,只有对自己有信心,才会产生渴望成功的信念,人一旦有了信念,就会创造奇迹。

失去的都会得到补偿

赫本是 20 世纪五六十年代的好莱坞著名影星,她有两项非常有趣的纪录:一是她结过 7 次婚;二是她从没有看过心理医生。

前不久,一位叫史塔勒的美国医生对此产生了浓厚的兴趣,因为他常在半夜接到一些著名主持人和影视明星的电话,要求他给予心理上的帮助。史塔勒作为心理学家,对绝大多数人的问题都能迎刃而解,但对有些人,他也一筹莫展。这些人多是些影视大腕儿,要么片酬在 1000 万美元以上,要么出场费高达百万美元之巨。他们衣食无忧,崇拜者如云,是一群世界上最幸运的人。

史塔勒获知赫本的两大纪录之后,好像在黑暗中发现了一抹曙光,决心深入研究一下,他想,说不定从她那儿可以得到一点儿突破。

他翻出 20 世纪 60 年代的报纸,找出有关赫本的所有报道,他发现赫本区别于其他影星的不仅仅是那两点。比如说,赫本曾息影 8 年,这在好莱坞历史上是没有先例的。要知道,在当时,作为著名影星,息影一年就等于洛克菲勒家族在田纳西州封存一口油井,那种损失是看得见、摸得着的。另外,史塔勒还发现赫本做过 67 次亲善大使,尤其是 1956 年至 1963 年间,她几乎每个月都到码头、监狱、黑人社区去做义工。有一次,她甚至谢绝了贝尔公司每小时 5 万美元的庆典邀请,而去医院给一位小男孩做护理服务。总之,赫本除了上面的那两个特征外,还有一大特点,就是乐于做无报酬的慈善工作。

后来,他把他的发现应用到他的那一批特殊病人身上。许多人在接受

医疗或忠告后,一扫过去的心灵困惑,变得乐观起来。有一段时间,好莱坞甚至掀起了一个争做联合国亲善大使的热潮,他们争着去非洲的索马里,去科索沃的难民营。因为他们在慈善行动中发现,世界上存在着这么一条公理:当一个人付出的劳动没有得到金钱和物质上的回报时,必定可以得到等值的精神上的愉悦。

哲理启示

不要只为了金钱活着,生活中有许多比赚钱更有意义的事情等着我们去做,过分地追求功利只能使我们变得焦虑不安。

四颗补鞋钉

在苏格兰的一个小镇上，一位年迈的鞋匠决定把补鞋这门本事传给三个年轻人。在老鞋匠的悉心教导下，三个年轻人进步很快。当他们学艺已精，准备去闯荡时，老鞋匠只嘱咐了一句："千万记住，补鞋底只能用四颗钉子。"

过了数月，三个年轻人来到了一座大城市各自安家落户，从此，这座城市就有了三个年轻的鞋匠。同一行业必然有竞争，但由于三个年轻人的技艺都不相上下，日子也就风平浪静地过着。

过了些日子，第一个鞋匠就对老鞋匠那句话感到了苦恼。因为他每次用四颗钉子总不能使鞋底完全修复，可师命不敢违，于是他整天冥思苦想，但无论怎样想都认为办不到。终于，他不能解脱烦恼，只好扛着锄头回家种田去了。

第二个鞋匠也为四颗钉子苦恼过，可不久他发现，用四颗钉子补好鞋底后，坏鞋的人总要来第二次才能修好，结果来修鞋的人总要付出双倍的钱。第二个鞋匠为此暗喜着，他自认为懂得了老鞋匠最后一句话的真谛。

第三个鞋匠也同样发现了这个秘密，在苦恼过后他发现，其实只要多钉一颗钉子就能一次把鞋补好。第三个鞋匠想了一夜，终于决定加上那一颗钉子，他认为这样能节省顾客的时间和金钱，更重要的是他自己也会安心。

又过了数月，人们渐渐发现了两个鞋匠的不同。于是第二个鞋匠的铺面里越来越冷清，而去第三个鞋匠那儿补鞋的人越来越多。最终，第二个鞋匠铺也关门了。

日子就这样持续下去,第三个鞋匠依然和从前一样兢兢业业为这个城市的居民服务。当他渐渐老去时,他开始真正懂得了老鞋匠那句嘱咐的含义:要创新,而且不能有贪念,否则必然会为社会所淘汰。

再过了几年,鞋匠的确老了,这时又有几个年轻人上门来学这门手艺,当他们学艺将成时,鞋匠也同样向他们嘱咐了那句话:"千万记住,补鞋底只能用四颗钉子。"

哲理启示

三个鞋匠对师父的嘱咐有着各自不同的理解,但只有一个人悟出了其中的真谛。既不要墨守成规,也不能违背道德准则,这样才能更好地生存。

放弃的勇气

有一个孩子，小时候最喜欢的玩具就是那五颜六色的气球，每次外出玩耍，他的手里总是拿着各种各样的气球，因为那是他最钟爱的玩具。

有一次，他母亲带他出去玩。在公园玩耍的间隙，他的母亲从包里拿出了一个精致的口琴，吹出了一首首动听的乐曲。他有心要母亲的口琴，但又舍不得放弃手中的气球，左右为难之际，母亲突然停止了吹奏，笑眯眯地看着他。就在这一瞬间，他作出了选择——他松开了手，毫不犹豫地放飞了气球，然后扑向母亲索要口琴。

这一天，他学会了吹口琴，更重要的是他从这件事上获得了一个对他一生影响深远的启示，那就是：当人生需要作出选择时，该放弃的就必须勇敢地放弃。这之后，他考上了音乐学院，虽然这对他无异于如鱼得水，但是当他发现自己对音乐并不是那么钟爱时，他毅然选择了放弃，转而进入纽约大学商学院学习，学习自己更感兴趣的经济。1950 年，他获得经济学硕士学位，并得到去哥伦比亚大学深造的机会。在这所大学里，他遇到了他一生中最伟大的良师益友，后来曾在尼克松总统麾下效力的美国联邦储备委员会主席亚瑟·博恩斯教授。从此，他放弃了一切该放弃的东西，一心一意关注经济学，将全部的精力都放在了对经济学的研究上，并很快成为这个领域的行家高手。1987 年，当里根总统任命他为美国联邦储备委员会主席时，他一下子便成了一个重量级的人物，他就是艾伦·格林斯潘。

我们每一个人的一生中，都会像小格林斯潘那样，手中抓满各种各样的气球，比如金钱、权力，以及已有的成绩与地位。这些既得的利益与成果，虽

147

然能给我们一种保障与安全感,但同时也很容易消磨我们的斗志与勇气,阻碍我们去追求更远大的人生目标。因为当更好的发展机会来到我们面前时,面对已经取得的利益,并不是每个人都有勇气放弃的。

哲理启示

我们想要的也许很多,能够得到的可能很少,因为我们没有足够的时间和精力去应付。有时候,舍弃一些东西反而会得到更多。

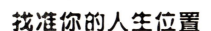

找准你的人生位置

富兰克林曾说:"宝贝放错了地方便是废物。"在人生的坐标系中,一个人如果站错了位置——用他的短处而不是长处来谋生的话,那将是非常艰难甚至可怕的,就像让武大郎去做灌篮高手,他可能会在永久的卑微和失意中沉沦。

重要的是,你应该选择最能使你全力以赴,最能使你的品格和长处得到充分发挥的位置,以经营出属于自己的有声有色的人生。

康威尔在求学方面一直遭遇失败与打击,高中未毕业,校长便对他的母亲说:"康威尔或许并不适合读书,他的理解能力差得让人无法接受,他甚至弄不懂两位数以上的计算。"母亲很伤心,她把康威尔领回家,准备靠自己的力量把他培养成才。

可是,康威尔对读书不感兴趣。为了安慰母亲,他也试着努力学习,但是不行,他无论如何也记不住那些需要记忆的知识。一天,当康威尔路过一家正在装修的超市时,他发现有一个人在超市门前雕刻一件艺术品。康威尔产生了兴趣,他凑上前去,好奇而又用心地观赏起来。不久,母亲发现,康威尔只要看到什么材料,包括木头、石头等,他一定会认真而仔细地按照自己的想法去打磨和塑造它,直到它的形状让自己满意为止。母亲很着急,她不希望他玩弄这些东西而耽误学习。康威尔不得不听从母亲的吩咐继续读书,但同时又从不放弃自己的爱好,他一直想做得更好。康威尔最终还是让母亲彻底失望了,没有一所大学肯录取他,就是本地并不出名的学院也不愿意招收他。母亲对康威尔说:"你走自己的路吧,没有人会为你负责,因为你

已长大!"听到母亲这句话,康威尔知道他在母亲眼中已是一个彻底的失败者,康威尔感到很难过。最后,康威尔决定远走他乡以寻找自己的事业。

许多年后,市政府为了纪念一位名人,决定在市政府门前的广场上置放该名人的雕像。众多的雕塑师纷纷献上自己的作品,以期望自己的大名与名人联系在一起,这是难得的荣耀和成功。最终,一位远道而来的雕塑师获得了市政府及专家的认可。在揭幕式上,这位雕塑大师说:"我想把这座雕塑献给我的母亲,因为我读书时没有期望中的成功,我的失败总令她伤心、失望。现在,我要告诉她,大学里没有我的位置,但生活总会有我的一个位置,而且是成功的位置。我想对母亲说的是,希望今天的我不至于让她再次失望。"

这个人就是康威尔。在人群中,康威尔的母亲喜极而泣。她知道康威尔并不笨,只是当年她没有把他放准位置而已。

哲理启示

人生就是探索的过程,在摸索中明确自己的价值,找到自己的位置,这就是成功。勇于进取的你找到自己人生的坐标了吗?

150

一只巴掌也能拍响

她从小就"与众不同",因为患有小儿麻痹症,不要说像其他孩子那样欢快地跳跃奔跑,就连平常走路都做不到。寸步难行的她非常悲观和忧郁,当医生教她做一点运动,说这可能对她恢复健康有益时,她就像没有听到一样。随着年龄的增长,她的忧郁和自卑感越来越重,甚至,她拒绝所有人的靠近。但也有个例外,邻居家那个只有一只胳膊的老人却成为她的好伙伴。老人是在一场战争中失去一只胳膊的,老人非常乐观,她非常喜欢听老人讲故事。

这天,她被老人用轮椅推着去附近的一所幼儿园,操场上孩子们动听的歌声吸引了他们。当一首歌唱完,老人说道:"我们为他们鼓掌吧!"她吃惊地看着老人,问道:"我的胳膊动不了,你只有一只胳膊,怎么鼓掌啊?"老人对她笑了笑,解开衬衣扣子,露出胸膛,用手掌拍起了胸膛……

那是一个初春,风中还有几分寒意,但她却突然感觉自己的身体中涌动起一股暖流。老人对她笑了笑,说:"只要努力,一只巴掌一样可以拍响。你一样能站起来的!"

那天晚上,她让父亲写了一张纸条,贴到了墙上,上面是这样的一行字:一只巴掌也能拍响。从那之后,她开始配合医生做运动。无论多么艰难和痛苦,她都咬牙坚持着。有一点进步了,她又以更大的受苦姿态来求得更大的进步。甚至在父母不在时,她自己扔开支架,试着走路。蜕变的痛苦是牵扯到筋骨的。她坚持着,她相信自己能够像其他孩子一样行走,奔跑。她要行走,她要奔跑……

11 岁时,她终于扔掉支架,又向另一个更高的目标努力着。她开始锻炼打篮球和参加田径运动。

1960 年,罗马奥运会女子 100 米跑决赛,当她以 11 秒 18 第一个撞线后,掌声雷动,人们都站起来为她喝彩,齐声欢呼着这个美国黑人的名字:威尔玛·鲁道夫。

那一届奥运会上,威尔玛·鲁道夫成为当时世界上跑得最快的女人,她共摘取了 3 枚金牌,也是第一个黑人奥运女子百米冠军。

任何时候都不要放弃希望,哪怕只剩下一只胳膊;任何时候都不要放弃梦想,哪怕残疾得不能行走。

哲理启示

从一个不能走路的孩子到成为奥运女子百米冠军,威尔玛付出了常人难以想象的努力。重要的是,她在人生道路上从未放弃过希望。

追求完美

理查·派克是世界运动史上赢得奖金最多的赛车选手。他第一次赛车回来时,兴奋地对母亲说:"有35辆车参赛,我跑了第二。""你输了!"母亲毫不客气地回答。"可是,"理查·派克瞪大了眼睛说,"这是我第一次参加比赛,而且赛车还这么多。""儿子,"母亲深情地说,"记住,你用不着跑在任何人后面!"接下来的20年中,理查·派克称霸赛车界。他的许多记录至今无人打破。问他成功的原因,他说,他从未忘记母亲的教诲,是母亲在他为第二名沾沾自喜之时,帮他发现了他还可能是第一的希望。"第一"是人们梦寐以求的,但在这个世界上,不可能所有人都争得第一。可是,试想一下,如果理查·派克连第一都不敢想,如果他得不到母亲深情的鼓励,他能在20年的时间里称霸赛车界吗?

哲理启示

"第一"曾经是很多人的梦想,但由于很多人对这一梦想缺少足够的信心,或者被挫折击退回来,以至于总是与"第一"擦肩而过。所以,只有具备理查·派克敢于想得"第一"的精神,才会有后来的动力和成功。

让"伤口"
开出美丽的花

从捡煤屑到香港首富

香港首富李嘉诚是香港长江实业集团主席、汇丰银行副主席。他的成功靠的是永不停息的奋斗。

李嘉诚祖籍广东潮安县,1928 年出生。李嘉诚 3 岁的时候,祖父去世了,从此,家里的生活越来越困难了。他的父亲几次被迫丢下教鞭,到南洋去做生意,却都没有赚到钱,最后只好回家乡来继续教书,艰难地维持着一家人的生活。李嘉诚放学后,也常常到码头去捡煤屑。李嘉诚 14 岁的时候,父亲由于操劳过度,不到 40 岁就病逝了,为了养家糊口,他只好辍学工作,刚上了几个月中学的他从此失学了。李嘉诚艰苦地工作了 8 年,省吃俭用,攒了一笔钱。他在亲友的资助下,创办了长江塑胶厂。

那时工厂很小,只能生产一些普通玩具和家庭用品。李嘉诚每天至少工作 16 小时,根本没有节假日。由于睡眠不足,怕早上起不了床,他买了两个闹钟,放在枕边。就这样,李嘉诚一干就是 7 年,终于创立了长江实业公司。

就在这么繁忙的工作中,李嘉诚也不忘坚持自学。他每天在工作之后,都会自修。不断的学习开阔了李嘉诚的眼界,增长了他控制全局的能力,保证了他的事业蒸蒸日上。

晚年的李嘉诚并没有原地踏步,他要为祖国教育的发展作贡献。他在汕头毅然投资 2.4 亿港币兴建汕头大学。他说:"汕头大学的创办是为国为

民,比较我从事的其他事业都更为重要,必须千方百计以破釜沉舟的精神建成它,这是我最大的心愿。能为国家办一点事,是我应尽的国民之天职。"

哲理启示

一个人的成功大部分靠的是锲而不舍的奋斗精神,必须不怕吃苦,敢于向困难挑战,即使你不够聪明,资质不够高,你也会取得令别人刮目的成功,所以,奋斗精神是一个人成功的关键因素。

林　肯　像

美国前总统尼克松小时候,父母、亲人对他都寄予厚望。

一次,小尼克松生日时,她的外祖母送给他一张嵌在镜框里的林肯像,上面有几句诗:"伟人的一生常提醒我们,要使自己的一生崇高庄严。在去世的时候,要在时间的沙滩上,留下你自己的足迹。"

尼克松的外祖母对他说:"孩子,外祖母希望你能学习林肯那种坚持不懈的精神。南北战争期间,有一段时间,南方占据了优势,他们希望林肯能够放弃解放黑人的做法。可是在这样的困难中,林肯还是坚持自己的意见,决不向南方妥协,即使自己牺牲了也不放弃自己的理想。孩子,你看,林肯总统的执著追求真理的精神是显而易见的。这是你应该学习的榜样。"小尼克松从此就以林肯为自己的榜样,学习他的优点,尤其是他坚强的毅力。

尼克松上中学的时候,就有很高的政治抱负,他首先想要在学生会主席的选举中取得胜利。就这样,尼克松每天晚上一下课,就在自己的房间里准备竞选演讲词,并且在自己的房间里声情并茂地演练起来。

竞选的那天,小尼克松也和别人一样,在台上发表了他的竞选演说,表明他将会如何为同学们谋福利,如何兢兢业业地为同学服务。可是由于尼克松刚到学校不久,同学们并不能很好地认识和了解他,而且那些竞选的人都有自己的朋友圈子,拥护者很多,所以最终他的竞选失败了。

回到家里,小尼克松闷闷不乐,他的父母知道后,就开导他说:"孩子,不要灰心丧气啊,这是你的第一次竞选主席,也是你第一次从事社会活动,这才是开始。""我知道,可是……"小尼克松说不出话来。"孩子,我们知道你

是以林肯为自己的榜样的,但林肯也经历过失败,你知道吗,他坚持过来了。你不要被一时的挫折吓倒,不要失去了信心,要有耐心,做事一定要执著。"父母继续开导他,"你要做一个像林肯一样伟大的人,就不能轻言放弃,就要努力去学习,去练习,知道自己哪方面不行就要努力去提高,去改正,要有针对性地做事,发挥你自己的能力,你一定能行的。这一次失败并不能说明什么啊,站起来,我的孩子。"

小尼克松完全明白父母的意思,领会了他们对他的殷切期望以及对他的要求。从此以后,小尼克松积极为同学们做事,赢得了大家一致好评,更重要的是让同学们认识了自己。同时他还积极提高自己的演讲水平,不论是在平时的课堂交流中,还是在正式的演讲比赛中,小尼克松总是很积极地参加,提高了自己的口头表达能力和语言组织能力。

哲理启示

要在前行的路上留下自己的足迹,而且这个足迹要深且长远。无论遇到什么困难都要坚持下去,无论遭遇了怎样的挫折,都要有坚持到底、永不言败的精神。

用心写字

　　宋代著名书画家米芾，小时候在私塾馆学写字，学了三年，也没学成。一天，一位进京赶考的秀才路过村里。米芾听说这秀才写得一手好字，就跑去求教。秀才翻看了米芾临帖写的一大沓子纸，若有所悟，对他说："想跟我学写字，有个条件，得买我的纸。不过，贵点，五两纹银一张。"米芾一听吓了一跳，心想："哪有这么贵的纸，这不是成心难为人吗？"秀才见他犹豫了，就说："嫌贵就算了！"米芾求学心切，借来五两银子交给秀才。秀才递给他一张纸说："回去好好写吧，三天后拿给我看。"

　　回到家，米芾捧着五两纹银买来的一张纸，左看右看，不敢轻易使用。于是翻开字帖，用没蘸墨汁的笔在书案上画来画去，想着每个字的间架和笔锋，这样琢磨来琢磨去，竟入了迷。

　　三天后，秀才来了。见米芾坐在那里，手握着笔，望着字帖出神，纸上却一字未写，便故作惊讶地问："怎么还没写？"米芾一惊，如梦方醒，才想起三天期限已到，喃喃地说道："我，我怕弄废了纸。"秀才哈哈大笑，用扇子指着纸说："好了，琢磨了三天，写个字给我看看吧！"米芾提笔写了一个"永"字。秀才拿过来一看，这个字写得大有进步，漂亮极了。这才问道："为什么三年写不好，三天却能写好呢？"米芾小心答道："因为这张纸贵，我怕浪费了纸，不敢像先前那样信笔写来，而是先用心把字琢磨透了……""对！"秀才打断他的话说，"学字不只是动笔还要动心，不但要观其形，更要悟其神，心领神会，才能写好。现在你已经懂得写字的窍门了，我该走啦。"说着挥笔在写有"永"字的纸上添了七个字。"（永）志不忘，纹银五两。"又从怀里掏出五两

纹银还给米芾,便出门上路赶考去了。

米芾一直把这五两纹银放在案头,时刻铭记这位苦心教诲的启蒙老师,并激励自己勤学苦练,后来终于成为著名的画家和书法家。

哲理启示

无论什么事情,只要肯用心,肯琢磨,就会了解到事情的真义,从而得到满意的结果。米芾能把字写好,关键就是因为他对写字肯用心,所以终于悟到其神,最终心领神会,成为名家。

一个真正的强者

丹尼斯·罗杰斯上高中时，只有1.5米的身高，36公斤的体重，是一个地道的"矮子"。他的脊柱有些弯曲，整个上身看上去弯成一个问号的样子，那也是他面向自己将来人生的疑问："我是谁？我将来能干什么？"他不知道。唯一确知的事是：自己是一个矮子，他的身高连普通标准都达不到。

由于罗杰斯身材矮小，势单力薄，学校体育队的队员们老叫他"侏儒"。他们常拿他取笑，知道他打不过他们，便常来欺负他，故意绊倒他，抢他手里的书。罗杰斯经常生活在被恐吓的阴影之中。而且，学校里每一个人都可能是潜在的恐吓者。体育课是他最难受的一门课，有竞赛的项目，哪一方也不愿要他，他常像皮球一样被踢来踢去。

一天，老师把罗杰斯叫到一边："丹尼斯，我们决定替你转一个班，从现在起，你到特殊教育班去上课吧！"

"特教班？可那是为残疾学生开的班呀！"

"我很抱歉，"老师说，拍拍罗杰斯的肩膀，"但是我们是为你着想。"

放学了，罗杰斯回到家，"砰"地一声关上房门，在镜子前仔细端详自己：弯腰驼背，手臂细得像牙签。他失望地倒在床上。"为什么？为什么我会长成这样？"罗杰斯站起身来，望着父亲在院子里干活的身影发呆。父亲虽然也是小个子，却曾在海军里服过役，人虽矮小，但身上肌肉发达，没人敢欺负他。罗杰斯暗自下了决心。

父亲帮助他自制了一个举重用的杠铃。每天晚上，他都到楼下的储藏室去练习举重。一次次地，罗杰斯逐渐能举起杠铃了。他又不时往上加重量,往往一次加上 5 磅,他必须要拼足全部力气才能举起来。对罗杰斯来说,这不仅仅是举杠铃,更是向自我挑战。他要改变自己弱不禁风的形象。但不管罗杰斯能举多重,他总觉得自己仍然不行,因为他的个子太小。怎么办?他狂吞富含蛋白质的牛奶、鸡蛋等营养品,在各种健美杂志中去寻求帮助。6 个月后,在罗杰斯 17 岁生日的这一天,他仍然只有1.52米高,体重 40公斤。

父亲替人做船上用的帆布帐篷。罗杰斯常帮父亲干活。一天,他把一卷帆布从汽车里搬到山坡上的工场去。这卷帆布大概有 6 英尺长,80 多公斤重。他把它扛上肩,往前迈了一步。哟!真重!但是,他不能扔下!他跟跟跄跄地爬上山坡,累得满头大汗。但是,最终他一个人把这卷帆布扛上了山坡!他惊讶不已,简直不敢相信自己的锻炼已经初见成效!

罗杰斯做了一个实验:在杠铃上放上迄今为止举起的重量,然后再加上额外的 50 磅。"不要去想你的个子,"他告诉自己,"举就是了,你能行。"他举了,居然举起来了!他知道为什么自己能举起这么重的东西了。过去,他总认为自己的个子小,越是这样,就越是限制了自己潜能的挖掘,更说不上发挥了。

从此,罗杰斯开始正规地学习举重,每天都去体育馆训练。他的肌肉增加了,力气增大了,微驼的脊背伸直了。有不少在这里锻炼的人都爱掰手腕,他也加入进去。最初,当罗杰斯在他们面前坐下的时候,他们都以嘲笑的眼光看着他。罗杰斯不理会这些,他把他们一个一个地都打败了。但是,罗杰斯输给了一个叫鲍勃的人。

一天,罗杰斯在健美杂志上看见一则东海岸将举行掰手腕比赛的广告,欢迎各路精英参加。他告诉鲍勃,自己也想去参加比赛。

"想都别想，"鲍勃说，"那都是一些专业人士，他们一年到头都在训练。弄不好，你还会受伤的。"

罗杰斯不相信，他走进了东海岸掰手腕比赛的现场。罗杰斯遇到了同样轻视嘲笑的目光。然而，他打败了所有的对手。那天结束的时候，罗杰斯成了比赛的冠军，一个真正的强者。

哲理启示

　　一个真正的强者从来不会看低自身的价值，他们能够控制自我的发展，即使是自身的弱点，强者也能找到突破口，从而更加奋发向上。所以，要培养自己挑战自身极限的信心，发挥自己的潜能，做个强者。

曾国藩与盗贼

曾国藩是中国历史上最有影响的人物之一,然而他小时候的天赋却不高。有一天他在家读书,不知道重复一篇文章多少遍了,却还在朗读,只因为他还没有背下来。

这时候他家来了一个贼,潜伏在屋檐下,希望等读书人睡觉之后捞点儿好处。可是等啊等,就是不见他睡觉,还是翻来覆去地读那篇文章。贼人大怒,跳出来说:"这种水平读什么书?"然后将那篇文章背诵一遍,扬长而去!贼人是很聪明,至少比曾先生要聪明,但是他只能成为贼,而曾先生却成为很多人都钦佩的人:"近代最有大本大源的人。"

哲理启示

勤奋的人通常会比耍小聪明的人更容易获得成功,因为勤奋后所得到的结果是实实在在的,即使不够聪明,也会取得骄人的成绩。所谓的"勤能补拙"讲的也是这个道理。

施有"法术"的曲子

在一个寒冷的冬夜,大风呼啸,漫天飘舞着鹅毛般的雪花。意大利小提琴家帕格尼尼正乘着四轮马车赶往剧院举行独奏音乐会。剧院里早已坐满了女士和先生们,人们都想亲耳聆听一下这位被称为"魔鬼的儿子"的帕格尼尼举世无双的、神奇美妙的演奏。

到了剧院,帕格尼尼准备就绪,只见他左手挟着小提琴,右手拿着琴谱,走上了舞台。刚走出几步,不料皮鞋里的一颗小钉子从鞋底下顶了出来,戳痛了他的脚板,因此,帕格尼尼只能跛着脚,一拐一拐地走至舞台正中。这一滑稽动作引起了全场哄堂大笑。帕格尼尼却不管这些,他那不露声色的、瘦削的面庞上流露出一丝艺术家所特有的严峻。他把琴谱放在谱架上之后即开始演奏。谁知刚演奏了几个乐句,谱架旁边用来照明的蜡烛倒了,将谱子烧起来,一瞬间,只见火苗跳跃,青烟袅袅,全场又是一阵惊呼声。但是帕格尼尼凭借他那非凡的天才继续演奏着,音乐没有中断。美妙的音乐从那双瘦长的、充满魔力的手下奔泻而出,顺着激情的河床,向前驰去,好似在人们面前展现出一幅画:春天的原野上,一片明媚、和煦的阳光慈祥地抚摩大地,春风轻拂着千姿百态……听众们全都沉浸在这美妙的音乐湍流之中,令人心旷神怡。帕格尼尼正拉至高潮,突然,小提琴的第二弦(A弦)断了。没有了第二弦,乐曲怎么再继续演奏下去呢?天才的帕格尼尼没有中断演奏,小提琴在继续歌唱着。他运用了高超的技巧,使一场行将失败的音乐会获得了巨大成功。女士、先生们都听得目瞪口呆,惊叹不已。一曲终了,余音绕梁,全场轰动,迸发出狂热的掌声和喝彩声。

在听众的一再要求下,帕格尼尼脱身不得,只好重新登台,再演奏一遍刚才施有"法术"的曲子。只见帕格尼尼一时性起,从口袋里掏出一把小刀,将小提琴上的第三弦与第一弦都割断,这样在小提琴上就只剩下了第四弦。第四弦(G弦)的音色本来就是很美的,深厚而富于歌唱性。帕格尼尼运用了当时尚不为人知的技巧,这就是我们现在学习小提琴时都知道的"人工泛音"在第四弦上奏出了其他三根弦上的音。这一遍比第一遍还要动听,使人们如醉如痴。狂热的听众都为帕格尼尼的神奇美妙的演奏而欢声雷动,祝贺他的巨大成功。

哲理启示

一个相信自己能力的人通常会使自己的技艺发挥到最佳状态,无论客观环境是好是坏。同样,娴熟的技艺又会对一个人的自信心有所巩固和提升,所以,多一点自信,你就会多一点成功的机会。

获得知识的绝妙之法

晋代的大文学家陶渊明隐居田园后,某一天,有一个读书的少年前来拜访他,向他请教求知之道,看看能否从陶渊明这里讨得获得知识的绝妙之法。

见到陶渊明,那少年说:"老先生,晚辈十分仰慕您老的学识与才华,不知您老在年轻时读书有无妙法? 若有,敬请授予晚辈,晚辈定将终生感激!"

陶渊明听后,捋须而笑道:"天底下哪有什么学习的妙法? 只有笨法,全凭刻苦用功、持之以恒,勤学则进,怠之则退。"

少年似乎没听明白,陶渊明便拉着少年的手来到田边,指着一棵稻秧说:"你好好地看,认真地看,看它是不是在长高?"

少年很是听话,蹲下去认真地看,可怎么看,也没见稻秧长高,便起身对陶渊明说:"晚辈没看见它长高。"

陶渊明说:"它不能长高,为何能从一棵秧苗,长到现在这等高度呢? 其实,它每时每刻都在长,只是我们肉眼无法看到罢了。读书求知以及知识的积累,便是同一道理! 天天勤于苦读,也无法发现今天的知识比昨天的多,但天长日久,丰富的知识就装在自己的大脑里了。"

说完这番话,陶渊明又指着河边一块大磨石问少年:"那块磨石为什么会有像马鞍一样的凹面呢?"

少年回答:"那是磨镰刀磨的。"

陶渊明又问:"具体是哪一天磨的呢?"

少年无言以对,陶渊明说:"村里人天天都在上面磨刀、磨镰,日积月累,年复一年,才成为这个样子,不可能是一天之功啊,正所谓冰冻三尺非一日之寒!学习求知也是这样,若不持之以恒地求知,每天都会有所亏欠的!"

少年恍然大悟,陶渊明见孺子可教,又兴致极好地送了少年两句话:"勤学似春起之苗,不见其增,日有所长,辍学如磨刀之石,不见其损,日有所亏。"

哲理启示

想要获得真正的成功,必须具备坚定的意志、强烈的自信和持之以恒的精神。一个人的成功并非是轻松取得的,只有坚持不懈地刻苦努力,才会到达理想的目的地。

成功的关键

有人问苏格拉底："你成为这么出名的思想家,成功的关键是什么?"

"多思多想!"苏格拉底回答。

这人满怀"心得",回去躺在床上,望着天花板,开始多思多想。

一个月以后,苏格拉底在回家的路上,碰见了那人的妹妹,她对苏格拉底说:"求你去见我哥哥一面吧,他从你那儿回来后,就像中了魔一样。"

苏格拉底到了那人的家中一看,只见那人变得骨瘦如柴,拼命挣扎着爬起,对苏格拉底说:"我每天都在思考,你看我离伟大的思想家还有多远?"

"你整天只想不做,那你思考了些什么呢?"苏格拉底问。

那人道:"想的东西太多,头脑里都装不下了。"

"我看你除了脑袋上长满头发,收获的全是垃圾。"

"垃圾?"

"只想不做的人只能生产思想垃圾。"苏格拉底答道,"成功是一把梯子,双手插在口袋里的人是爬不上去的。"

哲理启示

思想的意义是最终要将其变为行动,成为现实,如果只是一味地空想,而没有实际的行动,那么思想则没有任何意义。所以,在想的同时也去做,才是最为合理的方式。

171

学会轻松地走路

年轻时,威廉·科贝特辞掉了报社的工作,一头扎进创作中去,可他心中的"鸿篇巨制"却一直写不出来,他感到十分痛苦和绝望。

一天,他在街上遇到了一位朋友,便不由地向他倾诉了自己的苦恼。朋友听了后,对他说:"咱们走路去我家好吗?""走路去你家?至少也得走上几个小时。"朋友见他退缩,便改口说:"咱们就到前面走走吧。"

一路上,朋友带他到射击游艺场观看射击,到动物园观看猴子。几个小时走下来,他们都没有感到一点儿累。在朋友家里,威廉·科贝特听到了让他终身难忘的一席话:"今天走的路,你要记在心里,无论你与目标之间有多远,也要学会轻松地走路。只有这样,在走向目标的过程中,才不会感到烦闷,才不会被遥远的未来吓倒。"

就是这番话,改变了威廉·科贝特的创作态度。他不再把创作看做一件苦差,而是在轻松的创作过程中,尽情地享受创作的快乐。不知不觉间,他写出了《莫德》、《交际》等一系列名篇佳作,成为美国一位著名的专栏作家。

哲理启示

面对遥远而又难以实现的目标,要学会用平常的心态去看待。如果觉得目标太大太远,不妨先实现一些小的目标,这样才不会使自己有太大的压力,从而使自己在轻松的状态中走近大目标。

最伟大的球员

汤姆·丹普西一生下来就是残废的,他的右腿少了半截,右手只有一小段。从小他就渴望像别的男孩一样运动,尤其是踢足球。汤姆的父母看在眼里,疼在心头,他们为了满足儿子的愿望,替他装了木制的假肢,并给他买了特制足球鞋。汤姆高兴极了,开始日复一日用他的假肢练习踢球,远距离射门。由于他的球技精湛,被邀请加入新奥尔良圣人队。

一次球赛终场前两秒钟,汤姆·丹普西用他残缺的腿,从 63 英尺之外踢进了一球。全场近 8 万名球迷的尖叫声响彻云霄,他打破了职业足球赛中进球最远的纪录。圣人队以 19 比 17 险胜底特律狮队。

"我们败给一个奇迹!"底特律的教练约瑟夫·史奇特说。

"踢进那一球的不是丹普西,"狮队的后卫韦恩·沃克说,"而是上帝。"

汤姆·丹普西成功的原则,适合每一个人,不论是残疾人还是健全人,并且不分年龄大小。

哲理启示

　　一个人无论是健全的,还是残疾的,只要是勤奋的,就会创造奇迹。上帝对每个人都是公平的,勤奋努力的结果肯定会比坐吃山空好得多。所以,拥有一颗勤奋的心,你距离成功就会越来越近。

我代表我的祖国

1919 年到 1927 年,徐悲鸿在欧洲留学。那时,中国留学生在外国,不仅经济上困难,而且政治上受歧视。有个洋学生向徐悲鸿挑衅说:"中国人愚昧无知,生来就是当亡国奴的材料,即使是把你们送到天堂里去深造,也成不了才。"这话激怒了具有满腔爱国热血的徐悲鸿,他严肃地说:"那好,我代表我的祖国,你代表你的国家,等学习结业时,看到底谁是人才,谁是蠢材!"从此,徐悲鸿怀着为中华民族争光的坚定决心,刻苦努力,经常到卢浮宫、凡尔赛宫等巴黎各大博物馆临摹世界名作,一去就是一整天。

有志者事竟成。徐悲鸿进入巴黎国立高等美术学校的第一年,他的油画就受到法国艺术家弗拉蒙先生的好评。接着,在数次竞赛考试中,他都获得了第一名。1924 年,他的油画《远闻》、《怅望》、《箫声》、《琴课》等在巴黎展出后,轰动了巴黎美术界。这时,那个曾向他挑衅的洋学生,不得不承认自己不是对手。

哲理启示

徐悲鸿的爱国热忱激发了他为国争光的志气和志向。拥有了志向的人会一直拥有奋斗的热情力量,会一直坚持不懈直到成功,这是一种积极心态的力量,同时也是勤奋的结果。

一点感觉也没有

1837 年曾任美国总统的安德鲁·杰克逊,是美国历史上最出色的政客之一。在他妻子死后,杰克逊对自己的健康状况变得非常担忧,家中已经有好几个人死于瘫痪性中风,杰克逊因此认定他必会死于同样的症状,所以,他一直在这种阴影下极度恐慌地生活着。

一天, 他正在朋友家与一位年轻的小姐下棋。突然杰克逊的手垂了下来,整个人看上去非常地虚弱,脸色发白,呼吸沉重,他的朋友走到他身边。

"最后还是来了,"杰克逊乏力地说,"我得了中风,我的整个右侧瘫痪了。"

"你是怎么知道的呢?"朋友问。

"因为,"杰克逊答道,"刚才我在右腿上捏了几次,但是一点感觉也没有。"

"可是,先生,"和杰克逊下棋的那位姑娘说道,"你刚才捏的是我的腿啊!"

哲理启示

如果你对你所害怕的东西过于紧张的话,那么你会因此而越来越紧张,以至于形成不良的结果。如果能消除这种紧张,以轻松的平常心去看待可怕的事物,你会发现其原来并非那样可怕。

更广阔的天空

1888年,美国银行家莫尔当选美国副总统。他曾是一个布匹商人,从一个小商人到副总统,为什么会发展得这么快?

莫尔说:"我做布匹生意真的很成功。可有一天,我读了一本文学家爱默尔的书,书中的一段话打动了我。这段话是这样写的:一个人如果拥有一种人家需要的才能和特长,不管他处在什么环境什么角落,终会有一天被人发现。这段话让我怦然心动,冥冥中我觉得自己应该走向更广阔的空间去发展。这使我想到了当时最重要的金融业,于是,我不顾别人的反对,放弃布匹生意,改营银行。因为我的银行总是在稳妥可靠的条件下进行运作,许多人和企业都愿意找我,因此我经营银行十分成功,最终成为金融巨头。"

哲理启示

一个人成功的路有很多条,只要选对方向,努力地沿着这条路前进,就会取得大成功。同时,人还要勇于憧憬成功,为自己的未来开拓出一个更宽广的空间,这是选择自己要走的路的前提条件。

做最出色的人

许多年前,一个妙龄少女来到东京帝国酒店当服务员。这是她涉世之初的第一份工作,也就是说她将在这里正式步入社会。因此她很激动,暗下决心:一定要好好干!但让她想不到的是:上司安排她洗厕所!

洗厕所!实话实说没人爱干,何况她从未干过粗重的活儿,细皮嫩肉,又爱干净,她能干得了吗?洗厕所时,视觉上、嗅觉上以及体力上都会使她难以承受,心理暗示的作用更是使她忍受不了。当她用自己的白皙细嫩的手拿着抹布伸向马桶时,胃里立刻"造反",翻江倒海,恶心得想呕吐却又呕吐不出来,太难受了。而上司对她的工作质量要求特高,高得吓人:必须把马桶洗得光洁如新!

她当然明白"光洁如新"的含义,她当然更知道自己不适应洗厕所这一工作,真的难以符合"光洁如新"这一高标准的质量要求。因此,她陷入困惑、苦恼之中,也哭过鼻子。这时,她面临抉择:是继续干下去,还是另谋职业?继续干下去——太难了,另谋职业——知难而退?她不甘心就这样败下阵来,因为她想起了自己初来时曾下的决心。

正在此关键时刻,同单位的一位前辈及时地出现在她的面前,帮她摆脱了困惑、苦恼。但他并没有用空洞的理论去说教,只是亲自做给她看了一遍。

首先,他一遍遍擦洗着马桶,直到擦洗得光洁如新;然后,他从马桶里盛了一杯水,一饮而尽喝了下去!竟然毫不勉强。实际行动胜过万语千言,他不用一言一语就告诉了她一个极为朴素、极为简单的真理:光洁如新,要点

在于"新",新则不脏,因为不会有人认为新马桶脏,也因为新马桶中的水是不脏的,所以是可以喝的;反过来讲,只有马桶中的水达到可以喝的洁净程度,才算是马桶擦洗得"光洁如新"了,而这一点已被证明可以办得到。

同时,他送给她一个含蓄的、富有深意的微笑,送给她一束关注的、鼓励的目光。这已经够用了,因为她早已激动得几乎不能自持,从身体到灵魂都在震颤。她痛下决心:"就算一生洗厕所,也要做一名洗得最出色的人!"

从此,她成为一个振奋的人;从此,她的工作质量也达到了那位前辈的水平,她也多次喝过厕水,为了检验自己的自信心,为了证实自己的工作质量;从此,她踏上了成功之路。

几十年光阴一瞬而过,如今她已是日本政府的主要官员——邮政大臣。她的名字叫野田圣子。

哲理启示

选择了做一件事情,就要把它做好,无论这是一件光耀千秋的事,还是一件微不足道的小事,都要有全身心投入进去的精神,只有这样,才会增加成功的机会。

一定要向海外发展

几年前被《财富》选为亚洲首富的李嘉诚,业务遍及20多个国家,员工8万人。

70多岁的李嘉诚,曾这样畅谈学英文的经验:"我的英文就不算好,由ABC开始,都未学到Z,日本仔的飞机已经到处放炸弹。正规教育我受过很少,但非正规的教育我肯学。"

1937年,日军犯境,当小学校长的父亲带着李嘉诚逃离赴港。翌年父亲患上肺病。一个周末的下午,他到医院探父,想逗病危的父亲高兴:"英文也不算难,我读一段给你听。"爸爸听罢,满面哀伤,"因为他知我很喜欢读书,但当时环境不许可。"李嘉诚语带哽咽说。

"我的英文是一个同屋女孩教的,我则教她数学。"父亲临终前一天,发觉没有任何财产可以留下,只好反问爱子可有话跟他说。李嘉诚很自信地应许父亲说:"我们一家人一定生活得好好的。"为了践诺,李嘉诚使出狠劲,一边当推销员,一边上夜校学英文。他用报纸练字,一面写满了,又翻过另一面再写,直至整张纸写得皱皱烂烂为止。

22岁时,开了塑胶厂,他深信到26岁,储够钱,凭着恶补的英文,可以考上大学。岂料一个大户破产,毁了他的梦。但苦学的英文为他打开了成功之门。

20世纪50年代在做塑胶花时,他坚持订阅全世界最新的塑胶杂志,第一本是美国杂志《Modern Plastics》(《现代塑料》),他又飞到英美参加塑胶展,掌握最新形势。

在外国杂志中,他留意到一部制造塑胶瓶子的机器,但从外国订制太贵了。于是他凭自学的英文就研制了这部机器。李嘉诚说:"它至少让我赚了几万港币。"他开始请私人老师,每天7时上班前,教他英文。

他的发达和刻苦学习英文是分不开的。

20世纪80年代初中英会谈期间,不少公司都停留在业务本地化的阶段,但李嘉诚考虑的是,公司要发展得快,就一定要向海外发展。他并没因自己带潮州口音而避讲英语或避请洋人,由开会到接受访问,只要对象是洋人,他一概英语对答,无须翻译。

但他总嫌自己看英文看得慢,遇有好文章,有时会中译后才看。几年前在剑桥大学领取荣誉博士学位时,他抱憾地说:"如果是自己读过来的,我会开心好多!"

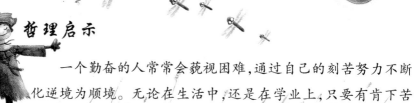

哲理启示

一个勤奋的人常常会藐视困难,通过自己的刻苦努力不断化逆境为顺境。无论在生活中,还是在学业上,只要有肯下苦功的刻苦精神,即便有再大的困难,也是能克服的。

无人涉足的地方

1899 年爱因斯坦在瑞士苏黎世联邦工业大学就读时,他的导师是数学家明可夫斯基。由于爱因斯坦肯动脑、爱思考,深得明可夫斯基的赏识。师生二人经常一起探讨科学、哲学和人生。有一次,爱因斯坦突发奇想,问明可夫斯基:"一个人,比如我吧,究竟怎样才能在科学领域、在人生道路上,留下自己的闪光足迹,作出自己的杰出贡献呢?"

一向才思敏捷的明可夫斯基却被问住了,直到三天后,他才兴冲冲地找到爱因斯坦,非常兴奋地说:"你那天提的问题,我终于有了答案!"

"什么答案,"爱因斯坦迫不及待地抱住老师的胳膊,"快告诉我呀!"

明可夫斯基手脚并用地比画了一阵,怎么也说不明白,于是,他拉起爱因斯坦就朝一处建筑工地走去,而且径直踏上了建筑工人刚刚铺平的水泥地面。在建筑工人们的呵斥声中,爱因斯坦被弄得一头雾水,非常不解地问明可夫斯基,"老师,您这不是领我误入歧途吗?"

"对、对,歧途!"明可夫斯基顾不得别人的指责,非常专注地说,"看到了吧? 只有这样的'歧途',才能留下足迹!"然后他又解释说:"只有新的领域、只有尚未凝固的地方,才能留下深深的脚印。那些凝固很久的老地面,那些被无数人、无数脚步涉足的地方,别想再踩出脚印来……"

听到这里,爱因斯坦沉思良久,非常感激地对明可夫斯基说:"恩师,我明白您的意思了!"

从此,一种非常强烈的创新和开拓意识,开始主导着爱因斯坦的思维和行动。他曾经说过这样的话:"我从来不记忆和思考词典、手册里的东西,我

的脑袋只用来记忆和思考那些还没载入书本的东西。"

于是,就在爱因斯坦走出校园,初涉世事的几年里,他作为伯尔尼专利局里默默无闻的小职员,利用业余时间进行科学研究,在物理学三个未知领域里,齐头并进,大胆而果断地挑战并突破了牛顿力学。在他刚刚26岁的时候,就提出并建立了狭义相对论,开创了物理学的新纪元,为人类作出了卓越的贡献,在科学史册上留下了深深的闪光的足迹。

哲理启示

一个有创新思维的人常常会取得让人惊奇的成绩。在人类生活的各个方面,有很多东西都有待进一步的发掘和开拓,所以,具备一定的创新精神会使自己的路更宽广,更长远。

"偷着学会的"著名化学家

瑞典化学家舍勒只上过小学,从 15 岁起在一家药房里当学徒。用舍勒自己的话来说,他的许多化学知识和技能,都是那时"偷着学会的"呢!

有一天晚上,舍勒在钻研孔克尔的名著《实验室指南》时,对书中的一段论述产生了疑问。他多么想去药店老板的实验室验证一下啊!可是,刻薄的老板有规定,未经特殊许可,任何人不得进入他的私人实验室。

夜深了,窗外寂静极了,只有秋虫偶尔发出唧唧的叫声。舍勒实在憋不住了,就点上蜡烛,偷偷溜进了实验室。他正聚精会神地操作着,突然,耳边响起一个严厉的声音:"谁在这儿?"他吓了一跳,猛抬头,只见旁边站着自己的同事格伦贝格。顿时,他心中像一块石头落地似的,变得轻松起来。

因为,格伦贝格是他最要好的朋友啊!

"这么晚了,你来实验室干什么?"格伦贝格不解地问。

"我实在睡不着呀。"舍勒指着桌上的《实验室指南》和实验装置,感慨地说:"你看,孔克尔的书上说,盐精和石墨不能混合。我想验证一下,看书上写得对不对。"

"噢,原来如此。"格伦贝格关切地说,"不过,你可要注意身体呀,别熬得太晚啦!"

"放心吧,我一定注意。另外,希望你替我保密,千万别让老板知道了。"舍勒低声央求说。

格伦贝格默默地点了点头。

经过实验,舍勒证明了孔克尔的书上是把石墨和软锰混为一谈了。后

来,他还用软锰矿制出了氯气。

　　舍勒就是这样,一有疑问就背着老板,偷偷地去实验室验证。天长日久,这位小药剂师终于跻身于著名化学家的行列。

哲理启示

　　热爱学习的人,喜欢追求知识的人,常常提出问题的人,总是会获得比别人更多的机会,因为他们比别人拥有了更丰富的知识,更广阔的视野和更多的思考。

一有空闲就练习

卡尔·华尔德曾经是美国近代诗人、小说家和出色的钢琴家爱尔斯金的钢琴教师。有一天,他给爱尔斯金教课的时候,忽然问他:"你每天要练习多少时间钢琴?"

爱尔斯金说:"大约每天三四个小时。"

"你每次练习,时间都很长吗? 是不是有个把钟头的时间?"

"我想这样才好。"

"不,不要这样!"卡尔说,"你将来长大以后,每天不会有长时间的空闲的。你可以养成习惯,一有空闲就几分钟几分钟地练习。比如在你上学以前,或在午饭以后,或在工作的余闲,5 分钟、5 分钟地去练习。把小的练习时间分散在一天里面,如此则弹钢琴就成了你日常生活中的一部分了。"

14 岁的爱尔斯金对卡尔的忠告未加注意,但后来回想起来真是至理名言,后来他得到了不可限量的益处。

当爱尔斯金在哥伦比亚大学教书的时候,他想兼职从事创业。可是上课、看卷子、开会等事情把他白天和晚上的时间完全占满了。差不多有两个年头,他不曾动笔,他的借口是"没有时间"。后来,他突然想起了卡尔·华尔德先生告诉他的话。到了下一个星期,他就把卡尔的话实践起来。只要有 5 分钟左右的空闲时间,他就坐下来写作 100 字或短短的几行。

出乎意料之外,在那个星期的终了,爱尔斯金竟写出了相当多的稿子。

后来,他用同样积少成多的方法,创作长篇小说。爱尔斯金的授课工作虽一天繁重一天,但是每天仍有许多可资利用的短短余闲。他同时还练习

钢琴,发现每天小小的间歇时间,足够他从事创作与钢琴两项工作。

哲理启示

古人说:"积薄而为厚,聚少而为多。"极短的零散时间,如果能毫不拖延地充分加以利用,就能积少成多地供给你所需要的长时间。

贝利的怀疑和恐惧

　　球王贝利的名声早已为世界众多足球迷所称道,但是当他年轻时得知自己入选巴西最有名气的桑托斯足球队时,竟然紧张得一夜未眠。他翻来覆去想着:"那些著名球星们会笑话我吗? 万一发生那样尴尬的情形,我有脸回来见家人和朋友吗?"

　　他甚至还无端猜测:"即使那些大球星愿意与我踢球,也不过是想用他们绝妙的球技,来反衬我的笨拙和愚昧。如果他们在球场上把我当做戏弄的对象,然后把我当白痴似的打发回家,我该怎么办?"

　　一种前所未有的怀疑和恐惧使贝利寝食不安,因为他根本就缺乏自信。分明自己是同龄人中的佼佼者,但忧虑和自卑,却使他情愿沉浸于希望,也不敢真正迈进渴求已久的现实。

　　贝利终于身不由己地来到了桑托斯足球队,那种紧张和恐惧的心情,简直没法形容。"正式练球开始了,我已吓得几乎快要瘫痪。"他就是这样走进一支著名球队的。原以为刚进球队只不过练练盘球、传球什么的,然后便肯定会当板凳队员。哪知第一次,教练就让他上场,还让他踢主力中锋。贝利紧张得半天没回过神来,双腿像长在别人身上似的,每次球滚到他身边,他都好像是看见别人的拳头向他击来。在这样的情况下,他几乎是被硬逼着上场的,而当他迈开双腿不顾一切地在场上奔跑起来时,他便渐渐忘了是跟谁在踢球,甚至连自己的存在也忘了,只是习惯性地接球、盘球和传球。在快要结束训练时,他已经忘了桑托斯球队,而以为又是在故乡的球场上练球了。

那些使他深感畏惧的足球明星们,其实并没有一个人轻视他,而且对他相当友善。如果贝利的自信心稍微强一些,也不至于受那么多的精神煎熬。问题是贝利从小就太自尊,自视太高,以至于难以满足。他之所以会产生紧张和自卑,完全是因为把自己看得太重。

哲理启示

一心只顾虑别人将如何看待自己,而且还是以极苛刻的标准为衡量尺度。这又怎能不导致怯懦和自卑呢?极度的压抑会淹没本身所具有的活力和天赋。专注于你的事业,忘掉自我,保持一种泰然自若的心态,是克服紧张情绪,战胜自卑心理的法宝。

再前进一步

1967年夏天,美国跳水运动员乔妮·埃里克森在一次跳水事故中,身负重伤,除脖子之外,全身瘫痪。

乔妮哭了,她躺在病床上久久不能入眠。她怎么也摆脱不了那场噩梦,为什么跳板会滑?为什么她会恰好在那时跳下?不论家里人怎样劝慰她,亲戚朋友们如何安慰她,她总认为命运对她实在不公。出院后,她叫家人把她推到跳水池旁。她注视着那蓝莹莹的水波,仰望那高高的跳台。她,再也不能站立在那洁白的跳板上了,那蓝莹莹的水波再也不会溅起朵朵美丽的水花拥抱她了,她又掩面哭了起来。从此她被迫结束了自己的跳水生涯,离开了那条通向跳水冠军领奖台的路。

她曾经绝望过。但现在,她拒绝了死神的召唤,开始冷静思索人生的意义和生命的价值。

她借来许多介绍前人如何成才的书籍,一本一本认真地读了起来。她虽然双目健全,但读书也是很艰难的,只能靠嘴衔根小竹片去翻书,劳累、伤痛常常迫使她停下来。休息片刻后,她又坚持读下去。通过大量的阅读,她终于领悟到:我是残了,但许多人残了后,却在另外一条道路上获得了成功,他们有的成了作家,有的创造了盲文,有的创造出美妙的音乐,我为什么不能?于是,她想到了自己中学时代曾喜欢画画。我为什么不能在画画上有所成就呢?这位纤弱的姑娘变得坚强起来了,变得自信起来了。她捡起了中学时代曾经用过的画笔,用嘴衔着,练习开始了。

这是一个多么艰辛的过程啊。用嘴画画,她的家人连听也未曾听说过。他们怕她不成功而伤心,纷纷劝阻她:"乔妮,别那么死心眼了,哪有用嘴画画的,我们会养活你的。"可是,他们的话反而激起了她学画的决心,"我怎么能让家人一辈子养活我呢?"她更加刻苦了,常常累得头晕目眩,汗水把双眼弄得咸咸的辣痛,甚至有时委屈的泪水把画纸也淋湿了。

为了积累素材,她还常常乘车外出,拜访艺术大师。好些年过去了,她的辛勤劳动没有白费,她的一幅风景油画在一次画展上展出后,得到了美术界的好评。

不知为什么,乔妮又想到要学文学。她的家人及朋友们又劝她了,"乔妮,你绘画已经很不错了,还学什么文学,那会更苦了你自己的。"她是那么倔强、自信,她没有说话,她想起一家刊物曾向她约稿,要她谈谈自己学绘画的经过和感受,她用了很大力气,可稿子还是没有写成,这件事对她刺激太大了,她深感自己写作水平差,必须一步一个脚印地去学习。

这是一条满是荆棘的路,可是她仿佛看到艺术的桂冠在前面熠熠闪光,等待她去摘取。

是的,这是一个很美的梦,乔妮要圆这个梦。终于,又经过许多艰辛的岁月,这个美丽的梦终于成了现实。1976 年,她的自传《乔妮》出版了,轰动了文坛,她收到了数以万计的热情洋溢的信。两年后,她的《再前进一步》一书又问世了,该书以作者的亲身经历,告诉残疾人,应该怎样战胜病痛,立志成才。后来,这本书被搬上了银幕,影片的主角就由她扮演,她成了青年们的偶像,成了千千万万个青年自强不息、奋进不止的榜样。

哲理启示

德国诗人歌德在他的不朽名著《浮士德》中说:"凡是自强不息者,终能得救!"只要信心不垮,奋发向上,身体的残疾就不是障碍。

借款与忠告

　　林肯同父异母的兄弟约翰斯顿写信给他,告诉他自己"破产"了,现正在伊利诺伊州科尔斯县经营家庭农场,因"经营压力很大",所以需要借一笔钱。今天在我们看来,林肯的回信完全对得起他兄弟的要求,因为培养辛勤工作的习惯比得到一笔借款更为重要。让我们来看这封信的全文:

亲爱的约翰斯顿:

　　很遗憾,我并不认为满足你80元钱借款的要求是一个好主意。以前,每当我帮了你一个大忙,你总会说:"这下好了,我们不会有问题了。"可过不了多久,你又会陷入同样的困难中。既然这种情况一再发生,那就只能从你自身行为的缺陷中寻找原因了。你的缺陷在哪里呢? 我觉得我应该略知一二的。你不懒,但你仍然是一个游手好闲的人。我怀疑,自从我上次见了你之后,你又没有干很多的事,因为你看不到工作中可以得到很多东西。

　　这种无益的浪费时间,就是造成困难的全部原因。你应该改掉这个习惯,这对你,甚至对你的孩子都有非常重要的意义。为什么对你的孩子们有非常重要的意义呢? 这是因为他们的人生才刚刚开始,在他们刚开始人生的时候就抛弃这种游手好闲的习惯,比他们开始人生后再去想办法克服要容易得多。

　　让父亲和你的孩子照管家里的一切——种种地,照看庄稼。你出去工作,找一份报酬好的工作,或者去做义工抵债。为了确保你能得到合适的报酬,我在这里向你保证,从今天开始到明年的5月1日为止,你在工作中每得到一元钱的报酬,或抵掉一元钱的债务,我就加付你一元。

　　这样,如果你得到了一份月薪10元钱的工作,你就能在我这里得到另外10元钱,你的月薪就成了20元。我也并没有要你出远门去圣路易斯,或

191

去加利福尼亚的铅矿或金矿,我只要你在我们的家乡科尔斯县附近找一份报酬最合适的工作。

如果你能做到这点,你就马上能还清债务,更有益的是,你会培养一个好习惯,使你永远不会再负债。你说如果得到70或80元钱,你愿意把自己在天堂里的位置也让给别人,那你也太贱了。我可以肯定,加上我奖励给你的钱,用不上四五个月你就能得到七八十元钱。你还说,如果我借给你这些钱,你就会把土地抵押给我,而且,如果你还不了钱,就把土地所有权给我——荒唐!现在你有这些土地都生活不下去,那么没有了这些土地你又怎么能生活下去呢?你对我一直不错,我现在对你也不是不讲亲情。相反,如果你听从我的劝告,你就能发现,我这里提的忠告比我借给你80元钱还值钱。

祝福您!

你的兄弟

亚伯拉罕·林肯

哲理启示

授人以鱼不如授人以渔。林肯并没有简单地答应兄弟的要求,是因为这种简单的施舍会让他的兄弟越陷越深。只有改变他的生活态度及生活习惯,问题才能真正得到解决。

从海盗到作家

　　杰克·伦敦是美国著名的现实主义作家。他的作品不仅在美国本土广泛流传,而且受到世界各国人民的欢迎。伟大的革命导师列宁在病榻上时,曾特意请人朗读小说,其中就有杰克·伦敦的短篇小说《热爱生命》。列宁给予这部小说很高的评价。

　　杰克·伦敦于1876年1月12日出生在美国加利福尼亚州一个破产的农民家庭。童年时的他就已饱尝了贫穷困苦的滋味。8岁的时候,为了谋生,他不得不到一个畜牧场当牧童。10岁以后,他开始在旧金山附近的奥克兰市当报童、码头小工、帆船水手、麻织厂工人等。为了养家糊口,他甚至要一天工作18至20个小时,累得筋疲力尽,在饥寒交迫的牛马生涯中尝尽了艰辛。

　　这期间,杰克·伦敦开始阅读大量的小说和其他读物。一部西班牙旅游札记《阿尔罕伯拉》唤起了杰克·伦敦对大海的向往。他向自己的乳母借来300美元,买了一艘小帆船,过起了海盗式的成人生活。

　　16岁时,他失业了,不得不在美国东部和加拿大各地流浪,住在大都市的贫民窟里,并曾以"无业游荡罪"而被捕入狱,几个月以后才重获自由。

　　杰克·伦敦没有机会系统地学习,为了掌握文化知识,实践写作,他争分夺秒地勤奋学习。他把生词写在一张一张的纸片上,插在梳妆台的镜缝里,以便在早晨修脸和穿衣时背诵;他把一串串的字用别针悬在晒衣绳上,以便他向上看或者走过房间时可以看见这些新词;他每个衣袋中都装有写着一行行字的纸片,在他去图书馆或外出访问的途中便加以朗读,甚至在吃饭或睡觉时,也默诵着它们。他随身带着笔记本,记下了劳动时的所见所

闻:景物的描绘、人物的速写、精彩的语言、谈话的片断、动人的故事……他还对他所读到的一切都作了卡片索引。日积月累,他不仅学到了文化,而且积累了大量的词汇,建立了储存写作素材的"参考阅览室",这些材料直到他逝世时都没有用完。

标志着杰克·伦敦现实主义风格的作品是他的报告文学《深渊中的人们》。这部作品是以报社记者的身份访问英国首都伦敦后写成的。1905 年,杰克·伦敦以社会党党员的身份参加了工人运动。这期间,他的创作达到了高峰,出现了大量以反抗资本主义、帝国主义的社会斗争为主题的作品和政论文。除短篇小说外,还有长篇小说《铁蹄》和《马丁·伊登》,论文集《阶级间的战争和革命》等。

杰克·伦敦 24 岁开始写作,逝世时年仅 40 岁,16 年中他共写成长篇小说 19 部,短篇小说 150 多篇,还写了 3 个剧本以及相当多的随笔和论文。这些作品在美国以及世界其他国家都产生了深远的影响。杰克·伦敦的创作生涯是短暂的,但他靠顽强学习,刻苦写作,赢得了时间和生命。他以杰出的作品馈赠给人民,他一生的贡献是难以用年月估量的。

哲理启示

面对残酷的现实生活,永不言败的精神是永远值得我们发扬的。

决定命运的时间

台湾有一个著名的企业家陈茂榜，他的讲演经常折服所有的听众。尤其是他记忆数字的本事高人一等，举凡中国和世界各国的面积、人口、国民所得、贸易额等，他都如数家珍。事实上，陈茂榜只是小学毕业，但他却荣获了美国圣诺望大学颁发的名誉商学博士学位。一个只有小学学历的人，是如何获得名誉博士学位的呢？

我们看看他是如何学习的。陈茂榜15岁辍学到一家书店当店员，他每天从早到晚工作12个小时。下班以后，读书成了他的享受，书店变成了他的书房，或坐或卧，任他遨游。日子一久，他养成了每晚至少读两小时书的习惯。他在书店工作了8年，也读了8年。

一个人在大学时代所学的知识是非常有限的，而且，科学技术突飞猛进，知识与信息在不断更新。只有学习才能赋予人持续的动力。如果不善于学习，不仅缺少的知识得不到补充，而且曾经掌握的知识也将落伍，长此下去必然会被社会所淘汰。

哲理启示

学习在本质上是向自己的大脑投资。如果你在学业结束之后就停止学习，等待你的，将是你头脑中所储存知识的不断贬值。只有不断更新它们，补充它们，这些知识才能为你带来丰厚的回报。

贝多芬耳聋之后

贝多芬是举世闻名的音乐家。对于一位音乐家来说,最重要的莫过于耳朵。正是凭借着敏锐的听觉,他才创作出一首首美妙的音乐。但十分不幸的是,贝多芬在中年丧失了听力,这给了他很大打击。没有了能够聆听音乐的耳朵,贝多芬也就几乎与有声世界绝缘,更不要谈继续进行创作了。

但贝多芬不甘心向命运屈服。他想出一个办法来解决无法听到声音的问题:在他演奏钢琴的同时,他用嘴叼着一根小木棍,并让木棍的另一端接触到钢琴。这样,钢琴的声音可以通过木棍的振动抵达咽骨管,进而在内耳形成一点点声音。对于常人来说,这样的一点点声音实在是太小,甚至不用心倾听,便很难捕捉到。但对于贝多芬来说,这样的一点声音就像黑暗中的灯火,足以让他继续进行创作。

这样的演奏和创作是十分痛苦的,但贝多芬并不在乎。他在耳聋之后,又创作出大量优秀的乐曲,其中包括我们熟知的《命运交响曲》。用贝多芬自己的话说,他已经"扼住了命运的咽喉"。

哲理启示

有贝多芬这样经历的人并不多,而贝多芬能被众人铭记的主要原因并不是他离奇的经历,而是他在遭遇不幸和厄运之后所表现出来的坚强不屈和顽强抵抗,他奏响的是一曲丰富而又精彩的命运交响曲。

洛克菲勒和农民

美国石油大王洛克菲勒年轻的时候,学习成绩很差,他感到很困惑,对生活没有明确的目标。有时他会陷入一种幻觉,经常整夜失眠,只是快天亮时才能睡两个小时。他就这样在浑浑噩噩中打发着光阴。

有一天,他实在闲得无聊,就到处瞎逛。他漫无目的地乘大巴来到犹他州,在一个农场附近下了车。天黑的时候,他敲响了农场主人家的门,主人热情地招待了他。第二天,他感谢了主人的盛情款待,再次踏上了回纽约的旅程。他沿路徒步走着,期待能有一辆可搭乘的车。终于,后面来了一辆车,开车的正好是昨天帮助过他的那位农民。他坐在那位农民的车上,感到从未有过的满足与得意,他觉得自己和这个世界如此和谐。

车在马路上疾驰,开车的农民突然问洛克菲勒:"你想去哪儿?"洛克菲勒愉快地望着窗外,快速地用他不久前才听到的惠特曼的诗来回答:"我将去我喜欢去的地方,这漫长的道路将带领我去我向往的地方……"那是《通达大路之歌》里面的句子。那个农民看着他,面带惊讶甚至愠怒的表情,然后农民谴责地问:"你是想对我说,你甚至没有一个目的地?""我当然有目的地,只是它在不断地改变——是的,几乎每天都在变。"洛克菲勒若有所思地回答。"嘎"地一声,那个农民突然把车停在了路边,命令洛克菲勒下车。农民把头探出车窗外,对洛克菲勒说:"游手好闲之徒,你应当找一份正当的职业,落下脚,挣钱过日子。"说着他就把车开走了,留下洛克菲勒一个人站在乡村的土路上。

洛克菲勒望着两端长得看不到头的土路,几分钟之前的得意之感荡然

197

无存,他自言自语地说:"原来生活充满两极,刚听到诗人惠特曼鼓励我继续在这通达的大路上走下去,仅仅几分钟,我就为此而遭到红脸农民的训斥。看来,我得时刻准备接受生活中的所有沉浮了。"

后来,洛克菲勒确定了目标,并取得了令世人瞩目的成功。

哲理启示

生活中我们不能没有目标,而应该制订出长远的计划,然后再根据实际情况修改、完成它。只有不断为实现目标而努力,不断进取,才会拥有成功的人生。

小马达和棒棒糖

在中国某所大学里，殷教授给学生们布置了一道作业。作业很简单，就是将用电池驱动的小马达与棒棒糖有机结合起来。没多久，所有的学生都交上了设计图纸。

殷教授很满意。他问学生："如果一家企业花钱雇你们进行这种设计，你们要多少报酬？"

一个学生说："10元钱就够了，因为仅仅花费我1小时的时间。"

另一个学生说："如果狠狠心，我会向企业要100元钱，但恐怕他们不会给。"

还有的学生说："只是一道简单习题，免费把图纸提供给他们就是了。"

殷教授静静地听着，很长时间未发一言。忽然间，学生们似乎意识到这道问题题外有话，一下子不知道怎么回答好了，是要钱好呢还是不要钱好，是要100元钱好还是要10元钱好。于是，都安静了下来。

殷教授开始讲话，他先讲述了一个真实事情。

1987年，美国的两个邮递员科尔曼和施洛特无意中看到一个小孩拿着一种发光的荧光棒，这家伙能派什么用场呢？在胡思乱想中，两个人随手把棒棒糖放在荧光棒顶端。结果，光线穿过半透明的糖果，显现出一种奇幻的效果。这一小小的发现，让二人惊喜异常。他们为此申请了发光棒棒糖专利，还把这专利卖给了开普糖果公司。

奇迹由此开始。两个邮递员继续想：棒棒糖舔起来很费劲，能不能加上一个能自动旋转的小马达，由电池对它进行驱动，这样既省劲又好玩。这种

想法很快付诸实施。对他们来说,这种创造太简单了!旋转棒棒糖很快投入市场,并且获得了极大的成功。在最初的六年里,这种售价2.99美元的小商品一共卖出了6000万个!科尔曼和施洛特得到了丰厚的回报。

更大的奇迹还在后面。开普糖果公司的负责人奥舍在一家超市内看到了电动牙刷,虽有许多品牌,但价格都高达50多美元,因此销售量很小。奥舍灵机一动:为什么不用旋转棒棒糖的技术,用5美元的成本来制造一只电动牙刷呢?

奥舍与科尔曼、施洛特着手进行技术移植,很快,美国市场上最畅销的旋转牙刷诞生了,它甚至要比传统牙刷还好卖。在2000年,三个人组建的小公司卖出了1000万把该种牙刷!这下,宝洁公司坐不住了。相比之下,他们的电动牙刷成本太高了,几乎没有市场竞争力。于是,经过讨价还价,2001年1月,宝洁收购了这家小公司,由宝洁首付预付款1.65亿美元,三个创始人在未来的三年内留在宝洁公司。过了一年多一点时间,宝洁公司便提前结束了它和奥舍、科尔曼、施洛特三人的合同,因为宝洁公司发现电动牙刷太好卖了,远远超出了他们的预料。借助一家国际超市公司,它已在全球35个国家进行销售。按照这种趋势,宝洁在三年合同期满后付给奥舍三人的钱要远远超出预期。最后经过协商,合同提前中止,奥舍、科尔曼、施洛特一次性拿到了3.1亿美元,加上原来1.65亿美元的预付款,共4.75亿美元。这是一个令人头晕目眩的天文数字,如果用卡车去银行拉这么多现金,恐怕要花上相当长时间!

故事讲完了,所有的学生目瞪口呆!

殷教授说:一个人可以不去奢望那4.75亿美元,但不应该冷落技术创新、灵感创意、前瞻眼光和保护知识产权这四项成功要素。

哲理启示

从旋转棒棒糖到电动牙刷,人们用创新精神不仅创造了巨大的市场价值,同时也方便了人们的生活。所以,不要放弃你的灵感,不要放弃你的创新意识。只要始终保持一种开创的精神,不断地去发现生活中的那些灵感和创意,你就会实现你的目标和梦想。

粉碎一切障碍

世界大文豪巴尔扎克本是学法律的,可大学毕业后偏偏想当作家,他全然不听父亲让他当律师的忠告,把父子关系弄得十分紧张。不久,父亲便不再向他提供任何生活费用,他写的那些玩意儿又不断地被退了回来,他陷入了困境,开始负债累累。最困难的时候,他甚至只能吃点干面包,喝点白开水。但他挺乐观,每当就餐,他便在桌子上面画一只盘子,上面写着"香肠"、"火腿"、"奶酪"、"牛排"等字样,然后在想象的欢乐中狼吞虎咽。

更发人深省的是,也正是在这段最为"狼狈"的日子里,他破费700法郎买了一根镶着玛瑙的粗大的手杖,并在手杖上刻了一行字:我将粉碎一切障碍。

正是这句气壮山河的名言在支持他。后来的事实表明,他果然成功了。

哲理启示

有些人常常以为取得伟大成就的人都是由于天分过人,这样想也不是没有道理。但即便是再过人的天赋也要通过巨大的后天努力才能挖掘出来,没有人能跨越障碍成功。当障碍出现时,粉碎它,光明也许就会出现在你眼前。

人生如水

有一个人总是落魄不得志,便有人向他推荐智者。

智者沉思良久,默然舀起一瓢水,问:"这水是什么形状?"这人摇头:"水哪有什么形状?"智者不答,只是把水倒入杯子。这人恍然:"我知道了,水的形状像杯子。"智者无语,又把杯子中的水倒入花瓶。这人悟道:"水的形状像花瓶。"智者摇头,端起花瓶,把水倒入一个盛满沙土的盆里,水便一下融入沙土,不见了。

这个人陷入了沉默与思索。智者俯身抓起一把沙土,叹道:"看,水就这么消逝了,这也是一生!"

这个人对智者的话咀嚼良久,高兴地说:"我知道了。您是通过水告诉我,社会处处像一个个规则的容器,人应该像水一样,盛进什么容器就是什么形状,而且,人还极可能在一个规则的容器中消逝,就像这水一样,消逝得迅速、突然,而且一切无法改变!"

"是这样,"智者捻须,转而又说,"又不是这样!"说毕,智者出门,这人随后。在屋檐下,智者俯下身子,手在青石板的台阶上摸了一会儿,然后顿住。这人把手指伸向刚才智者手指所触之地,他感到有一个凹处。他不知道这本来平整的石阶上的"小窝"藏着什么玄机。

智者说:"一到雨天,雨水就会从屋檐落下,这个凹处就是水落下的结果。"

此人遂大悟:"我明白了,人可能被装入规则的容器,但又应像这小小的水滴,改变着这坚硬的青石板,直到破坏容器。"

人生如水,我们既要尽力适应环境,也要努力改变环境,实现自我。

哲理启示

老子说,"上善若水",人的一生应该像水那样,既柔若无骨,又坚硬得能穿石;既能找到生存的合理环境,又能将它变得更好。这才是真正的人生。

不要在必败的领域里和人竞争

公安局新进了一批警察,单位对他们进行业务培训。培训期间,学员们组织了一支篮球队。政治处的领导下班后,常来看他们打篮球,教官便悄悄地告诉他们,要在球场上好好地表现自己,政治部领导对他们每个人的印象,将会决定他们培训后的岗位分配。

年轻的小伙子们都明白,他们职业生涯中的第一次竞争已经无声地开始了。于是在认真受训之余,他们都在球场上拼命地表现自己,每个人都希望通过自己出色的技术动作和奋力拼搏的精神引起领导的注意。

当别人在篮球架下越战越勇时,他们中有一个学员却越来越灰心。他是全班个子最小的,而且从小就对篮球不太感兴趣。在队友们高大灵活的身躯下,他只能当配角。每次他被别人的假动作迷惑以致扑空后,观众席里就会传出阵阵笑声。有一次,他分明看到领导站在边上,边看边摇头。

他不想当别人的笑料,于是下决心苦练球技。一有空闲,他就一个人抱着篮球在球场上练习。可他发现,如果没有兴趣只有压力,他是无论如何也打不好篮球的。比赛时他照样经常被人盖帽,带球时被人轻易断球也是家常便饭。他对自己失望了,他不敢想象自己刚一上班就成了领导和同事眼中的小角色的情景。

有一天,懊恼的他无意间看了一本书,书上有句话深深地震动了他:不要把你的钱投在不熟悉的领域。他立刻在脑海中引申出另一句话:不要在必败的领域里和人竞争。他一下子醒悟了:我干吗非要去打篮球呢? 我并不具备打好篮球的身体素质! 更重要的是,我对篮球不感兴趣。最后,他毅

然退出了篮球队。等到别人再比赛时,他成了一个观众,与普通观众不同的是,他手里多了台照相机。

没过几天,一篇名为《新警察们的一天》的短文刊登在了当地的晚报上,短文还配有警察们打篮球时的照片。这篇文章立刻引起了学员们的关注,更引起了教官和政治处领导的注意。此后,这名学员接二连三地在报纸上发表了一系列作品。培训结束后,政治处主任直接把他调进了政治部宣传科,从此,他的职业生涯比那些卖命打篮球的小伙子要平坦得多。

这个小伙子就是我。如今我更加懂得:聪明人得运用自己的优势,把竞争引向自己擅长的领域,不思变通的人则恰恰相反,他们往往十分卖力地把自己逼进死胡同。

哲理启示

对自己负责,就应该正确地看待自己,认清自身的优缺点,扬长避短。最重要的是不管未来的路是怎样的,都应该坚定地、乐观地面对生活。

闭上眼睛

英国登山运动员约瑟攀登过阿尔卑斯山主峰,但不幸的是,他所加入的这支野外登山者队伍并无实战经验,在向主峰发起冲锋的时候,遭遇了暴风雪和局部雪崩,同行的七个人中有六人遇难,唯有约瑟活了下来。

这件事发生在21年前。从此,约瑟就再也没有登过阿尔卑斯山。

约瑟现在接受了英国一家登山爱好者协会的邀请,让他讲述当年的情景。约瑟讲得很从容。当谈到冰峰上如何自救时,约瑟说:"伙计们,发生危险时,你们什么也不要做,只要把眼睛闭上就行了。"

所有的队员哄堂大笑。

而约瑟却一本正经地说:"真的,只需把眼睛闭上,站在原地,祈祷吧。"

约瑟说:"也许你们不相信,当年遭遇暴风雪时,我们一起下撤,当走到半山腰时,应该是安全了,但山上的雪崩发生了。雪崩铺天盖地而来,我们已无处可逃。我闭上了眼睛,站在原地。我想自己肯定会死,我开始祈祷。但最后什么也没有发生,雪只盖住了我的上半身。但是,我的朋友却全死了。他们并不是被雪埋没的,而是死于缺氧。当雪崩发生时,他们往山下狂奔,他们所带的氧气很快被消耗殆尽。"

约瑟说到这里,所有的队员都愣住了。

约瑟说:"逃生是人的本能,当恐惧降临时,我们常常会忘记常识,忘记最基本的生存方法。今天,我就要给你们一个忠告,当你们攀上高山时,你们需要永远牢记常识,当一切无法抗拒时,就请闭上眼睛祈祷吧。"

其实人生也是一场攀登,什么都会发生,许多事情是你的血肉之躯无法

承受的。与其无望地争斗,不如闭上眼睛,静待事物最后的结果。这其实也是一种人生态度。

哲理启示

与其无谓地争斗,不如静下来思考。顺其自然也是一种人生态度,平静地观望形势,作出正确的判断,才能顺利地走出困境。

让"伤口"开出美丽的花

　　有两则故事。一则讲述的是在 1924 年，美国家具商尼科尔斯的家突然起火，大火将他准备出售的家具烧个精光，只留下一些残存的焦松木。看着这一片狼藉，尼科尔斯伤心不已。突然，这烧焦松木独特的形状和漂亮的纹理把他的目光吸引住了。他小心翼翼地用碎玻璃片削去尘灰，用砂纸打磨光滑，然后涂上清漆，焦松木片居然产生了一种温馨的光泽和红松非常清晰的纹理。尼科尔斯惊喜地狂叫起来，马上制作出仿木纹家具。一场大火给他带来了灾难，同时也带来了创造与金钱，现在尼科尔斯的第一套仿木纹家具收藏在纽约州美术馆里。另外一则讲的是一家时装公司由于老板的心血来潮，在新设计、生产的女式真丝半袖衫等着洗水的空隙，临时决定先打上挂牌。这一变动导致了柔软的丝质料在水洗过程中打挂牌的胶线在每件衣服上都挂出一个均匀的小洞。对这个致命的错误，老板和主管们都束手无策，而此时一位前来应聘的打工仔，毛遂自荐来解决这个问题。他找来与衣服同色的丝线，沿着豁口，一针一针，把破洞补出各种图案，让"伤口"开出了美丽的花。几天后，新产品加价出售，备受顾客青睐，而打工仔也如愿被这家公司聘用。

　　上面的两则故事都是因为一些意想不到的因素引起的。倘若用惯性思维思考的话，恐怕尼科尔斯只能无奈地接受倾家荡产的结局，而时装公司也要声名扫地了，是智慧的力量让"伤口"开出了美丽的花。换一种思维往往能点石成金，化腐朽为神奇。人生不如意十之八九，一帆风顺的坦途只不过是跋涉者的童话罢了。生活或多或少都要遇到伤痛的砥砺，强者则会迎难

而上,用智慧的心灵感悟缺陷,让"伤口"开出美丽的花。

哲理启示

正所谓"塞翁失马,焉知非福"? 意外的打击有时并不意味着失败,如果你有一双慧眼,"转祸为福"的奇迹就会降临。

从瓶子里逃生

不久前，一位来中国观光旅游的美国老太太，用手在一群中国孩子中指点了三下，于是三个孩子——一个 10 岁的女孩，一个 7 岁的男孩和一个大约 5 岁的女孩，站到了这位美国老太太的面前。

美国老太太拿出一个玻璃瓶子，瓶肚很大，瓶口很小。三个刚能单独通过瓶口的小球正放在瓶底，小球上各系着一根丝绳，像青藤一样从瓶口爬出来，攥在这个美国老太太的手里。

美国老太太狡黠而自负地笑了一下，对一旁的中国主人说：“都说中国人是世界上最聪明的，现在我要试一试。”

接着，她宣布了游戏规则：“这三个小球分别代表你们三个人，这个瓶子代表一口干井，你们正在井里玩。突然，干井里冒出水来，水涨得很快，你们必须赶快逃命。记住，我数 7 下，也就是只有 7 秒钟，如果你们谁还没有逃出来，谁就被淹死在井里了。”说完，她把三根丝绳递给了三个中国孩子。

空气骤然凝滞了，好像死神正在四周徘徊。

美国老太太做出了一个表示开始的手势，只见那大约 5 岁的女孩很快从瓶里拉出了自己的球；接下来是那个 7 岁的男孩，他先是看了看比自己大的女孩，接着迅速地将自己的球拉出瓶口；最后是那个 10 岁的女孩，她从容地拉出了自己的球。全部时间不到 5 秒钟。

美国老太太惊呆了，没想到本来一场惊心动魄的游戏，竟这么平淡而乏味地结束了。她先问那个小男孩：“你为什么不争先逃命？”小男孩手指着那个最小的女孩：“她最小，我应当让着她呀！”美国老太太又问那个 10 岁女孩："那你就不怕自己被淹死?"女孩答道："淹死我,也不能淹死弟弟妹妹。"

泪水从美国老太太的眼里涌了出来。她说,她在许多国家试过这种游戏,几乎没有一个国家的孩子能够这样完美地完成,他们争先恐后,互不相让……

三个孩子告诉我们:聪明不仅仅是智力发达,聪明更是一种爱,一种忘我、无私的品格。

哲理启示

谦让、无私、忘我……这些不仅是中华民族的美德,也是智慧的体现。这些品质可以救助别人,同时展现出中华美德中所蕴涵的无限关爱和无上智慧。

下 去 吧

有一天下大雨,体育课没法上,老师带我们在教室里做游戏。他在黑板上画了个圆,说:"谁再来添几笔,让人一看,就知道这个圆代表太阳?"

太简单了,同学们纷纷举手。老师随便点了一个人。这名同学兴致勃勃走上讲台,开始在圆圈周围添小线段,像太阳发出的光芒。不料,老师在一旁笑道:"第一笔就画错了!"这名同学一愣,怀疑地看着老师。老师说:"下去吧!"他就下去了。

老师擦掉小线段,回头问:"谁再来?"又有一名同学大步流星地走上讲台,拿起笔,开始在圆旁边画树。老师笑道:"有这么干的吗?"这名同学也是一愣,继而回头瞅老师。老师说:"下去吧!"他也下去了。

第三名同学走上讲台,二话没说,随手在圆下画了道大波浪线,远远看去,像海上升起了太阳。但老师仍然摇头,笑他:"哦!哪会这么简单!"这名同学顿时失去自信,擦去波浪线,凝神思考。老师说:"快下去吧!"他垂头丧气地回到座位。

"还有谁想上来试试?"老师站在讲台上扫视全班,教室内鸦雀无声,再没人敢去"卖弄"了。这时,老师又笑了,笑得挺诡秘的,说:"好吧,请刚才那三位同学再上来一下。"

三名同学走上讲台,老师安排道:"你,负责说'第一笔就画错了';你,负责说'有这么干的吗';你,负责说'哦!哪会这么简单'……我每画一笔,你们都得依次将我讲的话说出来,然后再齐声对我喊'下去吧'!"

全班哄堂大笑,觉得怪好玩的,但不知老师的葫芦里卖的究竟是什么

药。

工作开始,老师在黑板上画了三个大圆,然后在第一个大圆周围画小线段,体现太阳发光;在第二个大圆边画树,代表日上树梢;在第三个太阳下画波浪,表示太阳要升上海面……他每画一笔,旁边三个同学就按他所教的依次说——"第一笔就画错了!""有这么干的吗?""哦!哪会这么简单!""下去吧!"

一片嘈杂声中,老师终于画完了。他扔掉粉笔,回头对所有同学说:"好了,画完了,请看,我是按刚才三个同学的构想画出来的,是那意思吗?"

当然是那个意思——黑板上准确地表现出三个太阳。老师又说:"但是,这三名同学经不住我在一旁冷嘲热讽的打击,不敢坚持自己的想法,行动严重受干扰,最终失去自信,放弃了。"

教室内很安静。老师最后说:"但是我坚持到底了,将太阳表现出来了。还是但丁的那句老话——走自己的路,让别人去说吧!"

哲理启示

如果你为实现目标已经尝试了很多方法,可是许多客观因素的影响使你灰心丧气,准备放弃,不想为之再付出努力。请再坚持一下,也许下一次就是成功。

穿越万里的鱼

一条鱼,原来生长在南极洲冰冷的海水中,后来却来到了北极圈内,被格陵兰岛上的渔民捕捉了去。

岛上的人从来没有见过这样的鱼,于是专家来了。他们说这是深海鲈鱼,应该生活在南半球的,一般不可能出现在北极圈内。

没有人知道这条鱼是如何从南极圈附近到达北极圈的。或许是有人把它带来,然后放生到格陵兰岛的海域里?专家希望是这样的结果,但是所掌握的资料证明不是。它是自个儿游来的,可能它是那个迁移家庭中的一员。它只朝着一个方向游,在深海中穿行,躲过了天敌的攻击。它的家庭成员在长途迁徙过程中老去,最终只有它穿过温带的海水,经历了赤道的酷热,跋涉了1万多公里,终于在某一个太阳升起的日子,顺利地到达了同样严寒的空间里。

不知道它为什么这样做。央视的早间新闻说,专家也无法断定这条鱼为什么会来到格陵兰岛。这真是一个问题。我说的不是那条鱼,我想知道除了鱼之外,还有多少生命在进行令人不可思议的穿越。

也许真的太少。哺乳类动物的奔跑速度赛过了鱼,但从来没有发现过南极洲企鹅会跑到北极,它们只会生长在既定的环境里,与世隔绝,也不希望被外界打扰。人可以借助交通工具来到某地,但那只是惊鸿一瞥,浮光掠影一番后,又回到属于自己的那个空间。还有更多的人,留恋自己的家园,即使是穷山恶水,也会把自己的血肉熔铸在那贫瘠的土地上。

科学家破译了人类的遗传基因,黄色人种的起源地应该是在非洲,科学

215

家列举了黄色人种和黑色人种存在的基因相同数字。科学家说,在很久远的过去,我们的祖先曾经从非洲大陆上出发,经历了几十年,或者更长的时间到了亚洲大陆。他们在这个大陆上繁衍,然后就再没有走出大陆一步。当美洲发生疯狂移民的时候,亚洲大陆还在沉睡。

到底是谁羁绊了我们的脚步?

二十多年前的一个黄昏,一架飞机低空掠过一个偏僻的山坳,一个孩子在想"长大以后我要飞向远方,很远很远的地方"。二十年后,孩子有了飞翔的资本,但是他舍不得故土,舍不得亲情,舍不得爱情,舍不得安逸的环境。

那个孩子就是现在的我。我被故土围住,也被故土所伤。

现在我想起了那条鱼,那条穿越了 1 万多公里让人感到莫名其妙的鱼,心中就升起敬重。

哲理启示

与那条穿越了 1 万多公里的鱼相比,我们缺乏勇敢和魄力。生活中,有时候我们常常会犹豫不决,使自己被一些矛盾、琐事所困,无法作出决定。生活需要勇气,人生也需要勇气,勇敢地迈出第一步,你会发现成功其实离你并不远。

别让眼睛老去

一夜之间，一场雷电引发的山火烧毁了美丽的"森林庄园"，刚刚从祖父那里继承了这座庄园的保罗·迪克陷入了一筹莫展的境地。

他经受不起打击，闭门不出，茶饭不思，眼睛熬出了血丝。

一个多月过去了，年已古稀的外祖母获悉此事，意味深长地对保罗说："小伙子，庄园成了废墟并不可怕，可怕的是，你的眼睛失去了光泽，一天一天地老去。一双老去的眼睛，怎么能看得见希望……"

保罗在外祖母的劝说下，一个人走出了庄园。

他漫无目的地闲逛，在一条街道的拐弯处，他看到一家店铺的门前人头攒动，原来是一些家庭主妇正在排队购买木炭。那一块块躺在纸箱里的木炭忽然让保罗的眼睛一亮，他看到了一线希望。在接下来的两个星期里，保罗雇了几名烧炭工，将庄园里烧焦的树木加工成优质的木炭，送到集市上的木炭经销店。

结果，木炭被抢购一空，他因此得到一笔不菲的收入。然后他用这笔收入购买了一大批新树苗，一个新的庄园初具规模了。几年以后，"森林庄园"再度绿意盎然。

哲理启示

眼睛如果老去，就无法看到希望，而没有希望的人生，将失去存在的意义。积极乐观地生活，忘掉悲伤与不幸，你一定会拥有无限的快乐。

在平凡中
超越

与黑暗世界的抗争

20世纪,一个独特的生命个体以其勇敢的方式震撼了世界,她就是海伦·凯勒——一个生活在黑暗中却又给人类带来光明的女性,一个度过了生命的88个春秋,却熬过了87年无光、无声、无语孤独岁月的弱女子。在她一岁零七个月时,突如其来的猩红热产生的高烧,将她与外界隔开,使她失去了视力和声音。她仿佛置身在黑暗的牢笼中无法摆脱。这场大病使海伦失明、失聪,成为一个集盲、聋、哑于一身的残疾人,她再也看不见、听不见。因为听不见,她想讲话变得很困难。由于聋盲儿童没有获取正确信息的途径,心灵之窗被禁锢,造成她性格乖戾,脾气暴躁。万幸的是海伦并不是个轻易认输的人。

七岁那一年,安妮·沙利文老师来到她的身边,沙利文到海伦家担任家庭教师的那一天,就送给她一个玩具娃娃,并用手指在海伦的小手上慢慢地、反复地拼写"d–o–l–l"(玩具娃娃)这个单词。海伦立即对这种游戏产生了浓厚兴趣。她一遍又一遍地模仿着老师的动作,从此开始懂得世间万物都有各自的名字,开始知道自己的名字叫"Helen Keller"(海伦·凯勒)。安妮悉心地教授海伦,特别是她感兴趣的东西。这样海伦变得温和了,而且很快学会了用布莱叶盲文朗读和写作,靠用手接触说话人的嘴唇去感受振动,她又学会了触唇意识。这种方法被称做泰德马,是一种很少有人掌握的技能。她也学会了讲话,这对失聪的人来说是个巨大的成就。此后,海伦陆续学习并掌握了法语、德语、拉丁语、希腊语。聋、盲却能掌握五门语言,海伦的成功被称为"教育史上最伟大的成就"。

海伦的一生致力于残障人事业。在她的努力下,美国残障人福利事业取得了很大的进展:原先百家杂陈的点字得到了统一;第一个盲人图书馆建立起来了;政府拨款出版点字书籍。

二战结束后,海伦立即前往欧洲,旨在调查战后盲人生活状况,特别是在战争中变成残疾人的军人。她呼吁各国政府应立即对这些人开展救济。

从1945年到1955年,海伦穿梭于世界各地,访问过欧洲各国、南非共和国、土耳其、叙利亚、印度、巴基斯坦、日本等国。1955年,当这位75岁高龄的老人在讲台上卖力地为争取残障人士的利益而呼喊时,听者莫不为之感动。正是在海伦坚持不懈的推动下,各国纷纷建立起残障人士的福利机构。

海伦的意志品质以及对残障人士福利事业的热情,赢得了世人的敬佩。1959年联合国召开特别会议对她予以表彰。海伦以其顽强毅力、仁爱之心和卓越成就,铸造了辉煌人生。

哲理启示

海伦凭借一颗不屈不挠的心,用她勤奋的努力和毕生的精力创造了一个又一个奇迹。困难虽然会使前进的路变得曲折,但它们并不能阻挡我们走向成功的步伐。

突破成功之茧

　　她是泳坛的一位名将。1991 年之前,她在 12 年的游泳运动生涯中,获得过 30 个全国冠军、50 个世界冠军,但唯独没有获得过奥运会游泳冠军。在 1988 年的奥运会上,她获得了一枚铜牌。1992 年巴塞罗那奥运会是她冲击金牌的最后一搏。她身高只有 1.67 米,手臂也不是那么修长,天生并不是块游泳的料。当时的她已过了运动生涯的巅峰,倘若再拿不到金牌,就将意味着与奥运冠军无缘,将铸成终身遗憾。

　　1992 年 7 月 29 日,她进入了巴塞罗那奥运会女子 100 米蝶泳决赛。在 8 名参加决赛的选手中,有世界排名第一的美国选手,因而当时她并不被人看好。当决赛进行到只剩下 30 米时,她还排在第三位,眼看冠军又将与她失之交臂。此时,她作出了一个极为大胆的决定,减少抬头换气次数而争取一点时间。这是她的教练冯小东后来在录像当中才发现的。她在后边采用的方法是 5 次划水换一口气,所有的蝶泳运动员都没有这样做过。这样做也很危险,因为在快速的游泳中会造成缺氧,选手很快会变得全身无力,甚至窒息。事实上,当她到达终点出水时,紫青的脸都变形了。但就凭着这种不规范的动作,她仿佛有如神助,赶超对手,终以一指之差,抢先触臂,登上了高高的冠军领奖台,并且刷新了该项赛事的奥运会记录。

　　她就是 20 世纪 90 年代初,享誉世界,与庄泳、杨文意、林莉、王晓红并称为中国泳坛"五朵金花"的钱红。

　　在人生的赛场上,只有敢冒风险、打破常规,为常人所不敢为,才能突破成功之茧,脱颖而出,笑迎成功的灿烂与辉煌。

哲理启示

对于先天的自然条件，我们无法改变，但我们却可以创造后天条件让自己的人生更精彩。只要拥有敢于正视自我的信心和勇气，就会发挥自己内在的优长，从而获得成功。

巴尔扎克和创作劳动

李卜克内西在纪念马克思的一篇文章中对于劳动和天才的关系有过一段极精彩的话,他说:"没有非常的精力和非常的工作能力便不可能成为天才。"被恩格斯尊敬地称为"巴尔扎克老人"的,便是这样一位天才。他留给后代的《人间喜剧》是由96部作品,近两千个人物组成的宏伟大厦。巴尔扎克几乎不停地写了15年,每年得写上六七部作品。

巴尔扎克的生活就是一篇连续不断地工作的故事,他自己说过"我从来没有一口气只工作两三个小时的"。他每天写作12小时以上。巴尔扎克需要不受人打扰的大块时间,因此他的工作日是从晚上1点开始的,他使用一张朴素的长方形小桌,桌上只有大叠的白纸和一束削好的鹅毛笔,右手边摆着一本摊开的记事册,用来记下后面的章节可能用到的构想和情节。巴尔扎克写作时不需要任何资料,它们已经融会在他脑子里了。

巴尔扎克工作起来就没有头,直到写得手指痉挛了才稍事休息,然后又写下去。他说他自己:"已经把生命投入这个坩埚里,像炼金术士投进的金子。"在工作五六个小时后,巴尔扎克就像干最重的体力活的粗工一样筋疲力尽了,然而这还不是结束,他要借助于又浓又黑的咖啡,把生命机器重新发动起来。他年复一年地把咖啡煮得愈来愈浓,好使他的神经赶得上那种有增无减的紧张劳动。他有一次在谈到他的某本书时曾说:是用"成了河的咖啡"才算完成了它。到早上8点,巴尔扎克才用顿早餐,洗个澡,这时送信人从各处印刷所送来头天打好的校样。

巴尔扎克的校样和别人的不同,是用特大的纸张印刷的,好让他在上面

225

进行大规模的修改。9 点他开始改校样。每篇小说巴尔扎克都带着不满意的心情改到三四遍以上,有一部分作品曾经改过 15 次。他的头两遍校样总是大段地增删,甚至完全重写。校样上常留着大块增删的痕迹,每张校样上能够写字的地方,包括背面都写满了。巴尔扎克把每篇小说的每一次校样都装订成册送给朋友,如果一本小说出版时是二百页,那么校样有时会将近两千页。

要想象巴尔扎克每天的工作量,让我们读读他在一封给友人的信中说到的他自己的写作情景:"要知道我的勇气有多大,听我告诉您:《路吉艾利家族的秘密》是我一夜工夫写成的……《老姑娘》是三个夜晚写成的,《该死的孩子》是在我身心痛苦的 9 个钟头之内写成的,我花了三天工夫,写成了《幻灭》开头的一百页。"

巴尔扎克的格言是:"持续不断的劳动是人生的铁律,也是艺术的铁律。"巴尔扎克自己的创作劳动就是这句格言最形象的阐释。

哲理启示

巴尔扎克将整个身心全都投入到创作中去,严格要求自己辛勤地工作,最终写出精彩的《人间喜剧》。没有他勤奋的劳动怎会获得最后的成功?

篮球之神

迈克尔·乔丹出生在美国纽约,两岁时,他坐在地上看爸爸修车,小手不老实地乱抓,碰到两根带电的电线,强大的电流差儿点要了他的小命。

后来,他们家搬到海边的一个小城威明顿,家里有一块土地作为体育场,孩子们可以在那里打球、骑自行车,有时还举行摩托车比赛。有一次,他看到电视里的摩托车表演,就带上哥哥拉瑞,一加油门,想冲过一个泥墩,再飞越一条水沟。泥墩是冲上去了,可是他们连人带车一起摔到水沟里,哥俩摔得鼻青脸肿,但乔丹还是偷偷地去练习。父亲怕他出事,就把摩托车卖了。

乔丹在小学并不喜欢读书,父亲本希望他将来能继承自己的事业,但渐渐发现他喜欢各种竞赛,于是就因势利导,带着儿子在后院的简易篮球场上学习打篮球。乔丹很快掌握了要领,成为小学篮球队的一名主力。

到了高中,他的个人技术已经很不错了,就去报名参加校篮球队,没想到自己居然没被录取。放学后乔丹跑回家,关上门大哭起来。"这不公平!"他不甘心,又跑去找教练,可是教练对他说:"你个子不高,反应也不快,打篮球没什么前途。"乔丹失望极了。

校队开始准备地区比赛了,他苦苦央求教练允许他随队看球,教练破例同意了,让他为场上的队员看衣服。当其他同学在球场上带球突破,大力灌篮时,他只能着急地守在一堆衣服旁。他知道光看不行,于是开始苦练技术。每天前两个小时跟二队练,后两个小时与一队练,同学们都训练完了,他还在练。经过不懈的努力,乔丹的球技进步很快,他的个子也长高了,不

久他终于迈进了校队的大门。

从此,乔丹开始在篮球场上拼搏驰骋,最终成为一代"飞人"。

哲理启示

乔丹也许不是天赋最好的篮球运动员,然而他始终对篮球运动保持着极大的热情,在挫折面前从不言败,经过不懈的努力,他最终成功了。梦想很重要,为了梦想能付出超人的努力更可贵。

经营梦想

他生长在一个普通的农户家里,小时候家里很穷,他很小就跟着父亲下地种田。在田间休息的时候,他望着远处出神。父亲问他在想什么,他说他长大了不要种田,也不要上班,他想每天待在家里,等人给他邮钱。父亲听了,笑着说:"荒唐,你别做梦了,我保证不会有人给你邮。"

后来他上学了,有一天,他从课本上知道了埃及金字塔的故事,就对父亲说:"长大了我要去埃及看金字塔。"父亲生气地拍了一下他的头说:"真荒唐,你别总做梦了!我保证你去不了。"

十几年后,少年长成了青年,考上了大学,毕业后做了记者,平均每年都出几本书。他每天坐在家里写作,出版社、报社给他往家邮钱,他用邮来的钱去埃及旅行。他站在金字塔下,抬头仰望,想起小时候爸爸说过的话,心里默默地对父亲说:"爸爸,人生没有什么能被保证。"

他,就是台湾最受欢迎的散文家林清玄。那些在他父亲看来十分荒唐、不可实现的梦想,在十几年后都变成了现实。

我们每个人小时候都有过美好的梦想,正是这些梦想,为我们的未来种下了成功的种子。因为梦想就是希望,是与我们天性中的潜质最密切相关的,但是梦想又往往和现实有着太遥远的距离,所以需要经营。经营梦想就是通过自己不懈的努力,把看似遥远甚至有些荒唐的梦想一步步变成现实。

林清玄为了实现自己的梦想,十几年如一日,每天早晨4点就起来看书写作,每天坚持写3000字,一年就是100多万字,最终实现了自己的梦想。

哲理启示

　　我们都有看似荒唐的梦想,如果只是想想,它将永远无法实现;如果为之坚持奋斗;梦想将会变成现实。

上帝的孩子

1987 年 3 月 30 日晚上,洛杉矶音乐中心的钱德勒大厅内灯火辉煌,座无虚席,人们期盼已久的奥斯卡金像奖颁奖典礼正在这里举行。在热情洋溢、激动人心的气氛中,典礼一步步地接近高潮。主持人宣布:玛莉·马特琳在《上帝的孩子》中有出色的表演,获得最佳女主角奖。全场立刻爆发出经久不息的雷鸣般的掌声。一位漂亮的年轻女演员,一阵风似的快步走上领奖台,从上届影帝——最佳男主角奖获得者手中接过奥斯卡金像。

手捧金像的玛莉·马特琳激动不已。她似乎有很多话要说,可是人们没有看到她嘴动,她又把手举了起来,可不是那种向人们挥手致意的姿势。眼尖的人已经看出她是在向观众打手语,内行的人已经看明白了她的意思:说心里话,我没有准备发言。此时此刻,我要感谢电影艺术学院,感谢全体剧组同事。

原来,玛莉·马特琳是一个聋哑人。在她出生 18 个月时,一次高烧夺去了她的听力和说话的能力。

但这位聋哑女对生活充满了激情。她从小就喜欢表演,八岁时加入州儿童剧院,九岁时就登台表演,她还时常被邀请用手语表演聋哑角色。她利用这些演出机会锻炼自己,提高演技。

1985 年,女导演兰达·海恩丝决定将舞台剧《上帝的孩子》拍成电影。可是为了物色女主角——萨拉的扮演者大费周折,她用了半年的时间在美国、英国、加拿大和瑞典寻找,但都没有找到中意的。最后,她在舞台剧《上帝的孩子》中发现了饰演次要角色的玛莉·马特琳的高超演技,决定立即起用她担任女主角。结果，玛莉在全片中没有一句台词，全靠极富特色的眼神、表情和动作，成功地揭示了主人公自卑而又不屈、消沉而又奋争的复杂内心世界，表演惟妙惟肖，令人拍案叫绝，最终成为奥斯卡金像奖颁奖以来最年轻的最佳女主角奖获得者，也是美国电影史上第一个聋哑影后。

玛莉·马特琳写道："我的成功，对每个人，不管是正常人，还是残疾人，都是一种激励。"是的，每个人都是上帝的孩子，都会受到上帝的宠爱，不管我们的身体条件如何，只要有一颗健全的心，全力以赴，锲而不舍，都会得到命运的垂青，成为生活的主角，赢得辉煌的未来。

哲理启示

通往成功的路并不是一帆风顺的，但只要有一颗进取的心，加上辛勤的努力，全力以赴，锲而不舍，终有一天你会将成功拥入怀中。

不可能的事

1485 年 5 月，哥伦布到西班牙去旅游时说："我从这儿向西也能到达东方，只要你们拿出钱来资助我。"当时，没有一个人阻止他，也没有人刺杀他，因为当时的人认为，从西班牙向西航行，不出五百海里，就会掉进无尽的深渊；想到达富庶的东方，是绝对不可能的。

可是，在他第一次航行成功，第二次又要去的时候，不仅遇到了空前的阻力，而且还有人在大西洋上拦行，并企图暗杀他。至于原因，非常明确，因为这条航线绝对能够到达富庶的东方，他再去一回，那儿的黄金、玛瑙、翡翠、玉石、皮毛、香料，将会使他富比王侯，不可一世。

越是人们认为不可能的，做起来越顺畅。这一道理，在哥伦布死后就被人遗忘了。直至五百年后，在华尔街，才被一位名叫巴菲特的美国人发现。

1973 年，全世界没有一个人认为，曼图阿农场的股票能够复苏；有的甚至认为，曼图阿农场不出三个月就会宣告破产。然而，巴菲特不这样看，他认为，越是在人们对某一股票失去信心的时候，这只股票越可能是一处大金矿。果然，在他以 15 美分的价格买入一万股之后，不到五年，他就赚了 470 万美元。

哥伦布所发现的那个道理，前不久又被一个人发现。他是法国的一位小男孩。这个小男孩七岁时，创办了一个专门提供玩具信息的网站。当时，没有一个人把其放在眼里，没有一家同类的网站与之为敌，也没有哪家行业工会来找他签定行业约束条款。他们认为，那个网站只是一个孩子的游戏，成不了什么气候。谁知出人意料，这位小男孩不仅把网站做大了，而且在他

十岁时,就通过广告收入,成了法国最年轻的百万富翁。

越是一般人认为不可能的事,越是很可能做到。在人类一步步从过去走向未来的过程中,不可能实现的事,一件还没有被发现。

哲理启示

　　事情的发展过程不可能是一成不变的,因为在这一过程中,只要有人的因素加入,就会使不可能变成可能,只要你肯努力,肯付出,最终必定会出现你想要的结局。

太阳的背后不是光

有一个年轻人从小父母离异,母亲含辛茹苦地将他抚养长大。

小学时,年轻人对音乐情有独钟,表现出了惊人的天赋。望子成龙的母亲日积月累,凑钱为他买了一架钢琴。"玩"着琴,年轻人挖掘着潜力,慢慢积聚着自己的音乐"资本"。

高中毕业后,年轻人没有考上大学,只能到餐馆当服务生,被老板痛骂过,克扣过薪水。

后来,一个偶然的机会,年轻人被台湾乐坛老大吴宗宪"相中",进入吴宗宪的公司做音乐制片助理。其间,他不停地写歌,结果都被吴宗宪搁置一旁,有的甚至被当面扔进纸篓。

年轻人没有泄气,吴宗宪被他的努力感动了,答应找歌手唱他的歌。但是,许多著名歌手都不愿意一展歌喉,因为他写的歌太稀奇古怪。年轻人只得一如既往、默默地进行着自己的创作。

有一天,吴宗宪抛给年轻人一个机会:10 天,写 50 首歌,然后挑选 10 首,自己唱,出专辑。这样,年轻人废寝忘食,没日没夜,绞尽脑汁,拼命写歌。终于,他的第一张专辑一问世,就立即轰动了歌坛;紧接着的第二张专辑《范特西》又风靡流行音乐界。

或许,爱好音乐的朋友已经知道这个故事的主角了。他,就是周杰伦,两岸三地当前最受欢迎的歌手之一。

冰心有首小诗:

成功的花/人们只惊慕她现时的明艳/然而当初她的芽儿/浸透了奋斗

的泪泉/洒遍了牺牲的血雨!

周杰伦的成名之旅,不正是这首诗最形象最生动的诠释吗?

哲理启示

成功的背后是曾经无数个日夜辛苦的努力和汗水。为了自己的梦想而勤奋学习、不断进取,终有一天会抵达成功的彼岸。

财　富

　　著名导演张艺谋接受美国有线电视新闻网（CNN）记者的专访,问起他的成功经历时,记者插一句题外话:"张导演,能不能问您一个私人问题？这几年,您的《英雄》《十面埋伏》在国内外都取得了很高的票房,您已经是国际上知名的大导演了。有人传言,在当今电影界,仅'张艺谋'这三个字,就是一个聚财的品牌,能不能透露一下,您现在到底有多少财富呢？"

　　张艺谋仔细思考了一下,然后认真地对记者:"说来你也许不信,我的财富,只是一架旧式照相机。"记者睁大了眼睛:"这怎么可能？您不会是在蒙我吧？"

　　"我说的是真心话,"张艺谋笑着说,"由于家庭出身原因,从小到大,我们家一直生活在一个受人歧视的环境里。十八岁那年,我迷上了摄影,可在当时,家里连吃饱饭都困难,哪里还能拿出钱给我买照相机,供我学摄影呢？有一天,我听人说,卖血可以赚钱,于是我瞒着家人,偷偷地到城里去卖血。一连卖了五个月,终于攒够了买一架照相机的钱。"记者接过话头说:"您是说,是那一架照相机引导您踏上了艺术之路？"

　　张艺谋深情地说:"是的,凭着那架照相机给我的艺术积累,1978年我考入了北京电影学院摄影系……可以这样说,是那架照相机,或者说是那段卖血的经历,给了我特殊的人生体验,鼓励我不断挑战逆境,打破宿命,去实现人生的最大价值。所以,不管到哪里,我一直保留着它,那才是我真正意义上的财富！"

　　事后,记者在专访上写上了这样的话:"当人们把羡慕的目光投向成功

人士名利光环的时候,却往往忽略了他们身上隐藏的精神财富,那才是他们动力的源泉、制胜的要素、成功的秘诀。

哲理启示

　　一个成功的人背后总会有一种精神力量作为支撑,这种精神力量包括信念、理想或者实现自我价值的愿望,有了这样的精神力量,无论遇到多大的困难都能想办法克服,取得最后的成功。

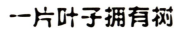

一片叶子拥有树

一片叶子在拥有一棵树之前,先拥有着阳光和信心。

一位美国大学毕业生疾奔进加州报馆问经理:"你们需要一个好编辑吗?""不需要。""记者呢?""也不。""那么排字工、校对员呢?""不,我们现在什么空缺也没有。""那么你们一定需要它了。"大学生从包里掏出一块精致的牌子,上面写着:额满暂不雇用。

结果,这位年轻人被留下来从事该报馆的宣传工作。他从未怀疑自己这片叶子能使大树变得风光。

在深圳人才市场门口,有一位来自江西的大学毕业生,长而蓬乱的头发透露出求职谋生的不顺,可他达观:"来这儿的好些知识分子对人才市场位置设在肉菜市场上,心理不平衡。为什么要那么看重形式呢? 人才也是特殊商品,就得让买卖双方挑挑拣拣,让大家都有机会选择最佳契合。为了适合环境,我已调整了择业方向,今天也已找到了一份工作,先干起来再说。"这位小伙子明白,要想绿满枝头,先要在枝头立足。在当今深圳,有许多建基立业的青年,在初闯特区时,除了激情,曾经不名一文。

与西方青年相比,中国青年在求职、创业方面,似乎还缺少些自信与变通。可喜的是,飞速发展的商品经济社会正教会我们所缺少的东西。这一过程会布满痛苦,但也不乏幽默。我们何妨好运时揶揄自己一下,厄运时调侃自己一番,只是不要无谓地静候下一个伤口。一片叶子只有一个季节,在这一个季节里,它完全可以是树的主人,所谓年轮便是由季节的叶子填写的。

"人生下来不是为了被打败的。"海明威隔着两万里重洋说;"天生我材必有用。"李白隔着一千年的山丘说。

不只是一种精神状态,也是一种生存实践——一片叶子拥有树。

哲理启示

在竞争越来越激烈的今天,拥有一个良好的生活环境实属不易。为什么不从一点一滴做起,踏实努力呢? 相信终有一天你会拥有属于自己的参天大树。

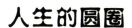

人生的圆圈

大约 10 年前,我在一家电话推销公司作为业务员进行培训。

主管为了激励我们,有一次在培训课上用图诠释了一个人生寓意。

主管首先在黑板上画了一幅图:在一个圆圈中间站着一个人。接着,他在圆圈的里面加上了一座房子,一辆汽车,一些朋友。

然后,他问大家:"谁能告诉我,这图意味着什么?"一阵沉默后,一位学员回答:"世界?"主管说:"基本正确。这是你的舒服区,这个圆圈里面的东西对你至关重要:你的住房,你的家庭,你的朋友,还有你的工作。在这个圆圈里,人们会觉得自在、安全,远离危险或争端。"

"现在,谁能告诉我,当你跨出这个圈子后,会发生什么?"教室里顿时鸦雀无声,还是那位积极的学员打破沉默:"会害怕。"另一位认为:"会出错。"接着又是一阵沉默。这时主管微笑着说:"当你犯错误了,其结果是什么呢?"最初回答问题的那个学员大声答道:"我会从中学到东西。"

"正是,你会从错误中学到东西。"主管于是转向黑板,画了一个箭头,把圆圈当中的人指向圈外。他继续说道,"当你离开舒服区以后,你就把自己抛到了一个你感到不自在的世界里。结果是,你学到你以前不知道的东西,你增加了自己的见识,所以你进步了。"他再次转向黑板,在原来那个圈子之外画了个更大的圆,有更多的朋友,一座更大的房子,等等。

"如果你老是在自己的舒服区里头打转,你就永远无法扩大自己的视野,永远无法学到新的东西。只有当你跨出舒服区以后,你才能使自己人生的圆圈变大,你才能挑战自己的心灵,使之变得更加坚强,最终把自己塑造

成一个更优秀的人。"

哲理启示

不要拘泥于你已经熟悉的生活,只有积极进取的人才会迈出勇敢的一步,勇于接受挑战,接触全新的领域,才可能拥有成功的人生。

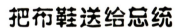

把布鞋送给总统

那一年,我随一个商贸团去南非,带了一批手工布鞋,老总让我借此打开南非这个新兴的市场。

然而一到南非,我很快就发现由于气候干燥,当地的普通百姓一般都不穿鞋。

我尝试着与几家进口商取得联系,但他们对中国布鞋的兴趣都不大,他们一致认定中国布鞋在南非没有市场。

几天下来,贸易团的成员都各有所获,唯独我一份订单都没有签到。那天在宾馆里看到曼德拉总统的新闻,我心里一动:我是不是可以送两双布鞋给总统,也许他可以帮我打开南非市场。我的这个想法让贸易团的其他成员大吃一惊,都说我这是在痴人说梦——曼德拉是何等人物,怎会收我的布鞋?但我不管这些,选了两双总统穿的尺码的布鞋,第二天一早就赶到了总统府。非洲人对中国朋友都很热情,我一到总统府,警卫就很热情地接待了我。我被允许留下布鞋和信,我在信中说自己来自中国,送两双中国布鞋给总统,一是表达自己对总统的敬意,二是希望总统能穿着它去中国旅行。

其实,连我自己都怀疑布鞋和信是否真能交到曼德拉总统的手中。然而就在第三天,曼德拉总统的秘书竟然找到宾馆,交给我一封有曼德拉总统亲笔签名的感谢信,感谢我送给他两双舒适的中国布鞋,他很喜欢。

听说总统喜欢我的中国布鞋,南非的一家进口商很爽快地和我签了一份合同,数量不大,就一千双,根本无利润可言。

但回国后不久,我竟然被总裁委以重任,派往美国的办事处。这可是个

让人眼红的职位,而我到公司工作还不到两年,许多人对此很不理解。总裁当时是这样回答那些心存不满的人的:既然他能把布鞋送给曼德拉总统,那他也可以把布鞋送给美国总统。

这是我的一个朋友的亲身经历,他现在是那家贸易公司驻美国的首席代表。前些日子他从美国回来,对其年纪轻轻就身居要职,我很是好奇,请他谈谈成功的经验,他淡淡地一笑,只是说了这个他刚参加工作时的故事。

朋友的故事让我明白:把布鞋送给总统,把不可能的事变成可能,这需要勇气,也需要智慧。一个人的成功也许会有许多的偶然性,但一个充满自信勇于尝试的人,他的成功是迟早的。因为成功总是青睐有勇气的人。

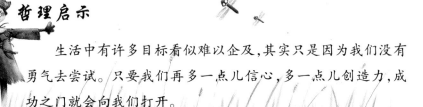

哲理启示

生活中有许多目标看似难以企及,其实只是因为我们没有勇气去尝试。只要我们再多一点儿信心,多一点儿创造力,成功之门就会向我们打开。

给芝麻加上糖

香港是一个十分发达的商业社会,许多人都想赚大钱,但是,能够实现这个富豪梦的,毕竟只是一小部分人,而丁老头就是其中之一。虽说他不算是非常有钱的超级富豪,但也身价丰厚。

可无论财富有多少,也战胜不了衰老。幸好,他的儿子已经长大成人,顺利地从美国一所著名的工商大学毕业,即将接管他所开创的这家公司。如何将自己毕生的经验传授给儿子呢?丁老头陷入了沉思。

几天后,丁老头带着儿子离开了公司豪华的办公楼,来到一条破旧的街道。望着儿子迷惑不解的神情,丁老头说道:"你想知道我这几十年来做生意的秘诀吗?"儿子的眼里立即露出一道亮光,他聚精会神地倾听起来。丁老头指着街道旁的一间狭小店铺说道:"这是我开办的第一家商店,从这里渐渐发展成今天这家大企业。"

看着狭小的门面,儿子的脸上露出疑惑的神情。这也难怪,谁会相信,一间如此之小的店面,竟能发展成为一家跨国公司。

"你知道一斤芝麻卖多少钱?"丁老头开始问道。儿子笑着答道:"在香港谁都知道,一斤芝麻卖7块钱啊。""那一斤糖呢?""嗯,最多也只卖3块钱。""那一斤芝麻加上一斤糖,值多少钱呢?""这还不简单,一斤芝麻加上一斤糖,正好等于10块钱。"

儿子的脸上露出了微笑,可他心中的疑惑更深了,为什么父亲会用这么简单的数学题来考自己呢?但丁老头却摇摇头说道:"不对。"这一结论让儿子目瞪口呆:难道这么简单的数学题,自己都会算错?

245

丁老头接着说道："如果你做芝麻糖来卖,一斤芝麻加上一斤糖,就可以卖出 20 块钱。其实做生意的秘诀就在于此,你只要将不同的东西,按照人们的需要组合起来,就能创造出更大的价值。"

到这时,儿子才恍然大悟,也才知道爸爸的公司之所以能从一间小店发展成如今的规模,其实都遵循着这样一个简单却又有效的道理。

其实成功的秘密也大都如此。说起来似乎非常容易,只不过往往需要人们持之以恒,付出辛劳的汗水,才能获得最终的成功。

哲理启示

1 加 1 有时并不等于 2,在商业运作中,利用低额的成本获得高额的利润,这就是生存发展之道。只有善于思考、坚定信念,才会接近成功。

只差一点点

　　某公司聘用临时职员,工作任务是为这家公司采购物品。招聘方经过一番测试后,留下了一位年轻人和另外两名优胜者。面试的最后一道题目是:假定公司派你到某工厂采购2000支铅笔,你需要从公司里带去多少钱?

　　一名应聘者的答案是120美元。主持人问他是怎么计算的,他说,采购2000只铅笔可能要100美元,其他杂用就算20美元吧。主持人未置可否。

　　第二名应聘者的答案是110美元。对此,他解释道:2000支铅笔要100美元左右,另外,杂用可能需要10美元左右。主持人同样没有表态。

　　最后轮到这位年轻人。他的答案是113.86美元。这位年轻人说:"铅笔每支5美分,2000支铅笔是100美元。从公司到这个工厂,乘汽车来回票价4.8美元;午餐费2美元,从工厂到汽车站为半英里,请搬运工人需用1.5美元,还有……因此,总费用为113.86美元。"

　　主持人听完,露出了会心的微笑。自然,这名年轻人被录用了。这位年轻人就是后来大名鼎鼎的卡耐基。

　　卡耐基之所以被录用,是因为他的答案具体而且考虑得非常周到,说明他办事仔细认真,说明他态度严谨而不是随便马虎。是的,人生路上,虽然我们谁也无法准确预测我们最终的成功率是多少,但是,我们却要尽可能地确定自己所追求的成功的具体目标。因为,我们是在计划自己的命运,越是具体,就越靠近成功。

　　不要看轻这微小的一点点,就是这一点点,有可能让我们成功,也有可能让我们距离成功很远很远。

哲理启示

正所谓"行百里者半九十",有时只差一点儿就意味着失败,人生由无数个细节组成,认真严谨的人才能走到胜利的终点。

永争第一

万教授的课堂上,经常会遇到一些看似漫不经心的提问。

比如有一次,万教授问道:"世界第一高峰是哪座山?"如此小儿科的问题大家当然不屑一答,仅用最低的分贝附和:珠穆朗玛峰。谁知教授紧接着追问:"世界第二高峰呢?"这下,大家可傻了。有人争辩道:"书上好像没有见过!"教授不置一词,再问:"那么,第一个进入太空的人是谁?"此次没有人敢回答了。不是忘记了加加林,而是因为大家都知道教授的下一个问题,痛苦的是不知道第二个人是谁。于是,教授又自鸣得意地提了几组类似的问题。非常奇怪,第一个问题的答案几乎没有人不知道,而第二个问题的答案却几乎没有人知道。

万教授很高兴,似乎成功地完成了一项艰巨的任务。我们却感到莫名其妙,不知教授在玩什么花招儿。幸好教授转过了身,黑板上飞快地出现了一行字:屈居第二与默默无闻毫无区别!原来,教授是在鼓励我们要永争第一呀!

教授接着陈述了他的一项实验结论。12年前,教授曾要求他的学生毫无顺序地进入一个宽敞的大礼堂,并独自找个座位坐下。反复几次后,教授发现有的学生总爱坐前排,有的学生则盲目随意,四处都坐,还有一些学生似乎特别钟情于后排位置。教授分别记下了他们的名字。10年后,教授对他们的调查结果显示:爱坐前排的学生中,成功的比例高出其他两类学生很多。教授还讲到他被很多大型公司视为"人才伯乐"的原因,就是应用了这个结论。

最后，教授语重心长地说道："不是说一定要做得最好，站在最前，永远第一，而是说这种积极向上的心态十分重要。在漫长的人生中，你们一定要永争第一，积极坐在前排呀！"

哲理启示

敢为天下先，不仅是一种勇气，更是一种生活态度。积极进取地学习、工作，以永争第一的信念激励自己，成功将指日可待。

一个英语单词造就一个富翁

  1958 年,香港人刘文汉前往美国进行商务考察。一天,他在克里夫兰市一家小餐馆用午餐,听到邻近餐桌上有两位美国人在谈生意经,便留心听。两位美国人在讨论什么新行业在美国可以赚钱,其中一人说了句:"Wigs!"

  "Wigs"这个词在英文里是"假发"的意思。听到这个词,刘文汉不禁转头向两位美国人望去。他看到那位说话的美国人从皮包里拿出一缕黑色假发,给同伴看。两位美国人丝毫没有注意到刘文汉,仍然继续着他们的话题。刘文汉却没有再听进去多少,他被"Wigs"这个词吸引住了。这是一个很普通的英语单词,按理说没有什么特殊的意义。然而,刘文汉却敏锐地意识到:这个单词,就是他正在苦苦寻求的巨大商机;以这个单词为题,他可以做一篇招财进宝的大文章。

  原来,刘文汉联想到:当时,美国黑人争取民权的斗争像一股巨大的洪流,猛烈地冲击着美国社会。在社会动荡不安的背景下,出现了以长发为标志的一代"毛发"青年,这使戴假发在美国几成时尚。刘文汉看出美国人对假发的需求量非常之大,一个广阔无垠的市场前景展现在他眼前!

  刘文汉很快结束了考察,回到香港。他又在香港展开调查,了解到在香港制造假发成本低廉,最贵的不过 100 多港元一顶,而假发成品的售价却高达每顶 500 港元! 他喜出望外,很快作出决策,以自己的全部积蓄,在香港开办工厂,制造和销售各种假发。此后,他克服了种种困难,请来技艺精湛的工匠,改进了生产设备,制造出了香港第一个用现代工艺生产出来的新型假发。由于刘文汉的假发款式新、质地好,成千上万的订单很快如雪片般从

世界各地飞来。他的财富急剧增长,并带动了整个香港假发制造业的发展。在上个世纪 60 年代,香港的假发出口总值每年成倍增长,超过电子产品的出口总值。到 1970 年,假发制造业的产值已高达 10 亿港元,在香港制成品输出中列第四位。刘文汉本人也一度当选为香港假发制造行业协会的主席。"Wigs"这个单词给他带来的财富,使他在上个世纪 70 年代初期便能够前往澳大利亚,买下距悉尼仅十几公里的一个葡萄园和一家酿酒厂。这个酿酒厂后来成为澳大利亚第八大葡萄酒厂,刘文汉成为海外唯一一个拥有自己的葡萄酿酒厂的华人。

就这样,刘文汉从餐桌上偶尔听到的一个单词,让他发现了使自己事业成功的机会。生活中并不缺乏美,缺乏的是发现美的眼睛;生活中也不缺乏成功的机会,缺乏的只是察觉机会的智慧! 所以,想做一个成功的人,就应该更加懂得观察,懂得思考,善于从平凡的生活中发现成功的蛛丝马迹,然后大胆地抓住机会,创造辉煌的人生。

哲理启示

仅仅是一个单词,仅仅是一项假发,刘文汉注意到了它,便创造了一个又一个奇迹。机遇稍纵即逝,大胆地抓住它,你的人生就会因此而变得不同。

在平凡中超越

有一种胜利的到来行如闪电,快似流星。尽管短暂,却让整个世界为之震撼。

他英俊洒脱、张而不狂;他青春年少,踌躇满志……当21岁的"追风少年"刘翔在雅典奥运会男子110米栏跑道上以飞翔的速度风一般掠过终点时,他用自己的飞跃向世界证明了:中国——"一切皆有可能"。

21岁的刘翔何以完成如此壮举? 当一切喧哗归于平静,才真正感觉到英雄原来如此相似:

态度决定收获! 连续征战,刘翔一年一个台阶,上演了一次又一次漂亮的"三级跳":在短短的时间内,刘翔就把自己从一个对跨栏知之甚少的懵懂少年打造成了一个备受世人瞩目的世界田径新星!

1999年,16岁的刘翔正式成为孙海平的弟子。那时的刘翔全身的运动神经像是被激活了一般,仅仅练了110米栏不到三个月,就参加了全国田径大奖赛,并以14秒19的成绩取得了第三名,让国内田径界为之一震。同时,刘翔也完成了他运动生涯的第一个小小的"三级跳"——当时连三级运动员都还不是的刘翔直接越过二级、一级,达到运动健将级别。

接下来的三年征战中,刘翔再次上演了漂亮的"三级跳":2000年世界青年锦标赛第四名;2001年全运会、东亚运动会、世界大学生运动会冠军;2002年瑞士洛桑国际田径一级大奖赛,他以13秒12的成绩打破了由美国人保持了24四年之久的13秒23的世界青年纪录。

刘翔以频频改写历史的方式完成了他运动生涯中的第三个"三级跳":

让孩子受益终身的成功故事

2003 年世界室内田径锦标赛 60 米栏获第三,结束了中国男选手在该项目中 18 年未夺牌的历史;紧接着 2004 年世界室内田径大奖赛,刘翔又分别以 7 秒 46 和 7 秒 43 的成绩,两次打破 60 米栏亚洲室内纪录并夺得亚军;此后,在 2004 年日本大阪田径大奖赛上,刘翔首次与美国名将阿兰·约翰逊同场竞技并夺得冠军,以 13 秒 06 的成绩再次刷新 110 米栏的亚洲纪录。

在"人种论"和"皮肤论"大行其道的世界田坛,刘翔作为一个黄皮肤的"异类",从受人轻视到赢得尊重,经历了一个战斗的过程。战斗无疑是残酷的,但有时候,唯有战斗才能超越平凡的人生。

刘翔夺冠是"奇迹",奇迹背后源于两次"刺激"。

第一次"刺激"是爷爷给的。刘翔七八岁时在少年体校,由于天性顽皮,经常受到同校孩子的欺负,于是爸妈决定放弃少年体校。但刘翔从小是爷爷奶奶带大的,爷爷奶奶对刘翔性格的影响是最大的。爷爷 70 岁那年,突然想学骑自行车,而且也学会了。刘翔就想:爷爷 70 岁都能学会自行车,自己为什么要放弃体育呢? 现在回忆起来,刘翔还在感叹:如果没有爷爷的"刺激",也许就没有现在的他了。

第二次"刺激"是一次比赛。2000 年 11 月法国里昂的一次室内田径大奖赛,六名选手进入 60 米栏的决赛,刘翔站在第五跑道,其中有三个美国选手,他旁边的第六道就是一名美国选手。发令枪响了,没想到第六道的那个美国选手在跨第二个栏的时候就摔倒了,刘翔则是第三个冲过终点。但这样的兴奋仅仅保持了 2 秒钟,裁判和大屏幕同时宣布:第五道中国选手没有成绩。怎么会这样呢? 原来裁判误判,将那个摔倒的美国选手当成刘翔了。因为在他们看来,中国人是不会在这个项目上跑出好成绩的。这件事对刘翔的刺激非常大,当时他就说:"我一定要用自己的实力证明给这些人看,让

254

他们知道中国人是可以在短跑上有作为的。"田径场上的刘翔,不仅在与世界的偏见作战,更是在与自己作战。2004年,站在冠军领奖台上的刘翔终于让世界震惊了。

哲理启示

刘翔不仅是田径赛场上的胜利者,更是人生跑道上的胜利者,他用自己的信念、努力战胜了赛场上的对手,超越了自我,更重要的是他极大地鼓舞了国人,让世界知道了中国人是可以在田径比赛中有所作为的。

换个角度

看问题

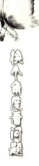

红色的报春花

　　达尔文是英国著名的生物学家,进化论的奠基人。他曾进行过五年的环球旅行,对大自然有着深刻的了解,写下了对生物科学研究起着重大作用的《物种起源》一书。

　　从小,达尔文就对周围环境非常感兴趣,特别喜欢钻研问题。

　　一天,小达尔文跟着父亲到花园里散步,花坛里盛开着五颜六色的花,美丽极了。他见其他花有好多种颜色,而报春花只有黄色和白色两种,就对父亲说:"爸爸,要是报春花也有很多种颜色,那该多好呀!"

　　父亲笑着说:"你这个小幻想家,好好努力,我相信你一定能想出好办法。"

　　过了几天,小达尔文对父亲说:"我已经想出了一个非常好的办法,我要变一朵红色的报春花送给你。"

　　父亲随口应道:"好好好,我的小宝贝,你去变吧,变出来的话,它将是我们英国第一朵红色的报春花。"

　　又过了几天,小达尔文大声喊着跑到爸爸面前,把手伸到爸爸跟前说:"爸爸,你快看呀!"

　　父亲一看,捧在儿子手里的果然是一朵火红色的报春花,美丽极了。

　　"小宝贝,你是怎么变出来的?"爸爸惊奇地问。

　　"研究出来的呗。"小达尔文骄傲地说,"你曾经说过,花每时每刻都在用根吸水,并且把水传到身体的各个地方去,于是我就想让报春花喝些红色的水,传到白色的花朵上,那么花不就会透出红颜色来了吗? 昨天,我折了一

朵白色的报春花,把它插到红墨水里,今天它就变成红色的了！父亲把儿子抱了起来,亲了又亲。

由于达尔文对大自然有浓厚的兴趣,经过孜孜不倦的探索,他后来成了伟大的生物学家。

哲理启示

心理学家让·皮亚杰指出:"所有智力方面的工作都依赖于兴趣。"

学习兴趣是一种非常现实而且活跃的心理成分,在学习活动中起着极其重要的作用。当一个人对某件事情、某个学科产生浓厚的兴趣时,他一定会积极主动地怀着愉悦的心情去探索、学习,而从不会认为这是一种负担。所谓"知之者不如好之者,好之者不如乐之者",就是这个道理。因此,学习的最佳动力乃是对所学学科的兴趣。

大难不死的诺贝尔

1864年9月3日这天,寂静的斯德哥尔摩市郊,突然传出一声震耳欲聋的爆炸声,屹立在这里的一座工厂只剩下残垣断壁,火场旁边,站着一位30多岁的年轻人,突如其来的惨祸和过分的刺激,已使他面无人色,浑身不住地颤抖着……

这个大难不死的青年,就是后来闻名于世的弗莱德·诺贝尔。诺贝尔眼睁睁地看着自己所创建的硝化甘油炸药实验工厂化为了灰烬。人们从瓦砾中找出了五具尸体,四人是他的亲密助手,而另一个是他在大学读书的小弟弟。五具烧得焦烂的尸体,令人惨不忍睹。诺贝尔的父亲和母亲得知小儿子惨死的噩耗,悲痛欲绝。然而,诺贝尔在失败面前却没有动摇。

事情发生后,人们像躲避瘟神一样地避开他,再也没有人愿意出租土地让他进行如此危险的实验。但是,困境并没有使诺贝尔退缩,几天以后,人们发现在远离市区的马拉仑湖上,出现了一只巨大的平底驳船,驳船上并没有装什么货物,而是装满了各种设备,一个年轻人正全神贯注地进行实验。毋庸置疑,他就是在爆炸中死里逃生,被当地居民赶走了的诺贝尔。

苍天不负有心人,他终于发明了雷管。雷管的发明是爆炸学上的一项重大突破。随着当时许多欧洲国家工业化进程的加快,开矿山、修铁路、凿隧道、挖运河等都需要炸药。于是,人们又开始亲近诺贝尔了。他把实验室从船上搬迁到斯德哥尔摩附近的温尔维特,正式建立了第一座硝化甘油工厂。接着,他又在德国的汉堡等地建立了炸药公司。一时间,诺贝尔的炸药成了抢手货,诺贝尔的财富与日俱增。

诺贝尔赢得了巨大的成功,他一生共获专利发明权 355 项。他用自己的巨额财富创立的诺贝尔奖,被国际学术界视为一种崇高的荣誉。

哲理启示

大无畏的勇气和矢志不渝的恒心能激发一个人心中的潜能,它能让接踵而至的灾难和困境却步。对已选定的目标义无反顾,永不退缩,在奋斗的路上,你永远是骄子。

谁能得到诺贝尔奖

1930 年,20 出头的约翰太太养育了 3 个孩子和一群鸡鸭。那年,一窝鸡蛋孵到只剩两天出壳,母鸡却意外身亡。约翰太太只好把鸡蛋移至灶头人工孵化。在约翰太太将新母鸡物色好之前,有 4 只性急的鸡崽先出壳了。这 4 只第一眼认错了妈妈的小鸡崽在此后的日子里总是跟在约翰太太的身前脚后,而对"继母"感情淡薄。后来,这 4 只小鸡崽因为缺少母鸡的庇护先后夭折。

在此之前,约翰太太及她的前辈们就明白一个理:小鸡小鸭总是把它生出后看到的第一个在眼前晃动的物体当做妈妈,而且以后很难改变。

在约翰太太孵鸡的同时,万里之遥的奥地利,一位名叫洛伦兹的小伙子正在观察一群小动物。洛伦兹从医学院毕业后回到了位于奥地利北部的家乡,继承祖业行医治病,同时从事动物学研究。1935 年春天,洛伦兹偶然发现一只刚出世的小鹅总是追随自己,几经分析,他推测这是因为这只小鹅出世后第一眼看见的是人,所以把人当做了它的母亲。进一步的实验证实了这一推测。继而,洛伦兹总结出"铭记现象",又称"认母现象",并提出动物行为模式理论,认为大多数动物在生命的开始阶段,都会无须强化而本能地形成一种行为模式,且这种模式一旦形成就极难改变。这一理论成为后来"狼孩"研究中最站得住脚的答案之一。如今我们生活中正着力推广的"母婴同室"、"早期教育(也叫关键期教育)"都源于这一理论。洛伦兹藉此成为现代动物行为学的创始人,并于 1953 年获得诺贝尔医学及生理学奖。

约翰太太在洛伦兹之前就知道鸡鸭有这种被称为"认母行为"的现象,

但她不能将此推广至所有的动物,更不能提出一套理论,建立一门学科,所以她与诺贝尔奖无缘,尽管约翰太太于1953年的诺贝尔医学及生理学奖如此地近。

哲理启示

在生活中,许多人都能够有所发现。但是,要让这种发现产生价值和被别人所承认,需要深厚的基础知识和相应的能力支撑。

称出地球质量的人

现在我们知道地球的质量是 597600 亿亿吨。然而，在二三百年前，人类还不知道自己居住的地球质量有多大。

17 世纪的权威人士断言：人类永远不会知道地球的质量。因为在当时的条件下，要知道地球的质量必须用体积和密度相乘计算出来，而地球的构成相当复杂，各部的密度差异很大，无法求出它的平均密度，所以无法得出地球的质量。

1731 年出生的英国物理学家卡文迪许，发现英国剑桥大学知名科学家约翰·米歇尔用石英丝横吊磁铁的扭转，来观察磁引力，但靠肉眼看不到石英丝的变化。一天，他看到一群孩子拿着小镜子，用来反射太阳光玩。小镜子微微一动，远处的光点会发生很大的移动。这个游戏给卡文迪许以极大的启发，他在石英丝上固定一面小镜子，用一束光线去照射它，结果，石英丝极小的扭转被放大了，提高了实验的灵敏度。卡文迪许用了几十年时间，一直到 1798 年，才通过测量计算出了地球的平均密度，算出了地球的质量。他也因此被誉为"第一个称出地球质量的人"。

哲理启示

爱因斯坦说："整个科学不过是日常思维的一种提炼。"在生活中要努力保持开阔的思路，摆脱习惯思维，创造性地解决问题。

"费米思维"的启示

费米是一位美籍意大利科学家,也是一位善于启发的教育家。他说,当你听到一个问题,可你对问题的答案丝毫都不知道,你肯定会认为所提供的信息或已知条件太少了,因而无法解决它;但是当这个问题被分解成几个次级问题,每个问题不用求教专家或书本都能解答时,你就接近于得到准确的答案。比如,你想知道地球周围的大气质量是多少,这个问题处理起来好像无从下手,但是稍有物理知识的人都知道一个标准大气压约为101千帕,大气有压强完全是因为大气有重力,而地球的半径约为6400千米是我们熟悉的物理量,求出地球的表面积后再乘以大气的总重力,进而顺利地得到地球上空气的总质量。

20世纪40年代的一个早晨,世界第一颗试验原子弹在美国新墨西哥州沙漠上爆炸,40秒钟后,震波传到费米和他的学生们驻扎的基地,费米把一些碎纸屑扔向空中让其随风飘落,然后通过迅速计算,费米向他的学生们宣布爆炸的能量相当于1万吨烈性炸药,学生们非常佩服。

哲理启示

善于由易到难地去思考问题,将简单的道理运用到解决复杂的问题上去,是解决我们遇到的问题的最好方式。"费米思维"是对我们的惯常思维方式的一次突破。

游水的秘诀

有一次，孔子带着他的几个学生到吕梁游览观赏美妙的大自然景色。只见那吕梁的瀑布飞流而下，从三千仞高处直泻下来，溅起的水珠泡沫直达40余里以外。瀑布下来冲成一条水流湍急的河，在这里，就连鱼鳖类水族动物都不敢游玩出没。然而，孔子却突然发现一个汉子跳入水中。孔子大吃一惊，以为这个汉子有什么伤心事欲寻短见，于是，他立即叫自己的学生顺着水流赶去救那个人。

不料，那汉子在游了几百步远的地方却又露出了水面，上得岸来，披着头发唱着歌，在堤岸边悠然地走着。

孔子赶上前去，诚恳地问他说："我还以为你是个鬼呢？仔细一看，你实实在在是个人啊！请问，游水有什么秘诀吗？"

那汉子爽快地一笑说："没有，我没有什么游水的秘诀，我只不过是开始时出于本性，成长过程中又按照天生的习性，最终能达到这种境地是因为一切都顺应自然。我能顺着漩涡一直潜到水底，又能随着漩涡的翻流而露出水面，完全顺着水流的规律而不以自己的生死得失来左右自己的行为，这就是我游水游得好的道理。"

孔子又问道："什么叫做开始出于本性，成长中按照天生的习性，而有所成就是顺应自然呢？"

那汉子回答说："如果我生在丘陵，我就去适应山地的生活环境，这叫做出自本来的天性；如果长在水边则去适应水边的生活环境，这就是成长顺着生来的习性；不是有意地去这样做却自然而然地这样做了，这就叫顺应自

然。"

孔子听了汉子的一番话，若有所悟地点头而去。

哲理启示

世间的事物都有其存在的规律，只要用心去挖掘，运用自己的聪明才智，就会发现规律，并且利用规律为自己造福。

法布尔的有趣实验

法国博物学家法布尔曾做过一项有趣的研究。他研究的是巡游毛虫。

这些毛虫在树上排成长长的队伍前进,有一条带头,其余跟着。法布尔把一组毛虫放在一个大花盆的边上,使它们首尾相接,排成一个圆形。这些毛虫开始动了,像一个长长的游行队伍,没有头,也没有尾。法布尔在毛虫队伍旁边摆了一些食物,但这些毛虫要想得到食物就要解散队伍,不再一条接一条前进。

法布尔预料,毛虫很快会厌倦这种毫无用处的爬行,而转向食物,可是毛虫没有这样做。出于纯粹的本能,毛虫沿着花盆边一直以同样的速度走了7天7夜。它们一直走到饿死为止。

这些毛虫遵守着它们的本能、习惯、传统、先例、过去的经验、惯例,或者随便你叫它什么好了。它们干活很卖力,但毫无结果。

哲理启示

许多失败者就是因为像毛虫一样没有明确的目标,他们自以为忙碌就是成就,干活本身就是成功。明确的目标有助于我们避免这种情况发生。

一定是乐谱错了

　　小泽征尔有一次去欧洲参加指挥家大赛,在进行前三名决赛时,他被安排在最后一个参赛。评委交给他一张乐谱,演奏中小泽征尔突然发现乐曲中出现不和谐的地方。开始他以为是演奏家们演奏错了,就指挥乐队停下来重奏一次,仍觉得不自然。这时,在场的权威人士都郑重声明乐谱没问题,而是他的错觉。面对几百名国际音乐权威,他不免对自己的判断产生动摇。但是,他考虑再三,坚信自己的判断是正确的,于是大吼一声:"不,一定是乐谱错了!"他的喊声一落,评委们立即向他报以热烈的掌声,祝贺他大赛夺魁。原来,这是评委们精心设计的"圈套",以试探指挥家们在发现错误而权威人士又不承认的情况下,是否能够坚持自己的判断。

哲理启示

　　敢于向权威挑战,坚持自己的观点和看法,是一个成功的人经常表现出来的素质。要想具备这种素质,就需要我们掌握一定量的知识,同时还要有坚持己见的信念和勇气。

雕刻的细节

米开朗琪罗是人类史上杰出的艺术大师,他无论雕刻或绘画,速度都很慢,总是花很多时间在那里沉思、推敲、琢磨,力求作品的完美。

有一次,友人拜访米开朗琪罗,看见他正为一个雕像作最后的修饰。然而过了一段时间,友人再度拜访,看见他仍然在修饰那尊雕像。

友人责备他说:"我看你的工作一点儿都没有进展,你动作太慢了。"

米开朗琪罗说:"我花许多时间在整修雕像,例如:让眼睛更有神,肤色更亮丽,某部分肌肉更有力等等。"

友人说:"这些都是一些小细节啊!"

米开朗琪罗说:"不错!这些都是小细节,不过只有把所有的小细节都处理妥当,雕像才能变得完美。"

人生有许多事都是小细节,如果每个小细节都考虑周全,许多事情就会变得很美好。

哲理启示

大师与工匠的区别,除了天赋之外,便是对细节的追求了。把细节都考虑周全,不仅仅是对雕刻艺术品的要求,而且做其他事情也是如此。

271

换个角度看问题

大发明家爱迪生在小的时候,并不聪明。学校的老师们认为他实在太笨,学不会任何东西,便决定放弃他,把他带回家交给他妈妈时说:"笨蛋还给你。"爱迪生听了十分伤心,他认为自己天生就是个不可救药的笨蛋。但爱迪生的妈妈却对他说:"别人看不起你,妈妈觉得你不错。"因为这位伟大的母亲看孩子的角度不同,结果就不一样,爱迪生从此有了自信。

后来,爱迪生在植物中寻找一种新工业材料的时候,失败了5万次。他的助手十分沮丧地对他说:"爱迪生先生,我们做了5万次的实验,还是毫无结果,我看还是放弃吧。"爱迪生听了之后,却微微一笑:"这样很好。我们至少已经知道有5万种东西是不行的,成功离我们不远了。"

同样的事情,从不同角度看,完全可以得出不同的结论。这个道理,自从爱迪生从母亲那里学到以后,就再也没有忘记过。

哲理启示

任何事都有其多面性,可以从多种角度去阐释。所以,要培养自己的发散思维,学会从多个角度去看问题,这样,你思考问题及处理事情的方法就会很多,成功的机会也会更多。

272

鼓　掌

　　杰米·杜兰特是上个世纪红极一时的艺人。他曾被临时邀请参加慰劳"二战"退伍军人的表演,但他回绝了演出组织方:出场费用不是问题,但自己这一段的安排实在是太紧,没办法表演节目,至多只可以安排一段独白。组织方犹豫再三,最终考虑到杰米的名声,答应下来。

　　杰米走到台上,做完一段独白后,果然掌声雷动。而令组织方感到惊奇的是,杰米开始即兴表演节目了!"天啊!这是怎么回事?他这样一个大明星,难道还稀罕掌声吗?这完全不在预料之中啊!"

　　掌声愈来愈热烈,杰米也连续表演而且十分投入,30分钟才鞠躬下台。

　　掌声将剧场淹没了。

　　后台的人拦住他,说道:"啊呀……今天真是……谢谢!那么精彩的即兴表演!""是的,我原本打算独白结束就离开,"杰米说,"但是,可能你们看不到,而我看见了:第一排观众中有两个男子,一个只有左手,另一个只有右手,他们合在一起为我开心地使劲鼓掌。"

哲理启示

　　沟通不单单只是言语上的,通过行动更可以让对方感受到你的真诚和感动,就像文中的那两个男子,虽然各有残缺,但却不乏心灵之完美。

不符合事实

1572 年,伽利略开始上学,他是班上最聪明的学生,老师对他很满意。

伽利略多才多艺。他会画画、弹琴,非常喜欢数学,他的手也很灵巧,会制造各种各样的机动玩具。伽利略常在家里做一些能运转的小机器,其中有一种能从地上举起笨重的东西。他把它看成是自己最好的玩具。他本可以成为一个大画家或者大音乐家。

但是,他更爱自然科学。他的心中充满了各种各样的疑问。他老是问父亲,为什么烟雾会上升?为什么水会起波浪?为什么教堂要造得顶上尖、底层大?晚上,他经常坐在室外观看星星,心里充满了各种奇妙的想法,尝试着为自己解释各种事物,有的问题连他的老师都回答不了。

长大以后,他的疑问就更多了。

17 岁那年,他以优异的成绩考上了比萨大学医科专业。

有一次上医学课,讲胚胎学的比罗教授照本宣科地说:"母亲生男孩还是女孩,是由父亲身体的强弱决定的。父亲身体强壮,母亲生男孩,反之便是女孩。"

"老师,你讲得不对,我有疑问!"多疑好问的伽利略又举手发言了。

比罗教授自觉有失尊严,便神色不悦地说:"你提的问题太多了!你是个学生,应该听老师讲,不要胡思乱想。"

"这不是胡思乱想。我的邻居,男的身体非常强壮,从没见他生过什么病,可他老婆一连生了五个女儿,这该怎么解释?"伽利略反问道。"我是根据古希腊著名学者亚里士多德的观点讲的,不会错!"比罗教授搬出了理论

根据。

"难道亚里士多德讲得不符合事实,也要硬说他是对的吗?"伽利略继续辩解。

比罗教授无以对答,只好怒气冲冲地威胁说:"上课只能听老师讲。你再胡闹下去,我就要处罚你!"

事后,伽利略果然受了学校的训斥。但他勇于坚持真理,丝毫没有屈服,并从这时起,开始了对亚里士多德学说的怀疑与探讨。

他深入钻研了亚里士多德的著作,常常陷入沉思之中。他想,亚里多士德的许多理论并没有经过证明,为什么要把它们看做是绝对真理呢?

伽利略少年时代提出的许多个为什么,后来都由他自己找到了答案。

哲理启示

检验真理的唯一标准是实践,而不是权威,因此,在学习和生活中,要善于动脑,善于思考,不要迷信任何人,任何理论。

华佗和老医生

华佗是汉代著名医学家。他精通内、外、妇、儿、针灸各科,对外科尤为擅长。

华佗成了名医以后,来找他看病的人很多。

一天,来了一个年轻人,请华佗给他看病,华佗看了看说:"你得的是头风病,药倒是有,只是没有药引子。"

"得用什么药做药引子呢?"

"生人脑子。"病人一听,吓了一跳,上哪去找生人脑子呢? 只好失望地回家了。

过了些日子,这个年轻人又找了位老医生,老医生问他:"你找人看过吗?"

"我找华佗看过,他说要生人脑子做药引子,我没办法,只好不治了。"老医生哈哈大笑,说:"用不着找生人脑子,去找十个旧草帽,煎汤喝就行了。记住,一定要找人们戴过多年的草帽才顶事。"

年轻人照着去做,果然药到病除。有一天,华佗又碰到这个年轻人,见他生龙活虎一般,不像有病的样子,于是就问:"你的头风病好啦?""是啊,多亏一位老先生给我治好了。"华佗详细地打听了治疗经过,非常敬佩那位老医生。他想向老医生请教,把他的经验学来。他知道,如果老医生知道他是华佗,肯定不会收他为徒。于是,他装扮成一名普通人的模样,跟那位医生学了三年徒。一天,老师外出了,华佗同徒弟在家里拣药。门外来了一位肚子像箩、腿粗像斗的病人。病人听说这儿有名医,便跑来求治。

老师不在家，徒弟不敢随便接待，就叫病人改天再来。病人苦苦哀求道："求求先生，给我治一下吧！我家离这儿很远，来一趟不容易。"这时，华佗见病人病得很重，不能迟延，就说："我来给你治。"说着，拿出二两砒霜交给病人说："这是二两砒霜，分两次吃。可不能一次全吃了啊！"病人接药，连声感谢。病人走后，师弟埋怨道："砒霜是毒药，吃死了人怎么办？""这人得的鼓胀病，必须以毒攻毒。"

"治死了谁担当得起？"华佗笑着说："不会的，出了事我担着。"那个大肚子病人拿药出了村，正巧碰上老医生回来了，病人便走上前求治。老医生一看，说道："你这病容易治，买二两砒霜，分两次吃，一次吃有危险，快回去吧！"

病人一听，说："二两砒霜，你徒弟拿给我了，他叫我分两次吃。"老医生接过药一看，果然上面写得清楚，心想："我这个验方除了护国寺老道人和华佗，还有谁知道呢？我没有传给徒弟呀？"回到家里，问两个徒弟："刚才大肚子病人的药是谁开的？"徒弟指着华佗说："是师兄。我说这药有毒，他不听，逞能。"华佗不慌不忙地说："师傅，这病人得的是鼓胀病，用砒霜以毒攻毒，病人吃了有益无害。""这是谁告诉你的？""护国寺老道人，我在那儿学了几年。"老医生这才明白过来，他就是华佗，连忙说："华佗啊！你怎么到我这儿来当学徒啊！"

华佗只好说出求学的理由。老医生听完华佗的话，一把抓住他的手说："你已经名声远扬了，还到我这穷乡僻壤来吃苦，真对不起你呀！"

老医生当即把治头风病的验方告诉了华佗。

哲理启示

一个谦虚好学的人总能得到比别人更多的东西,从而更快地去超越、去提高。对于别人的优长之处,要有低下头去请教和学习的态度,只有这样,才能用人之长,补己之短,从而使自己更渊博,更完美。

书 在 哪 里

李时珍一生喜爱读书,注重实践,医术高超,救死扶伤,被尊为"医中之圣"。

他的家乡有一名庸医,虽不学无术,却常常假装斯文,购买了许多医书,以此来炫耀自己。有一年梅雨季节刚过,庸医命家人将藏书统统搬到院子里晒。他在院子里踱着方步,看着摊开满满一院子的各种古典医书,扬扬得意,趾高气扬。

此情此景正巧被路过的李时珍碰见,一向待人宽厚、不露锋芒的李时珍,一时兴起,便解开衣襟,靠在庸医院子里的靠椅上,袒胸露腹,晒起了太阳。庸医一见,莫名其妙,惊奇地问道:"您这是做什么?"李时珍微笑着答道:"我这也是在晒书呀。"庸医问:"先生的书在哪里呀?"李时珍拍拍自己的肚皮,一本正经地说:"我的书都装在肚子里了。"

哲理启示

一个人是否学识渊博,主要是看他的内涵是否丰富,而不是看他被修饰过的外表。有的人藏书丰富,但只是外强中干,只有将知识都装到脑中,才算是真正的知识渊博,这样的人不管外表如何,也会给人"满腹诗书气自华"的感觉。

不屈的普罗米修斯

很久以前,地球上没有火,许多人被冻死。那么地球上的火是从哪里来的呢?据说是天神普罗米修斯从天上偷来的。

普罗米修斯原来住在天上,他不愿意在天上过神仙的生活,一天他和弟弟厄庇墨透斯一起来到了人间。

普罗米修斯看到大地上没有火,人们只好吃生的东西,到了冬天,天寒地动,人们没有火种取暖,许多老人和小孩被冻死了。看到这些情景,普罗米修斯心里难过极了,他决心不顾天父宙斯的禁令,把天上的神火偷到人间来,给人类带来幸福和光明。

一天,普罗米修斯拿了一束茴香秆,飞上天堂。普罗米修斯在智慧女神的帮助下,趁太阳神阿波罗驾着太阳从东方驶回西方时,把茴香秆伸进太阳车里,一会儿,茴香秆被点着了。普罗米修斯高兴极了,他高举着燃烧着的茴香秆,从天堂奔向人间。

自从有了火,人类用火锻造武器,抵御野兽的侵袭,用火制造农具,播种收获,用火来烧煮食物,冬天用火来取暖。火,真是无价之宝啊!

普罗米修斯给人类带来了光明和幸福,人们非常感激他,称他为"人类的恩神和救星"。

普罗米修斯把天火偷到人间的事给天父宙斯知道后,宙斯非常生气。

他决定给人类,也给普罗米修斯以严厉的惩罚。天父宙斯想了个办法,当时,世界上还没有女人,天父宙斯亲手造了个女人,名叫潘多拉。天父宙斯决定让潘多拉把灾难带给人类。天父宙斯命令美神和爱神阿佛洛狄忒给

潘多拉以惊人的美貌和热烈的感情，文艺神缪斯给她以美妙的歌喉。

　　一切都打扮停当后，一天，宙斯命令天神把潘多拉带往人间，送给普罗米修斯的弟弟厄庇墨透斯做妻子。临行时，宙斯又把一个金匣子送给潘多拉做陪嫁。聪明的普罗米修斯早就料到天父宙斯的阴谋，他预先警告厄庇墨透斯，不要接受天父宙斯的任何礼物。可是，潘多拉太美丽啦！厄庇墨透斯不顾普罗米修斯的劝告，趁普罗米修斯不在家时，把潘多拉留下来。

　　普罗米修斯回来后，见弟弟已和潘多拉结了婚，只好算了。他再三叮嘱潘多拉，千万不要打开宙斯送的那个金匣子，否则将会给人类带来灾难。潘多拉对那只金匣子非常感兴趣，一心想看看金匣子里到底装了些什么。一天，她趁普罗米修斯和厄庇墨透斯都不在家时，急急忙忙地打开了那只金匣子的盖子，她满心以为匣子里一定藏着奇珍异宝。可是潘多拉刚打开金匣子，从匣子里飞出许多小虫子，它们是各种可怕的病菌，还有灾难、痛苦和妒恨。潘多拉一见，赶紧盖上匣子，但把匣子里仅有的一样好东西——希望关在匣子里了。那些可怕可恶的小虫子却很快飞出屋子，飞遍了大地。从此，人们不仅要遭受疾病的折磨，还要忍受灾难、妒恨等给人们带来的痛苦。

　　宙斯惩罚了人类以后，又命令威力神和暴力神来到大地上，他们抓住了普罗米修斯，绑上铁链，押到荒凉偏僻的高加索山里，用铁钉把普罗米修斯钉在悬崖峭壁上，让他经受烈日的暴晒、寒风的肆虐，还叫一只凶恶的老鹰每天白天去啄食普罗米修斯的肝脏；到了晚上，又让普罗米修斯的肝脏重新长出来，好让普罗米修斯日复一日年复一年地被折磨。

　　面对宙斯的残酷迫害，普罗米修斯没有屈服，他深信自己没有错，他总有一天会得到解放的。

　　几万年过去了。有一天，大力英雄赫拉克勒斯来到高加索时，看见恶鹰

正在啄食普罗米修斯的肝脏,立即拉弓引箭,一箭把恶鹰射死了。

赫拉克勒斯砸碎了捆在普罗米修斯身上的铁镣手铐,把普罗米修斯从山崖上解救出来。

普罗米修斯虽然被解救出来,可宙斯还要在他的手指上保留一只铁环,并镶上一块高加索山崖的石片。后来,人们为了纪念天神普罗米修斯,就模仿他的样子,在手指上也戴上一只指环,并镶上一块鲜艳夺目的宝石。这就是今天人们戴钻石戒指的来历。

哲理启示

一个拒绝各种诱惑,具有坚定的信念的人是不可战胜的。普罗米修斯的英雄形象千百年来成为鼓舞西方人追求光明、追求自由的精神力量。

毛遂自荐的肯尼迪

1973年，后来成为美国最成功的广告人之一的肯尼迪高中毕业（这是他仅有的学历），想找份工作，并打算从"专业销售"开始。他梦想拥有公司配的又新又好的汽车（这可能因为他当时还开着一台仅值25美元的破车），一份薪水，外加佣金和奖金，每天西装革履地上班，还有销魂的出差机会。

肯尼迪偶然发现了一则招聘广告："一家出版公司的全国销售经理要在本城待两天，只为了招聘一位负责五个州内各书店、百货公司和零售商的业务代表。肯尼迪梦想在将来成为作家或出版家，所以"出版"二字对他来说是有吸引力的。广告又说，起初月薪1600元到2000元。外加佣金、奖金、公务费和公司配车。这正是他梦寐以求的工作。

不幸的是，肯尼迪不是他们的理想人选。他去面试时，那位全国业务经理很客气地向他解释，他不是他们要找的人。第一，肯尼迪太年轻；第二，他没有工作经验；第三，他没念大学。这份工作显然是为年龄在35到40岁之间、大学毕业，并具有相当丰富经验的人准备的，刚出校园的毛头小伙显然不适合。该公司已有几位应聘者待定。肯尼迪竭力毛遂自荐，但招聘者态度坚决——他就是不够格。

这时，肯尼迪亮出了绝招。他说："瞧，你们这个地区缺商务代表已达六个月了，再缺三个月也不至于要命吧。看看我的主意：让我做三个月，公司只负担公务费，我不要工资，还开我自己的车。如果我向你证明胜任这份工作，你再以半薪雇我三个月，不过我要全额佣金和奖金，还得给我配车。如果这三个月我仍胜任这份工作，你就用正常条件录用我，工资和福利也是如

283

此。我将得到这份工作。"

这样,肯尼迪被录用了。在很短的时间里,未经公司许可,他重组了销售流程,创下三项记录:短期内在困难重重的地区扭转乾坤;三个月内,让更多新客户的产品摆满他们的整个摊位;争取到新的非书店连锁的大公司等等。三个月以后,肯尼迪有了公司配车、全额工资、全额佣金和奖金。

哲理启示

喜欢尝试的人总会比别人获得更多的机会,因为他们具有别人所没有的敢于挑战的积极心态和勇气,所以,如果你觉得自己拥有了尝试的机会,那就勇敢地去试一次,结果也许会很精彩。

做事要认真

春秋时期有个伟大的军事家名叫孙武。有一天,他去见吴王阖闾,吴王问他能不能训练女兵,孙武说:"可以。"于是吴王便拨了一百多位宫女给他。孙武把宫女编成两队,用吴王最宠爱的两个妃子做队长,然后把一些军事的基本动作教给她们,并告诫她们还要遵守军令,不可违背。不料,孙武开始发令时,宫女们觉得好玩,都一个个笑了起来。孙武以为自己话没说清楚,便重复了一遍。等第二次再发令,宫女们还是只顾嬉笑。这次孙武生气了,便下令把队长拖出去斩首,理由是队长领导无方。吴王听说要斩他的爱妃,急忙向他求情,但是孙武说:"君王既然已经把她们交给我来训练,我就必须依照军队的规定来管理她们,任何人违犯了军令都该接受处分,这是没有例外的。"结果还是把队长给杀了。宫女们见他说到做到,都吓得脸色发白。第三次发令,没有一个人敢再开玩笑了。

哲理启示

我们不管做任何事,都应具备认真的精神,这样才不至于走弯路,才能使每一件事情都能顺利完美地进行。

勤奋成就天才

史蒂芬·霍金出生于英国的牛津,他年轻时就身患绝症,然而他坚持不懈,战胜了病痛的折磨,成为了举世瞩目的科学家。

霍金在牛津大学毕业后即到剑桥大学读研究生,这时,他被诊断患了"卢伽雷病",不久,就完全瘫痪了。1985年,霍金又因肺炎进行了穿气管手术,此后,他完全不能说话,依靠安装在轮椅上的一个小对讲机和语言合成器与人进行交谈;他看书必须依赖一种翻书页的机器,读文献时需要请人将每一页都摊在大桌子上,然后,他驱动轮椅如蚕吃桑叶般地逐页阅读……

但霍金不会因为小小的病痛折磨而放弃了对学习的渴望,他正是在这种一般人难以置信的艰难中,成为世界公认的引力物理科学巨人。霍金在剑桥大学任牛顿曾担任过的"卢卡逊数学讲座教授"之职,他的黑洞蒸发理论和量子宇宙论不仅轰动了自然科学界,并且对哲学和宗教也有深远影响。霍金还在1988年4月出版了《时间简史》,此书已用33种文字发行了550万册,如今在西方,自称受过教育的人若没有读过这本书,会被人看不起。

哲理启示

一个有着学习愿望的人,通常不会被困难或磨难所吓倒,而是寻找一切可能的机会,探索求知。其实,我们每一个人都拥有无数个学习的机会,只要能抓住,勤奋一些,刻苦一些,成功会不请自来的。

梦想是机遇的引擎

爱德华·包克还在少年的时候,就在自己的心灵深处埋下了一颗梦想的种子,那就是:有朝一日,他一定要通过努力创办一本属于自己的杂志。虽然每当他把这个梦想说给别人听时,大家总认为他是痴人说梦、年少轻狂,但是,包克却从不这么认为。因为他坚信,一个心怀梦想的人,只要给他适当的机遇,赢得成功是迟早的事。

有一天,正在大街上散步的包克遇见了一位吸烟者,只见那人打开烟盒,从中抽出了一张纸片,随即就把它扔在了地上。包克走过去,把那张纸片拾起来一看,原来上面印着一个著名演员的照片,照片的下端还写着这样一句话:"这只是一套照片中的一张,凡集齐四张者,皆可领取精美卷烟一盒。"原来这是烟草公司所进行的一项促销宣传活动,包克把那张纸片翻过来,注意到纸片的背面是空白的。

旋即,包克眼前一亮,他立刻感觉到机遇来了!他想,若是能把这种附装在烟盒里的明星照纸片充分利用起来。在它的背面空白处印上与照片人物一致的"小传",那么,这种照片的价值岂不是可以大大得到提高?

说做就做,包克很快找到了负责印刷这种纸烟附件的平板画公司,并向公司的经理说明了自己的创意,这位经理听后兴奋地说:"如果你能给我写100位名人的小传,每篇仅需100字,我将会每篇付给你100美元。"

包克从经理的赞许中看到了希望,于是他很快就与这家公司签了合同,迅速开始了自己的工作。他先把这些小传分门别类,例如:分为演员、作家、总统、将军……就这样,埋藏在包克心中的那颗种子逐渐生了根并发了芽。

287

果然,烟草公司使用了包克所设计的这种纸烟附件后,销售量得到了很大提高。继而,"小传"的需求量也在不断增加,于是,包克不得不请人前来帮忙,他先后以 5 美元和 10 美元不等的价格雇用了自己的堂弟和 5 名报社编辑,以满足平板画公司的需求。

就这样,包克成立了自己的工作室,他自己做了"总编"。随着生意的日益红火,工作室的规模也在不断扩大,他就收购了那家平板画印刷公司,条件成熟后,他果真如愿以偿地创办了自己的刊物——《妇女家庭》。

包克终于成功了!

哲理启示

梦想在勤奋进取的土壤中成长,最终结出成功的硕果。永不放弃希望、不断拼搏,终有一天梦想会变成现实。

一加一
等于几

成功就是打个洞

20 世纪初,美国史古脱纸业公司买下一大批纸,因为运送过程中的疏忽,造成纸面潮湿产生皱纹而无法使用。

面对一仓库将要报废的纸,大家都不知道如何是好。在主管会议中,有人建议将纸退还给供货商以减少损失,这个建议几乎获得所有人的赞同。

亚瑟·史古脱却不这么想,他认为不能因为自己的疏忽而造成别人的负担。经过一段时间的思考与反复实验,最后,他决定在卷纸上打洞,让纸容易撕成一小张一小张的。

史古脱将这种纸命名为"桑尼"卫生纸巾,卖给火车站、饭店、学校等放置在厕所里。意想不到的是,这种卫生纸巾因为相当好用而大受欢迎。如今,卫生纸已经成为人们日常生活中不可或缺的物品。

20 世纪 40 年代,方块糖虽然是用防湿纸包装的。但是,密封纸张不管有多厚、有多少层,时间一长,方块糖仍会渐渐变潮,甚至变黄。各家制糖公司动员了不少专家,耗费了不少资金,就是找不到有效的防潮方法。

科鲁索是一家制糖公司的普通职员,因为每天都接触方糖,对方糖的性能很熟悉,工作之余,他琢磨着怎样才能够找到一个有效的防潮方法。他尝试了很多方法都没有效果。这天,他想,能不能逆向思维尝试一下呢?于是,他在方糖的包装纸上打了一个洞,结果,空气的对流使得方糖受潮现象一下就消失了,终于解决了很多专家都头疼的问题。

滔滔商海,处处都会遇到障碍、遭受挫折,战胜困难的方法并不一定要

投入大量的人力、物力、财力,有时只要拍一拍脑袋,换一种思维,问题就迎刃而解了,财富就会向你滚滚而来。

哲理启示

孔子说:"学而不思则惘。"人的思维世界的空间是非常广阔的,层面也是丰富多彩的,如果善于开发和挖掘思维空间里的智慧宝藏,我们会获得许多始料不及的成功。

一毫米的价值

美国有一家生产牙膏的公司,产品优良,包装精美,深受广大消费者的喜爱,每年营业额蒸蒸日上。

记录显示,前十年每年的营业额增长率为10%～20%,这令董事部雀跃万分。

不过,业绩进入第十一年、第十二年及第十三年时,则停滞下来,每个月维持同样的数字。

董事部对这三年的业绩表现感到不满,便召开全国经理级高层会议,以商讨对策。

会议中,有名年轻经理站起来,对董事部说:"我手中有张纸,纸里有个建议,若您要使用我的建议,必须另付我5万元!"

总裁听了很生气地说:"我每个月都支付你薪水,另有分红、奖励。现在叫你来开会讨论,你还要另外要求5万元。是否过分?"

"总裁先生,请别误会。若我的建议行不通。您可以将它丢弃,一分钱也不必付。"年轻的经理解释说。

"好!"总裁接过那张纸后,阅毕,马上签了一张5万元支票给那年轻经理。

那张纸上只写了一句话:将现有的牙膏开口扩大一毫米。

总裁马上下令更换新的包装。

试想,每天早上,每个消费者多用一毫米会多出多少倍呢?

这个决定,使该公司第十四年的营业额增加了32%。

哲理启示

一个小小的改变,往往会起到意料不到的效果。

当我们面对新知识、新事物或新创意时,千万别将脑袋密封,置之于后,应将脑袋打开一毫米,接受新知识、新事物。也许一个新的创见,能让我们从中获得不少启示,从而改进业绩,改善生活。

一次思维的创新能带来意想不到的结果,一毫米的价值远远超过了这个故事的意义,你从中得到启发了吗?

受酸蚀损害严重的建筑物

美国首都华盛顿广场的杰斐逊纪念馆大厦已年深日久,建筑物表面斑驳,后来竟然出现裂纹,采取若干措施耗费巨大仍无法遏止。政府非常担忧,派专家调查原因,解决问题。

最初以为侵蚀建筑物的是酸雨。研究表明,冲洗墙壁的清洁剂对建筑物有酸蚀作用,而该大厦每日被冲洗的次数,大大多于其他建筑物,受酸蚀损害严重。

为什么要每天冲洗呢? 因为大厦每天被大量鸟粪弄脏。有很多燕子聚集在此。

为什么有这么多燕子聚在这里?

因为建筑物上有燕子最喜欢吃的蜘蛛。

为什么蜘蛛多?

因为墙上有蜘蛛最喜欢吃的飞虫。为什么飞虫多?

因为飞虫在这里繁殖得特别快。为什么?

因为这里的尘埃最宜飞虫繁殖。为什么?

尘埃本无特别,只是配合了从窗子照射进来的充足阳光,正好形成了特别刺激飞虫繁殖的温床,大量飞虫聚集在此,以超常的激情繁殖,于是吸引了特别多的蜘蛛,蜘蛛超常聚集,又吸引了许多燕子,燕子吃饱了,就近在大厦上方便……

解决问题的方法是:拉上窗帘。此后,再也不用每日冲洗了。杰斐逊纪念馆大厦至今完好。

295

哲理启示

　　现象只是本质的外在表现,只有认识了事物的本质,才能真正地认识事物本身,而认识事物本质的唯一方法便是深入地去思考,通过思考找到解决问题的根本途径。

分段实现大目标

1984年,在东京国际马拉松邀请赛中,名不见经传的日本选手山田本一出人意料地夺得了世界冠军。当记者问他凭什么取得如此惊人的成绩时,他说了这么一句话:凭智慧战胜对手。

当时许多人都认为这个偶然跑到前面的矮个子选手是在故弄玄虚。马拉松赛是体力和耐力的运动,只要身体素质好又有耐性就有望夺冠,爆发力和速度都还在其次,说用智慧取胜确实有点勉强。

两年后,意大利国际马拉松邀请赛在意大利北部城市米兰举行,山田本一代表日本参加比赛。这一次,他又获得了世界冠军,记者又请他谈经验。

山田本一性情木讷,不善言谈,回答的仍是上次那句话:凭智慧战胜对手。这回记者在报纸上没再挖苦他,但对他所谓的智慧迷惑不解。

十年后,这个谜终于被解开了,他在自传中是这么说的:每次比赛之前,我都要乘车把比赛的线路仔细地看一遍,并把沿途比较醒目的标志画下,比如第一个标志是银行;第二个标志是一棵大树;第三个标志是一座红房子……这样一直画到赛程的终点。比赛开始后,我就以百米的速度奋力地向第一个目标冲去,等到达第一个目标后,我又以同样的速度向第二个目标冲去……四十多公里的赛程,就被我分解成这么几个小目标轻松地跑完了。起初,我并不懂这样的道理,我把我的目标定在四十多公里外终点线上的那面旗帜上,结果我跑到十几公里时就疲惫不堪了,我被前面那段遥远的路给吓倒了。

　　人是最有灵性的动物,因为人拥有智慧的头脑。在智慧的催化下,人会将困难和挫折化解,达到预期的目标,走向成功之路。

298

发现财富的眼睛

　　吉田正夫是日本的一名小商人,有一年夏天,他到菲律宾度假。傍晚,他和夫人一起沿着海滩散步,见一群小孩子正在海滩的石头缝中寻找着什么,就走近观看,只见他们从那些石头缝隙中挖出了一些小虾。这些小虾很奇特,它们都是成双成对地紧紧抱在一起,即使把它们从石头缝中捉出来,也无法将它们分开。再一细看,原来它们的身体已经紧紧连在了一起。这些虾怎么会长成这样呢? 出于好奇,吉田正夫便向旁边的一位渔民请教。渔民告诉他,这些虾原本生活在热带海域,在它们小的时候就被海浪冲进了海滩上的石缝中,海潮退去之后,这些小虾被留了下来。就这样,它们在石缝中渐渐长大,以至于雌雄连体,再也无法分开了。这种虾由于太小,食用价值低,渔民一般都不捉它,只有小孩子才会把它们捉来扔进堆满石头的虾缸里,养着玩。也有外地来的游客会带走一些作为纪念。临走时,那些挖虾的孩子高兴地把自己捉到的小虾送了些给吉田正夫。

　　吉田正夫回到住处,晚上,他对着灯光细看这些神奇的小虾,这些通体透明温柔可爱的小东西,成双成对地紧紧拥抱在一起,多像一对对坚贞不渝的情侣。这一闪而过的联想,使吉田正夫的眼前为之一亮,他看到了其中蕴涵的巨大商机。回到日本之后,吉田正夫就筹办了一家结婚礼品店,专卖这种小虾。不过它们已经经过了巧妙的加工、精心的装饰和恰当的造型,并且有了一个美丽的名字叫"偕老同穴"。礼品盒上的说明是这种小虾从一而终、白头到老、至死不渝的经历。一时间,这种小对虾成为东京市场上最畅销的一种结婚礼品,吉田正夫也因此而声名大振,成为人人仰慕的商业巨

子。

哲理启示

在我们的生活中,处处都蕴藏着财富,关键看我们怎样去挖掘。聪明的人正如吉田正夫一样,会在观察中思考,在思考中产生有创意的想法,从而一举成功。

关于第 25 届奥运会的赌注

1992 年,第 25 届奥运会在西班牙巴塞罗那举行。该市一家电器商店老板,在奥运会召开前向巴塞罗那全体市民宣称:"如果西班牙运动员在本届奥运会上得到的金牌总数超过十枚,那么顾客自 6 月 3 日到 7 月 24 日,凡在本商店购买电器,就都可以得到退还的全额货款。"

这个消息轰动了巴塞罗那全市,甚至西班牙各地都知道了这件事。显而易见,大家此时在这家电器商店买电器,就等于抓住了一次可能得到全额退款的机会。于是,人们争先恐后地到那里购买电器。一时间,顾客云集,虽然店里的电器价格较贵,但销售量还是大幅度猛增。

然而出人意料的事情发生了,才到 7 月 4 日,西班牙的运动员就获得了十金一银,正好超过了该商店老板承诺的退款底线。此时距 7 月 24 日还有二十天的时间。如果此前购买电器的退款已成定局,那么在后二十天内购买的电器无疑也得退款,于是人们比以前更加卖力地抢购电器。

据估计,电器商店的退款将达到 100 万美元,看来老板是非破产不可了! 当顾客纷纷询问商店什么时候履约时,老板却从容不迫、出人意料地说:"从 9 月份开始兑现退款。"

"这是为什么? 他能退得起吗?"人们的心里难免有类似的疑问。

原来老板早作了巧妙的安排。在发布广告之前,他先去保险公司投了专项保险。保险公司的体育专家仔细分析了西班牙可能得到的金牌数,一致认为不可能超过十枚金牌。因为往届奥运会,西班牙得到的金牌数量最多也没超过五枚,于是保险公司接受了这个保险。

可对于电器老板来说,却得到了一个旱涝保收、只赚不赔的保险。如果西班牙运动员在本届奥运会上得到的金牌总数不超过十枚,那么电器商店显然发了一笔大财,保险公司也无须赔偿,结局是双赢。反之,如果西班牙运动员在本届奥运会上得到的金牌总数超过了十枚,那么电器商店要退的货款届时将全部由保险公司赔偿,而与电器商店毫无关系,那么电器商店无疑发了更大一笔财。不管得到多少块金牌,电器商店的老板都是只赚不赔。

哲理启示

一个人的成功,勤奋刻苦固然重要,但善于利用脑力,抓住机遇更重要。所以勤于思考的人往往比只用力不用脑的人更容易获得成功。

卖肉的经验

有一个名叫吐的人,经营宰牛卖肉的生意,由于他聪明机灵,经营有方,因此生意做得还算红火。

一天,齐王派人找到吐,那人对吐说:"齐王准备了丰厚的嫁妆,打算把女儿嫁给你做妻子,这可是大好事呀!"

吐听了,并没有受宠若惊,而是连连摆手说:"哎呀,不行啊。我身体有病,不能娶妻。"

那人很不理解地走了。

后来,吐的朋友知道了这件事,觉得奇怪,吐怎么这么傻呢? 于是跑去劝吐说:"你这个人真傻,你一个卖肉的,整天在腥臭的宰牛铺里生活,为什么要拒绝齐王拿厚礼把女儿嫁给你呢? 真不知你是怎么想的。"

吐笑着对朋友说:"齐王的女儿实在太丑了。"

吐的朋友摸不着头脑,问:"你没见过齐王的女儿,你何以知道她丑呢?"

吐回答说:"我虽没见过齐王的女儿,可是我卖肉的经验告诉我,齐王的女儿是个丑女。"

朋友不服气地问:"何以见得?"

吐胸有成竹地回答说:"就说我卖牛肉吧,我的牛肉质量好的时候,只要给足数量,顾客拿着就走,我用不着加一点、找一点的,顾客就会感到满意,我呢,唯恐肉少了不够卖。我的牛肉质量不好的时候,我虽然给顾客再加一点这、找一点那,他们依然不要,牛肉怎么也卖不出去。现在齐王把女儿嫁给我一个宰牛卖肉的,还加上丰厚的礼品财物,我想,他的女儿一定是很丑

303

的了。"

吐的朋友觉得吐说得十分有理,便不再劝他了。

过了些时候,吐的朋友见到了齐王的女儿,齐王的女儿果然长得很难看。

这位朋友不由得暗暗佩服吐的先见之明。

哲理启示

世界上的事情大凡有因才有果,这是事物内在的普遍规律,吐便抓住了这个规律,运用他的智慧,躲避了一场骗局,所以吐是有智之人。

小行星也能卖钱

19 世纪 80 年代,搜索小行星是件很时髦的事情,因为发现新小行星的人不仅可以得到优厚的奖金,而且可以荣获皇家的褒赏,成为社会的名流贤达,发现者还有一个令人羡慕的权利:为自己发现的小行星取名字。

正因为这是令人向往的权利,所以在小行星的发现史上,就出现了这样一件看来荒诞不经的事:一个天文学家在报纸上登广告,要以二百五十枚金币的代价"出卖"他刚发现不久的一颗小行星的命名权。

是这位天文学家利欲熏心吗? 不。这位天文学家名叫帕里沙,是奥地利人,自幼才华横溢,大学一毕业就当上了一个海军天文台的台长,在他从事研究的五十个春秋中,一共发现了一百二十五颗小行星,是个不可多得的佼佼者。可是这位教授从不屑于对上司阿谀奉承,因而事业上的成就并没有为他带来名利地位,相反却丢了饭碗,被迫到了维也纳天文台。

帕里沙热心科学,对于受到的不公正的待遇从不耿耿于怀,正因为这样,才使他成果累累,成为一个杰出的小行星问题权威。

根据计算,1886 年 8 月 29 日将要发生一次日全食,最理想的观测地点在非洲。作为一个天文学家,怎么能放弃这样一次难得的机会呢?

当时帕里沙也决心要远渡重洋去非洲观测,可是生活清贫的帕里沙连路费也凑不齐,哪来供观测研究的经费呢? 开始时他求助于政府,他向政府机关大力呼吁,可是皇家认为研究日全食并不能掠夺到新的殖民地,因此一份份的申请报告、观测计划都石沉大海。帕里沙不得已,只能转向社会,为了科学的需要,他一时也只好违心地去拜访社会名流、富绅巨商。然而几个

月下来,帕里沙没有一次不是满怀希望而去,双手空空而归。

时间一天天过去了。帕里沙不免心灰意懒。一天,他忽然灵机一动,想到了前几个月刚刚发现的小行星,于是他在报上登出了上文提到的那个颇具讽刺意味的广告:为了要到非洲去观测日全食,他愿意把刚发现不久的小行星的命名权转让他人,代价是二百五十枚金币。

广告刊出后,一位名门贵族便欣然前来求见,双方寒暄几句后,立即言归正转,三言两语,交易就成功了,阿尔拔·冯罗捷欣德男爵一面掏出金币,一面交给帕里沙一张纸条,上面写着他妻子的芳名——贝蒂娜。他希望他的爱妻能在天空神游。

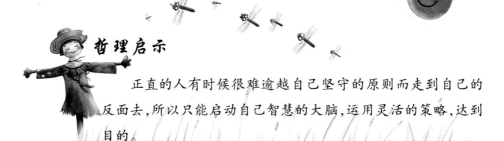

哲理启示

正直的人有时候很难逾越自己坚守的原则而走到自己的反面去,所以只能启动自己智慧的大脑,运用灵活的策略,达到目的。

被遗忘的钥匙

有一对兄弟,他们住在一座大厦的八十层楼,平时都是坐电梯上下楼,因此,他们并没有觉得楼层很高。

有一天,兄弟俩外出旅行回家,突然发现大楼停电了! 这可怎么办,要回到家里,就必须爬八十层楼,虽然他们背着大包的行李,但看来并没有什么别的选择。哥哥对弟弟说,我们就爬楼梯上去吧! 弟弟欣然同意。于是,兄弟俩背着两大包行李开始慢慢地顺着楼梯向上爬。

经过一番努力,兄弟俩终于爬到二十楼。这个时候他们感觉累了,哥哥说:"这包太重了,背上去太费力。不如这样吧,我们把包暂时先放在这里,等来电后坐电梯来拿。"于是,他们把行李放在了二十楼,轻松了很多,然后继续向上爬。

兄弟俩有说有笑地往上爬,但是好景并不长,到了四十楼的时候,两个人实在是累得不行了。想到只爬了一半,两个人开始互相埋怨,指责对方不注意大楼的停电公告才会落得如此下场。

后来,他们一边争吵一边向上爬,就这样一口气爬到了六十楼。到了六十楼,他们累得连吵架的力气也没有了。弟弟对哥哥说:"我们不要吵了,爬完它吧。"

于是,他们默默地继续往楼上爬,终于到了八十楼! 兄弟俩兴奋地来到家门口,准备去开门,但他们突然发现钥匙留在了放在二十楼的行李包里面了……

哲理启示

　　生活就像这对兄弟爬楼梯一样，永远都有新的目标和挑战，在这个过程中，关键看我们自己如何规划，如何理顺，每一天、每一年都把自己要达到的目标规划好，揣好钥匙，向顶点的目标前进！

一加一等于几

在奥斯维辛集中营，一个犹太人对他的儿子说："现在我们唯一的财富就是我们的智慧。当别人说一加一等于二的时候，你应该想到大于二。"

纳粹在奥斯维辛毒死数百万人，这父子两人却活了下来，真不知是出于侥幸，还是因为他们"一加一大于二"的信念。

1946 年，他们来到美国，在休斯敦做铜器生意。

一天，父亲问儿子，一磅铜的价格是多少？ 儿子答 35 美分。

父亲说："对，整个得克萨斯州都知道每磅铜的价格是 35 美分，但作为犹太人的儿子应该说是 3.5 美元。你试着把一磅铜做成门的把手看一看。"

二十年后，那位父亲死了，儿子独自经营铜器店。他做过铜鼓、瑞士钟表上的簧片、奥运会的奖牌。他曾把一磅铜卖到 3500 美元，不过，这时他已是麦考尔公司的董事长。

然而，真正使他扬名的，并不是他的铜器，而是纽约州的一堆垃圾。

1974 年，美国政府为清理给自由女神翻新时扔下的废料，向社会广泛招标。由于美国政府出价太低，有好几个月没人应标。正在法国旅行的他听说了这件事，立即乘飞机赶往纽约。看过自由女神像下堆积如山的铜块、螺丝后，他喜出望外，未提任何条件，当即就揽了下来。

许多人为他的这一愚蠢举动暗自发笑，因为在纽约州对垃圾的处理有严格的规定，弄不好就要受到环保组织的起诉。就在一些人要看这个犹太人的笑话时，他开始组织工人对废料进行分类。他让人把废铜熔化，铸造成小自由女神像；把水泥块和木头加工成底座；甚至把从自由女神像身上扫下

的灰尘都包装起来,出售给花店。

不到三个月的时间,他让这堆废料变成了350万美元的现金,使每磅铜的价格整整翻了一万倍。

在商业化社会里,是没有等式可言的。当你抱怨生意难做时,也许有人正因点钞票而累得气喘吁吁。这里面的差别可能就在于,你认为一加一永远等于二,他认为一加一应该大于二。

哲理启示

由智慧而获得的能量是无穷无尽的,它可以将逆境转化为顺境,可以将困难转化为机遇,可以将不可能转化为可能,使一加一的价值远远大于二。

淘金与牛仔裤

19世纪中叶,美国加州发现了金矿,随之迅速兴起了一股淘金热。美国著名企业家亚默尔原来是个农民,他也卷进了当时美国加州的淘金热潮。经过几个月的淘金生活,他清醒地认识到,自己在器械、财力和体力等方面与众多淘金者相差甚远,实在难圆淘金发财之梦。于是,他转移目光,发现荒山野谷气候燥热,饮水奇缺,淘金者很难喝到水,甚至有口渴难忍的掘金者声称:"给我一杯清水,我愿用一块金子来换。"于是,亚默尔决定放弃淘金,转而卖水。经过仔细地勘测和不懈地努力,他终于找到了可供饮用的山泉,只要把水运到矿场,便可赚大钱。他用挖金矿的铁锹挖井,掘出的不是黄金,而是地下的水。他把水送到矿场,受到淘金者的欢迎。亚默尔从此便走上了靠卖水发财的致富之路。"卖水者"这个词成为经营领域中钻市场空子、灵活多变的代名词。

无独有偶,李维公司的创始人李维·施特劳斯也投入到这股淘金热潮中,并获得了他的第一桶金,但这桶金并非来自金矿,而是来自牛仔裤。李维·施特劳斯乘船到旧金山开展业务,带了一些线团类的小商品和一批帆布供淘金者搭帐篷。下船巧遇一个淘金的工人,李维·施特劳斯忙迎上去问:"你要帆布搭帐篷吗?"那工人却回答说:"我们需要的不是帐篷,而是淘金时穿的耐磨、耐穿的帆布裤子。"李维深受启发,当即请裁缝给那位淘金者做了一条帆布裤子。这就是世界上第一条工装裤。如今,这种工装裤已经成了一种世界性服装——李维牛仔服。

牛仔裤以其坚固耐磨、穿着舒适获得了当时西部牛仔和淘金者的喜爱。

大量的订单纷至沓来。李维·施特劳斯于 1853 年成立了牛仔裤公司,以淘金者和牛仔为销售对象,大批量生产"淘金工装裤"。其品牌延续至今,仍是牛仔服世界第一品牌。

哲理启示

别人淘金我卖水,别人卖水我卖杯,别人卖杯我卖杯上的情侣贴。商业大潮变幻莫测,不变的只有创新的精神。只有思维不断创新,才能在商业大潮中居于潮头。

无声的广告

美国纽约国际银行在刚开张之时,为了迅速打开知名度,便想出一个出奇制胜的广告策略。

一天晚上,全纽约的广播电台正在播放节目。突然间,全市所有广播都在同一时刻向听众播放一则通告:听众朋友,从现在开始播放的是由本市国际银行向您提供的沉默时间。紧接着整个纽约市的电台都同时中断了 10 秒钟,不播放任何节目。

一时间,纽约市民对这个莫名其妙的 10 秒钟沉默时间议论纷纷。于是"沉默时间"成了全纽约市民茶余饭后最热门的话题,国际银行的知名度迅速提高,很快家喻户晓。

哲理启示

保罗·西蒙曾有过"寂美的声音"的慨叹,鲁迅也曾说过:"于无声处听惊雷。"有时候,沉静的力量大于喧闹,繁华生活中的片刻宁静,千金难求。

313

烧邮票

在英国的一个拍卖会上，最后要拍卖的是一张很古老、很值钱的邮票，全世界只有两张。经过一番激烈角逐，富商米勒中标。

米勒走上前台，高高举起那张价值连城的邮票，得意扬扬地向台下的观众展示。大家既羡慕，又妒忌。这时米勒拿出一个漂亮的打火机，当着众人的面把邮票给烧了。全场哗然，大家指责他说："这是价值500万美元的邮票，怎么说烧就烧呢？如果你嫌钱多，干脆捐给我们好了……"

米勒笑而不语，他的助理从一个金色的盒子里拿出一张一模一样的邮票，米勒接过来说："各位请看，刚才被烧掉的邮票全世界只剩两张，一张500万美元，可是现在只剩这一张了，你们说，这张价值多少？"

哲理启示

一加一可能大于二，但二减一可能还大于二，奇妙的算术，奇妙的商业规则，会造就出意想不到的结果，而这一切，又都来自于奇妙的思维。

教练的绝招

有一个十岁的小男孩，在一次车祸中失去了左臂，但是他很想学柔道。最终，小男孩拜一位日本柔道大师做师父，开始学习柔道。他学得不错，可是练了三个月师父只教了他一招，小男孩有点弄不懂了。

他终于忍不住问师父："我是不是应该再学学其他招？"

师父回答说："不错，你的确只会一招，但你只需要会这一招。"小男孩并不是很明白，但他很相信师父，于是就继续照着练了下去。

几个月后，师父第一次带小男孩去参加比赛。小男孩自己都没有想到居然轻轻松松地赢了前两轮。第三轮稍稍有点艰难，但对手还是很快就变得有些急躁，连连进攻，小男孩敏捷地施展出自己的那一招，又赢了。就这样，小男孩迷迷糊糊地进入了决赛。

决赛中的对手比小男孩高大强壮许多，也似乎更有经验。小男孩显得有点招架不住，裁判担心小男孩会受伤，就叫了暂停，还打算就此终止比赛。然而师父不答应，坚持说："继续下去！"

比赛重新开始后，对手放松了戒备，小男孩立刻使出他的那招，制伏了对手，由此赢了比赛，得了冠军。

回家的路上，小男孩和师父一起回顾每场比赛的每一个细节，小男孩鼓起勇气道出了心里的疑问："师父，我怎么只凭一招就赢得了冠军？"

师父答道："有两个原因：第一，你几乎完全掌握了柔道中最难的一招；第二，据我所知，对付这一招唯一的办法是对手抓住你的左臂。"

所以，小男孩最大的劣势变成了他最大的优势。

哲理启示

　　失之东隅,收之桑榆,世间万物,以和为旨。左臂的劣势反而会突出右臂的优势,思维的力量可以超越肉体的力量,通过头脑可以化劣势为优势。

监狱中的三年

有三个人要被关进监狱三年,监狱长说可以满足每个人一个要求。美国人爱抽雪茄,要求给他三箱雪茄。法国人最浪漫,要求自己的妻子与其为伴。而犹太人说,他要一部与外界沟通的电话。

三年过后,第一个冲出来的是美国人,嘴里鼻孔里塞满了雪茄,大喊道:"给我火,给我火!"原来他忘了要火了。

接着出来的是法国人。只见他手里抱着一个小孩子,妻子手里牵着一个小孩子,肚子里还怀着第三个。

最后出来的是犹太人,他紧紧握住监狱长的手说:"这三年来我每天与外界联系,我的生意不但没有停顿,反而增长了 200%,为了表示感谢,我送你一辆劳施莱斯!"

哲理启示

相同的环境,不同的态度,不同的选择,不同的结果,造就了不同的人生。人生态度很重要,它好比是航船上的舵手,天空中的北斗七星,态度决定成败,性格决定命运。

317

节省人力资源

在管理界,有这样一个流传已久的故事。一位年轻有为的炮兵军官上任伊始,到下属部队视察操练情况。他发现几个部队都有这样一种相同的情况:在单位操练过程中,总有一名士兵自始至终站在大炮的炮管下面,纹丝不动。军官不解,询问原因,得到的答案是,操练条例就是这样要求的。

军官回去后反复查阅军事文献,终于发现,长期以来,炮兵的操练条例仍因循非机械化时代的规则。在那个时代,大炮是由马车运载到前线的,站在炮管下的士兵的任务是负责拉住马的缰绳,以便在大炮发射后调整由于后坐力产生的距离偏差,减少再次瞄准所需的时间。现在大炮的自动化和机械化程度很高,已经不再需要这样一个角色了,但操练条例没有及时调整,因此才出现了"不拉马的士兵"。

军官的发现使他获得了国防部的嘉奖。

哲理启示

惯性、惰性、墨守成规、循规蹈矩往往会造成人的僵化、死板、畏首畏尾,而改变这一切则需要勇气,需要使自己逐渐具备敏锐的观察力和探索的好奇心。

只借一美元

一位犹太富豪走进一家银行,来到贷款部,大模大样地坐了下来。

"请问先生,您有什么事情需要我们效劳吗?"贷款部经理一边小心地询问,一边打量来人的穿着:名贵的西服,昂贵的手表,还有镶宝石的领带夹子……

"我想借点儿钱。""完全可以,您想借多少钱?""一美元。""只借一美元?""是的,我只需要一美元,可以吗?""当然,只要有担保,借多少,我们都可以照办。"

"好吧。"犹太人从豪华的皮包里取出一大堆股票、国债等放在桌上,"这些作担保可以吗?"

经理清点了一下,"先生,总共五十万美元,作担保足够了,不过先生,您真的只借一美元吗?""是的。"犹太人说。

"好吧,到那边办手续吧,年息6%,只要您付出6%的利息,一年后归还,我们就把这些钱还给您。"一直在旁边冷眼旁观的银行行长怎么也弄不明白,一个拥有五十万美元的人,怎么会跑到银行来借一美元呢? 他从后面追了上去,有些窘迫地说:"对不起,先生,你拥有五十万美元的家当,为什么只借一美元呢?""好吧,既然你这么热情,我不妨把实情告诉你。我到这儿来,是想办一件事,可是随身携带的这些票券很碍事,我问过几家金库,要租他们的保险箱很昂贵,我知道贵行的保安很好,所以嘛,就将这些东西以担保的形式寄存在贵行了,有你替我保管,我还有什么不放心的呢! 况且利息很便宜,存一年才不过6美分而已。"

319

哲理启示

　　因为借得少,担保得多,造就了故事中犹太人的成功;人不动,而扶梯动促成了自动扶梯,只要有了逆向思维,世界广阔无垠。

查　票

有一次,两个美国人与两个犹太人搭火车旅行。

美国人很单纯,每人买了一张票;而犹太人则精打细算,两个人只买了一张票。

上了火车不久,便传来列车长查票的声音,只见两个犹太人挤进一间厕所内。

列车长查票,来到他们的车厢。敲了敲厕所的门,说:"车票查一下!"

门开了一条缝,一只手拿着一张票伸出来。列车长怎么也想不到,一间厕所内,竟会躲着两个人。

他查过票,道:"嗯,好了,谢谢!"又把票从门缝中递了回去。

到了目的地,他们四人玩得很尽兴。等到回去的时候,两个美国人也只买了一张票,但这一次两个犹太人却不买票了。上了火车,两个美国人非常期待;不知道犹太人又有什么好方法。说时迟那时快,列车长又来查票了。两个美国人顾不得观看犹太人的新着数,就赶紧钻进了厕所。

嘭嘭两声,犹太人敲了敲厕所的门。门应声而开,一只手拿着一张票,从门缝中伸出来。

犹太人:"嗯,谢谢。"

两个犹太人拿了票,立时往前一节车厢的厕所奔去……

人云亦云,只会东施效颦;亦步亦趋,始终落后一步。单纯模仿只会落入空洞的精明,变化多端的创新才是真正的大智慧。独立之精神,难能可贵。

322

罗松塔尔效应

心理学有个罗松塔尔效应。

哈佛大学心理学教授罗松塔尔曾经做过一个教育效应的实验。他把一群小老鼠分成两个小组——A 组交给一个实验员,告诉他这群老鼠属于特别聪明的一类,好好训练;B 组交给另一个实验员,告诉他这是智力很普通的一群。

两个实验员分别对这两群老鼠进行训练。一段时间后,对两群老鼠进行测试,测试的方法是让老鼠穿行迷宫。

对于老鼠来说,走出去就有食物。但是在走出去的过程中,它必定会碰壁,要有一定的记忆力、一定的智力,较聪明的老鼠才可能先走出去。实验结果发现,A 组老鼠比 B 组老鼠聪明得多,都先走出去了。

针对这个结果,罗松塔尔教授指出,他对两组老鼠的分组是随机的。他根本不知道哪个老鼠更聪明,他只是把老鼠任意分成两组,把其中的一组说成是聪明的,给了 A 组实验员,而把另一组说成是普通的,给了 B 组实验员。

由于实验员已经确认 A 组为聪明的老鼠,于是就用对待聪明老鼠的办法进行训练。结果,这群老鼠就真的变成了聪明的老鼠;相反,对被认为不聪明的 B 组老鼠,用了对待不聪明老鼠的训练方法,老鼠也就真的不聪明了。

哲理启示

拿破仑说过,不想当将军的士兵不是好士兵。用将军的标准来要求自己,很可能就会成为将军,但用士兵的标准来要求自己,可能连士兵都做不好,勇于用高标准来要求自己,才能成就高质量的人生。

一 厘 米

撑杆跳名将布勃卡有个绰号叫"一厘米王"，为什么会有这个绰号？因为在重大比赛中，他几乎每次都能刷新自己保持的纪录，将之提高一厘米。大家都感到很奇怪，到底他的潜力有多大，为什么每次都会提高一厘米，而不是彻底把自己的所有潜能都发挥出来？

巴塞罗那奥运会前，有人披露出一个惊人秘密，布勃卡在平时训练时常常能越过6.25米的高度，这可是比自己保持的世界纪录高出很多的。很多人非常奇怪，以平时的成绩只要一跳，就可以刷新多年的纪录，为什么每次还在运动场上拼搏，而且每次都只是提高一厘米的高度，这跟平时的成绩差得远了。

有些人得知这个消息后，就多渠道跟他沟通，想明白其中的原因。原来，他与赞助人和运动会组织者有约，每破一次纪录可得75万美元的奖金。所以，他很轻松地说："大幅度提高成绩是不明智的选择。每次胜利对我来说都是双丰收，如果一次就发挥了我最大的潜力，那对我来说将只拥有那一次胜利。"

哲理启示

月满则亏，水满则盈，万事万物，到了极限必然会回落。对标杆，只高一厘米，对爱情，只多一点点，对人生，徐步渐行，我们会因此而少了许多压力，多了许多空间，这是聪明人的生活方式。

嗜血如命的北极熊

在北极圈里,北极熊是没什么天敌的,但是聪明的爱斯基摩人,却可以轻易地逮到它。爱斯基摩人是怎么办到的呢?

他们杀死一只海豹,把它的血倒进一个水桶里,用一把双刃的匕首插在血液中央,因为气温太低,海豹血很快凝固,匕首就结在血中间,像一个超大型的棒冰。做完这些之后,把棒冰倒出来,丢在雪原上就可以了。

北极熊有一个特性:嗜血如命。这就足以害死它了。它的鼻子特别灵,可以在好几公里之外就嗅到血腥味。当它闻到爱斯基摩人放在雪地上的血棒冰的气味时,就会迅速赶到,并开始舔起美味的血棒冰。舔着舔着,它的舌头渐渐麻痹,但是无论如何,它也不愿意放弃这样的美食。忽然,血的味道变得更好——那是更新鲜的血,温热的血。于是它越舔越起劲——原来,那正是它自己的鲜血——当它舔到棒冰的中央部分,匕首扎破了它的舌头,血冒了出来。这时,它的舌头早已麻木,没有了感觉,而鼻子却很敏感,知道新鲜的血来了。最后,北极熊因为失血过多,休克晕倒过去,爱斯基摩人就走过去,几乎不必花力气,就可以轻松捕获它。

哲理启示

在我们的生命中,在追求幸福的过程中,如果一开始我们坚持的就是一种错误的观念,那么,就会一错再错,最终导致自己无路可走,陷入绝境。

把失败
写在背面

苏格拉底的弟子

有这样一个古老而又动人的故事：

古希腊的大哲学家苏格拉底在临终前有一个深深的遗憾，就是他多年的得力助手，居然在半年多的时间内没能给他寻找到一位最优秀的关门弟子。

在风烛残年之际，苏格拉底知道自己已时日不多，就想考验和点化一下他身边那位颇有才气的助手。于是，他便把那位助手叫到床前说："我的蜡烛所剩不多了，得找另一根蜡烛接着点下去，你明白我的意思吗？"

"明白，"那位助手马上就心领神会，"您的思想光辉是需要很好地传递下去……"

"可是，"苏格拉底慢悠悠地说，"我需要一位最优秀的继承者，他不但要有相当的智慧，还必须有充分的信心和非凡的勇气……这样的人选目前我还未发现，你帮我物色一位吧。"

"好的，"助手很温顺、很用心地说，"我一定会竭尽全力去寻找，以不辜负您对我的栽培和信任。"

苏格拉底笑了笑，没再说什么。

那位忠诚而勤奋的助手，不辞辛劳地开始通过各种渠道四处物色人选。可他领来的很多人，苏格拉底都表示不满意。有一次，当那位助手再次无功返回到苏格拉底面前时，苏格拉底爱惜地抚着那位助手的肩膀说："真是辛苦你了，不过，你找来的那些人，其实还不如你。"

"我一定加倍努力，"助手立刻言辞恳切地说，"就是找遍五湖四海，我也要把最优秀的人挖掘出来,举荐给您。"苏格拉底笑了笑,没再说什么。

半年之后,苏格拉底眼看要告别人世,但最优秀的人选还是没有着落。在苏格拉底弥留之际,助手非常惭愧,泪流满面地坐在名师床边,语气沉重地说:"真是对不起您,我令您失望了。"

"失望的是我,对不起的却是你自己。"苏格拉底说到这里,很失意地闭上眼睛,停顿了许久,不无哀怨地说,"本来,最优秀的人就是你自己,只是你不敢相信自己,才把自己给忽略了、耽误了……其实,每个人都是最优秀的,差别就在于如何认识自己,如何发掘和重用自己……"一代哲人忍不住掩面叹息。没多久,他便永远地离开了自己曾经深切关注着的这个世界。

那位助手非常后悔,甚至整个后半生都处在自责中。

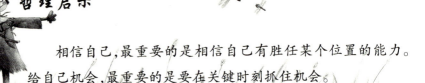

哲理启示

相信自己,最重要的是相信自己有胜任某个位置的能力。

给自己机会,最重要的是要在关键时刻抓住机会。

小锤与大铁球

一位著名的推销大师,在一生中取得了辉煌的成就。因为年龄大了,他即将告别自己的职业生涯,应人们的邀请,他将作一场演说。

这天,会场上座无虚席,人们在热切地、焦急地等待着。大幕徐徐拉开,舞台的正中央吊着一个巨大的铁球。为了这个铁球,台上搭起了高大的铁架。一位老者在热烈的掌声中走了出来,站在铁架的一边。他穿着一件红色的运动服,脚下是一双白色胶鞋。

人们惊奇地望着他,不知道他要做出什么举动。两位工作人员抬着一个大铁锤,放在老者的面前。主持人邀请两位身体强壮的观众到台上来,推销大师请他们用大铁锤去敲那个吊着的铁球,直到把它荡起来。

年轻人抢起大锤奋力向那吊着的铁球砸去,一声震耳的响声后,吊球动也没动。他们用大铁锤接二连三地砸向吊球,很快就气喘吁吁,还是未能将铁球打动。

全场寂静无声,这时,推销大师从上衣口袋里掏出一个小锤,然后开始认真地面对着那个巨大的铁球敲打。他用小锤对着铁球"咚"地敲了一下,然后停顿一下,再用小锤敲一下。

人们奇怪地看着,老人那样"咚"地敲一下,然后停顿一下,就这样持续地做。

十分钟过去了,二十分钟过去了,三十分钟过去了,会场早已开始骚动,人们用各种声音和动作发泄着自己的不满。老人仍然用小锤不停地敲着,仿佛根本没有看见人们的反应。许多人愤然离去,会场上到处是空着的座

位。

四十分钟后,坐在前排的人突然叫道:"球动了!"

霎时间,会场又变得鸦雀无声,人们聚精会神地看着那个大铁球。那个球以很小的弧度摆动了起来,不仔细看很难察觉。大师仍旧一小锤一小锤地敲着,人们默默地听着那个锤敲打吊球的声响。

吊球在大师一锤一锤的敲打中越荡越高,它拉动着那个铁架子"咣咣"作响,它的巨大威力强烈地震撼着在场的每一个人。年轻人用大锤也没有打动的铁球,在大师小锤的敲打中剧烈地摆荡起来,终于,场上爆发出一阵阵热烈的掌声。

哲理启示

"只要功夫深,铁杵磨成针"、"水滴石穿"、"精卫填海"这些成语和典故都说明了专心致志地做一件事情,通过一如既往的努力,就会达到预期的目标。

格言的力量

曼克斯·卡勒兰德是佐治亚州一个汽车推销商的儿子,是一个典型的美国孩子。他活泼、健康,热衷于篮球、网球、垒球、游泳,是中学里一个众所周知的杰出学生。后来曼克斯应征入伍。在一次军事行动中,他所在的部队被派遣驻守一个山头,激战中,突然一颗手榴弹飞入他们的阵地,眼看即将爆炸,他果断地扑向手榴弹,试图将它扔远。可是手榴弹爆炸了,他被重重炸倒在地上。当他向后看时,发现自己的右腿右手全部被炸掉了,左腿被炸得血肉模糊,也必须截掉了。他痛苦得想哭,却哭不出来,因为弹片穿过了他的喉咙。人们都以为曼克斯再也不能生还,但他却奇迹般地活了下来。

是什么力量支撑着他？是格言的力量。在生命垂危的时候,他反复诵读贤人先哲的这句格言:"如果你懂得苦难磨炼出坚忍,坚忍孕育出骨气,骨气萌发不懈的希望,那么苦难最终会给你带来幸福。"曼克斯一次又一次背诵着这段话,心中始终保持着不灭的希望。然而,对一个三截肢(双腿、右臂)的年轻人来说,这个打击太大了！在深深的绝望中,他回忆起又一句先哲格言:"当你被命运击倒在最底层后,再能高高跃起就是成功。"

回国后,他从事了政治活动。他先在佐治亚州议会中工作了两届。然后,他竞选副州长失败。这又是一次沉重的打击。但他用这样一句格言鼓励自己:"经验不等于经历,经验是一个人通过经历所获得的感受。"这句格言指导他更自觉地去生活。紧接着,他学会驾驶一辆特制的汽车并跑遍全国,发动了一场支持复员退伍军人的事业。1977年,卡特总统命他担任全国复员军人委员会负责人,那时他三十四岁,是在这个机构中担任此职务最年

轻的一个人。卡特下台后,曼克斯回到佐治亚州家乡。1982年,他被选为州议会部长,1986年再次当任。

　　今天,曼克斯已成为亚特兰大城一个传奇式的人物。人们经常可以在篮球场上看到他摇着轮椅打篮球。他经常邀请年轻人与他进行投篮比赛。他曾经用左手(只有左手)一连投进了十八个空心篮(不碰篮板和篮圈的进球)。人生不会给无腿独臂的人丝毫同情和厚爱。他引用一句格言说:"然而你必须知道,人们是以你自己看待自己的方式来看你的。你对自己自怜,人家则会报以怜悯;你充满自信,人们会待以敬畏;你自暴自弃,多数人就会嗤之以鼻。"一个四肢只剩一条手臂的人能成为一名政府部长,能被总统赏识担任一个全国机构的要职,是格言给了他力量。同时,他的成功也成了格言的有力佐证。

哲理启示

　　世上无难事,只怕有心人。格言的力量并非对所有人都有效,但因为曼克斯是个有心人,所以他会不断获得成功。

把失败写在背面

有一个年轻人,从很小的时候起,他就有一个梦想,希望自己能够成为一名出色的赛车手。他在军队服役的时候,曾开过卡车,这对他熟练驾驶技术起到了很大的帮助作用。

退役之后,他选择到一家农场里开车。工作之余,他坚持参加一支业余赛车队的技能训练。只要遇到车赛,他都会想尽一切办法参加。因为得不到好的名次,所以他在赛车上的收入几乎为零。这也使得他欠下一笔数目不小的债务。

那一年,他参加了威斯康星州赛车比赛。当赛程进行到一半多的时候,他的赛车位列第三,他有很大的希望在这次比赛中获得好的名次。突然,他前面的两辆赛车发生了相撞事故,他迅速地转动赛车的方向盘试图避开他们,但终究因为车速太快未能成功。结果,他撞到车道旁的墙壁上,赛车在燃烧中停了下来。当他被救出来时,手已经被烧焦,鼻子也不见了,体表烧伤面积达40%。医生给他做了七个小时的手术之后,才使他从死神的手中挣脱出来。

经历这次事故,尽管他命保住了,可他的手萎缩得像鸡爪一样。医生告诉他说:"以后,你再也不能开车了。"然而,他并没有因此而灰心绝望。为了实现那个久远的梦想,他决心再一次为成功付出代价。他接受了一系列植皮手术,为了恢复手指的灵活性,每天他都不停地练习用残余的部分去抓木条,有时疼得浑身大汗淋漓,他也坚持着。在做完最后一次手术之后,他回到了农场,用开推土机的办法使自己的手掌重新磨出老趼,并继续练习赛

车。

仅仅是在九个月之后,他又重返赛场!他首先参加了一场公益性的赛车比赛,但没有获胜,因为他的车在中途意外地熄了火。不过,在随后的一次全程200英里的汽车比赛中,他取得了第二名的成绩。

又过了两个月,仍是在上次发生事故的那个赛场上,他满怀信心地驾车驶入赛场。经过一番激烈的角逐,他最终赢得了250英里比赛的冠军。

他,就是美国颇具传奇色彩的伟大赛车手——吉米·哈里波斯。

当吉米第一次以冠军的姿态面对热情而疯狂的观众时,他流下了激动的泪水。一些记者纷纷将他围住,向他提出一个相同的问题:"你在遭受了那次沉重的打击之后,是什么力量使你重新振作起来的?"

此时,吉米手中拿着一张此次比赛的招贴图片,上面是一辆赛车迎着朝阳飞驰。他没有回答,只是微笑着用黑色的钢笔在图片的背面写上一句凝重的话:把失败写在背面,相信自己一定成功!

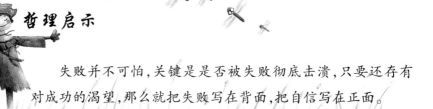

哲理启示

失败并不可怕,关键是是否被失败彻底击溃,只要还存有对成功的渴望,那么就把失败写在背面,把自信写在正面。

0.01 秒的奇迹

1988 年,汉城奥运会,男子 100 米蝶泳决赛正在如火如荼地举行。

领先的是美国泳坛名将马特比昂迪,他已经把其他选手抛在身后,正向终点冲刺;观众席上狂热挥动的星条旗也似乎表明,他将是这场比赛的冠军,稳操胜券。

到终点了,马特比昂迪从水中抬起头来,举起双手,想第一个庆祝自己的胜利。但显示屏上还没显示出成绩,整个赛场沉寂了几秒钟,一会儿,成绩出来了,叫安东尼·内斯蒂的苏里南选手以 0.01 秒的优势战胜马特比昂迪,获得了男子 100 米蝶泳的冠军!但在比赛之前,根本没人注意过这个来自苏里南的选手,甚至不知道这个国家。

结果为什么会是这样呢?通过慢镜头的回放,可以看出,在冲向终点的一刹那,马特比昂迪并没有再次保持蝶泳状态,仅是依靠自己游动着的身体的惯性,滑到了终点,而几乎就在同一时刻,来自苏里南的选手内斯蒂始终保持蝶泳的最佳状态冲向终点,以至于他差点把头撞到了前面的池壁。正因为这样,他在最后关键时刻,超过了马特比昂迪,第一个到达了终点,成为这次比赛的最大冷门。事情不仅如此,内斯蒂夺得金牌不仅震惊了奥运会内外的游泳行家们,也震动了他的国人,苏里南政府宣布全国放假一天,以隆重迎接凯旋的内斯蒂。他是自 1960 年苏里南参加奥运会以来第一位也是唯一一位获得冠军的黑人选手。这次比赛也被人们称之为"0.01 秒的奇迹"。

哲理启示

0.01秒,看似微小的一个数字,却决定着一个人的成功与否,人生也似比赛一样,一些细小的差别可能会改变一个人的命运。所以说,重视细节往往比成功本身更重要。

苍鹰和奔马

　　纳尔逊中学是美国最古老的一所中学,它是第一批登上美洲大陆的73名教徒集资创办的。在这所中学的大门口,有两尊用苏格兰黑色大理石雕成的雕塑,左边的是一只苍鹰,右边的是一匹奔马。

　　300多年来,这两尊雕塑成了纳尔逊中学的标志。它们或被刻在校徽上,或被印在明信片上,或被缩成微雕摆放在礼品盒中。许多人以为鹰代表着鹏程万里,马代表着马到成功。

　　可是,仔细研究美国历史,了解了这两尊雕塑的缘起,就会发现,根本不是那么回事。

　　那只鹰所代表的不是鹏程万里,它其实是一只被饿死的鹰。这只鹰为了实现飞遍世界的远大理想,苦练各种飞行本领,结果忘了学习觅食的技巧,它在踏上征途的第四天就被饿死了。

　　那匹马也不是什么千里马,而是一匹被剥了皮的马。开始的时候它嫌它的第一位主人——一位磨坊主给的活多,乞求上帝把它换到一位农夫家。上帝满足了它的愿望,可是后来它嫌农夫给它的饲料少。最后它到了一位皮匠手里,在那儿什么活也没有,饲料也多,可是没几天,它的皮就被剥了下来。

　　那73名教徒之所以把两尊雕塑耸立在学校的大门口,为的是让学生们警醒。

哲理启示

鹰代表的是缺乏生存技能的人,马代表的是懒惰而无用的人,它们都缺乏独立生活的能力,这样的人,其结果参照鹰和马的结局即可。

找到你的脚印

鉴真大师刚刚遁入空门时,寺里的住持让他做个谁都不愿做的行脚僧。

每天他都很勤奋地做着住持交给他的工作,已经两年了,他每天如此,从来没有一次让住持对他的工作觉得不满。可是他一直想不明白:为什么别人都在干着很轻松的活,而我却一直做寺里最苦最累的工作,而且一做就是两年这么长的时间?

一直以来,他都不能接受,他认为自己委屈,觉得住持分配得一点都不公平。有一天,已日上三竿了,鉴真依旧大睡不起。住持很奇怪,推开鉴真的房门,只见床边堆了一大堆破破烂烂的瓦鞋。住持很奇怪,于是叫醒鉴真问:"你今天不外出化缘,堆这么一堆破瓦鞋干什么?"

鉴真打了个哈欠说:"别人一年都穿不破一双瓦鞋,我刚剃度一年多,就穿烂了这么多的鞋子。"

住持一听就明白了,微微一笑说:"昨天夜里刚下了一场雨,你随我到寺前的路上走走吧。"

寺前是一座黄土坡,由于刚下过雨,路面泥泞不堪。

住持拍着鉴真的肩膀说:"你是愿意做一天和尚撞一天钟,还是想做一个能光大佛法的名僧?"

鉴真回答说:"当然想做光大佛法的名僧。"

住持捻须一笑,接着问:"你昨天是否在这条路上走过?"

鉴真说:"当然"

住持问:"你能找到自己的脚印吗?"

鉴真十分不懈地说:"我每天走的路都是又干又硬,哪里能找到自己的脚印?"

住持又笑笑说:"今天再在这路上走一趟,你能找到你的脚印吗?"

鉴真说:"当然能了。"

住持笑着没有再说话,只是看着鉴真。鉴真愣了一下,然后马上明白了住持的教诲,开窍了。

哲理启示

人生的道路并非一路平坦,总有意想不到的坎坷和风雨,遇到了,努力闯过去,就会离目标近一点儿。如果胆怯了,退回来,那么只会离目标越来越远。

10 天内赚到 1000 美元

1840 年,有一个叫亨特的美国青年爱上了一个中产阶级家庭的姑娘玛格瑞特,他诚恳地上门请求玛格瑞特的父亲把女儿嫁给他,但是玛格瑞特的父亲不想让自己的女儿嫁给这个穷小子,于是答复他:"如果你 10 天内能够赚到 1000 美元,我就同意你们两个的婚事。"

亨特回家后立刻陷入了苦闷当中,1000 美元对于他这个穷家伙简直是一个天文数字,他也没有可以借钱的亲戚。他感到自己可能不得不和心爱的女朋友分手了,十分痛苦。为了争取到玛格瑞特,也为了争一口气,让玛格瑞特的父亲不再小看自己,他冥思苦想,终于想出如果他有一个发明创造,就可在 10 天内赚到这么多钱,但是设计什么呢?

亨特废寝忘食地寻找发明目标,并绞尽脑汁地去试验,爱情和自尊使他很快找到了突破口:他发现人们在欢庆的场合都习惯用大头针在衣服的前襟上别一朵花,可是大头针很不安全,经常会把手或皮肤扎伤,有时还会自己脱落。亨特找到了灵感,他想:"如果在这上面多折一些铁丝,再把口做成可以封住的,不就方便安全得多了吗?"他剪下两米左右的铁丝试做,就这样,他设计出了现代使用的别针原型。

大功告成之后,亨特飞奔到专利局,申请了专利。当制造商问亨特,这个发明转让要多少钱时,亨特一心只想把玛格瑞特娶到手,因此毫不犹豫地回答:"1000 美元。"制造商当场就和他达成了交易。

亨特拿着 1000 美元的支票跑到玛格瑞特家。玛格瑞特的父亲听完亨特讲述赚钱的过程后,先是笑一下,随即大骂:"你这个笨蛋!"原来他嫌亨特

太老实,这样的发明至少值 10 万美元以上。后来事实也证明果真如此。但最后亨特还是获准和自己心爱的姑娘结婚了。

哲理启示

生活中的障碍、挫折往往会成为获得更大的成功的动力,但前提是在困难和挫折面前能勇往直前,奋进拼搏。

计算机故障造成的悲剧

有一次,松下电器公司招聘一批基层管理人员,采取笔试与面试相结合的方法。计划招聘 10 人,报考的却有几百。经过一周的考试和面试之后,通过电子计算机计分,选出了 10 位佼佼者。当松下幸之助将录取者一个个过目时,发现有一位成绩特别出色、面试时给他留下深刻印象的年轻人未在 10 人之列。这位青年叫神田三郎。于是,松下幸之助当即叫人复查考试情况。结果发现神田三郎的综合成绩名列第二,只因电子计算机出了故障,把分数和名次排错了,导致神田三郎落选。松下幸之助立即吩咐纠正错误,给神田三郎发录取通知书。第二天公司派人转告松下幸之助先生一个惊人的消息:神田三郎因没有被录取而跳楼自杀了。录取通知书送到时,他已死了。听到这一消息,松下幸之助沉默了好长时间,一位助手在旁也自言自语:"多可惜,这么一位有才干的青年,我们没有录取他。""不,"松下幸之助摇摇头说,"幸亏我们公司没有录用他。意志如此不坚强的人是干不成大事的。"

哲理启示

脆弱的人不值得怜悯,坚强的人才受人尊敬,世间万事,没有事事皆如意的,坚强勇敢地去面对,沉着冷静地去解决,才是明智之举。

5 万美元存款的来历

日本现有上万间麦当劳店,一年的营业总额突破 40 亿美元大关。拥有这两个数据的主人是一个叫藤田田的日本老人,日本麦当劳社名誉社长。

藤田田 1965 年毕业于日本早稻田大学经济系,毕业后在一家大电器公司打工。1971 年,他开始创立自己的事业,经营麦当劳生意。麦当劳是闻名全球的连锁速食公司,采用的是特许经营资格机制,而要取得特许经营资格是需要具备相当财力和特殊资历的。藤田田当时却只是一个才出校门几年、毫无家族资本支持的打工一族,根本就无法具备麦当劳总部要求的 75 万美元现款和一家中等规模以上银行信用支持的苛刻条件。

只有不到 5 万美元存款的藤田田,看准美国连锁速食文化在日本的巨大发展潜力,决意要不惜一切代价在日本创立麦当劳事业,于是绞尽脑汁东挪西借起来。事与愿违,5 个月下来,他只借到了 4 万美元。面对巨大的资金落差,要是一般人,也许早就心灰意懒,前功尽弃了。然而,藤田田却偏有对困难说"不"的勇气和锐气。

于是,在一个风和日丽的早晨,他走进了住友银行总裁办公室。藤田田以极其诚恳的态度,向对方表明了他的创业计划和求助心愿。在耐心细致地听完他的表述之后,银行总裁说:"你先回去吧,让我再考虑考虑。"

藤田田听后,心里即刻掠过一丝失望,但他马上镇定下来,恳切地对总裁说了一句:"先生,可否让我告诉你我那 5 万美元的存款的来历呢?"

回答是:"可以。"

"那是我 6 年来按月存款的收获。"藤田田说道,"6 年里,我每月坚持存

下 1/3 的工资奖金,雷打不动。6 年里,无数次面对过度紧张或手痒难耐的尴尬局面,我都咬紧牙关,克制欲望,硬挺了过来。有时候,碰到意外事故需要额外用钱,我也照存不误,甚至不惜厚脸皮四处告贷,以增加存款。我必须这样做,因为在跨出大学门槛的那一天我就立下宏愿,要以 10 年为期,存够 10 万美元,然后自创事业,出人头地。现在机会来了,我要提早开创事业……"

藤田田一气儿讲了 10 分钟,总裁越听神情越严肃,并向藤田田问明了他存钱的那家银行的地址,然后对藤田田说:"好吧,年轻人,我下午就会给你答复。"送走藤田田后,总裁立即驱车前往那家银行,亲自了解藤田田的存钱情况。柜台小姐了解总裁的来意后,说:"哦,是问藤田田先生吗,他可是我接触过的最有毅力、最有礼貌的一个年轻人。6 年来,他真正做到风雨无阻地准时来我这里存钱。老实说,这么严谨的人,我真是要佩服得五体投地了!"

听完柜台小姐的介绍后,总裁大为动容,立即拨通了藤田田家的电话,告诉他住友银行可以毫无条件地支持他创建麦当劳事业。藤田田追问了一句:"请问,您为什么决定支持我呢?"

总裁在电话那端感慨万端地说:"我今年已经 58 岁了,再有两年就要退休,论年龄,我是你的两倍,论收入,我是你的 30 倍,可是,直到今天,我的存款还没有你多……光说这一点,我就自愧不如,敬佩有加了。年轻人,好好干吧,我敢保证,你会很有出息的!"

果然,藤田田成功了,而且取得的是让人刮目相看的大成功。

哲理启示

荀子说："锲而舍之，朽木不折；锲而不舍，金石可镂。"一个坚忍的人，一个有毅力的人，一旦确定了奋斗目标，就会有像藤田田那样"金石可镂"的完满结局。

废墟中的鲜花

二次世界大战结束后，在德国的土地上到处是一片废墟。美国社会学家波普诺带着几名随从人员到实地察看。他们看了许多户住在地下室的德国居民。而后，波普诺就向随从人员问了一个问题：

"你们看，像这样的民族还能够振兴起来吗？"

"难说。"一名随从人员随口答道。

"他们肯定能！"波普诺非常坚定地给予了纠正。

"为什么呢？"随从人员不解地问道。波普诺看了看他们，又问："你们在到每一户人家的时候，看到了他们的桌上都摆放了什么吗？"

随从人员异口同声地说："一瓶鲜花。"

"那就对了！任何一个民族，处在这样困苦的环境还没有忘记美，那就一定能在废墟上重建家园！"

哲理启示

只有满怀希望和信念的人才会体验到生活的美好和充实，所以，无论在怎样的困境下，只有心怀希望，才会找到希望。

绝处逢生

　　"二战"期间，一艘美国驱逐舰停泊在某港湾，一名士兵例行巡视全舰，突然看到一个乌黑的大东西在不远的水面上浮动着。他惊骇地看出那是一枚触发水雷，可能是从一处雷区脱离出来的，正随着退潮慢慢向军舰漂来。他马上打电话通知了值日官，值日官很快通知了舰长，全舰立刻动员起来，官兵都愕然地注视着那枚慢慢漂近的水雷，大家都明白灾难即将来临。军官立刻提出各种办法。他们该起锚走？不行，没有足够的时间；发动引擎使水雷漂离？不行，因为螺旋桨转动只会使水雷更快地漂向舰身；以枪炮引炸水雷？也不行，因为那枚水雷离舰艇上的弹药库太近。那么该怎么办呢？放下一只小艇用一根长竿把水雷拨走？这也不行，因为那是一枚触发水雷，同时也没有时间去抓下水雷的雷管。悲剧似乎是无法避免了。

　　突然，一名水兵想出了比所有军官的办法都好的办法，"把消防水管拿来。"大家立刻明白这个办法有道理。他们向舰艇和水雷之间的海上喷水制造一条水流，把水雷带向远方，然后用舰炮引炸了水雷。

哲理启示

　　身陷绝境的时候，也正是激发我们内在潜能的时候，绝望远比绝境更为可怕。当我们充分发掘出了生命的内在的能量去勇敢应对困境的时候，也正是我们人生最精彩的时候。

跑龙套的周星驰

如果有人问华语电影圈中的"喜剧之王"是谁,大家第一个想到的一定是周星驰。

周星驰生于 1962 年 6 月 22 日。中学毕业后,他考入无线电视第 11 期夜间训练班,并于 1983 年结业成为无线电视旗下的演员。此后,他便开始在儿童节目"430 穿梭机"中担任主持工作。这份工作的报酬很低,却也给了周星驰大量的时间充实自己。在此期间,他一直没有放弃成为演员的想法。

当时的香港,影视业空前发达。和众多外形俊朗、容貌出色的艺人相比,周星驰的自然条件很是一般,因此在很长一段时间里,周星驰都没有寻找到很好的发展机遇,只是偶尔在一些影视剧中担任配角。

我们内地观众所熟知的《射雕英雄传》、《霍元甲》等电视连续剧中,都曾有过星爷的身影。只不过,那时的周星驰还是一个临时演员,不要说让大家记住名字,连模样都很难在屏幕上看清。这段扮演"龙套演员"的经历,让周星驰很难忘怀。多年之后,在他兼任导演和演员的著名电影《喜剧之王》中,这段岁月再度被重现了。虽然面对着新闻媒体,周星驰始终不肯承认剧中的尹天仇就是当年的自己,但是明眼人还是能够读出这部喜剧电影中的苦涩。

就像剧中的尹天仇一样,周星驰虽然身处逆境却始终不肯放弃希望,对于身边的每一个机会,他都尽力争取。终于,命运女神在 1988 年敲响了他的房门。因为正是这一年,周星驰在李修贤导演的电影《霹雳先锋》中扮演

的角色,获得了众多影业人士的赞许,并获得第 25 届金马奖最佳男配角奖。

此后,周星驰的星运便一路畅通。其主演的 30 多部喜剧电影给华人观众带来无数笑声,而周星驰开创的独具特色的表演方式也被赋予"无厘头文化"的美名。1996 年,星爷出演的电影《大话西游之仙履奇缘》更是被内地观众奉为永恒的经典。很多中国内地文化人士更赋予其"后现代解构主义"的高度评价。

2005 年,周星驰执导并担任主演的电影《功夫》,更是打开了国际市场,让中国功夫再一次吸引了全世界人们的目光。

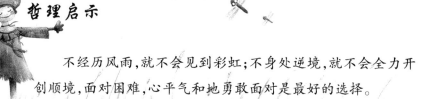

哲理启示

不经历风雨,就不会见到彩虹;不身处逆境,就不会全力开创顺境,面对困难,心平气和地勇敢面对是最好的选择。

满身伤痕的船

英国劳埃德保险公司曾从拍卖市场买下一艘船,这艘船 1894 年下水,在大西洋上曾 138 次遭遇冰山,116 次触礁,13 次起火,207 次被风暴扭断桅杆,然而它从没有沉没过。

劳埃德保险公司基于它不可思议的经历及在保险方面带来的可观收益,最后决定把它从荷兰买回来捐给国家。现在这艘船就在英国萨伦港的国家船舶博物馆里。

不过,使这艘船名扬天下的却是一名来此观光的律师。当时,他刚打输了一场官司,委托人也于不久前自杀了。尽管这不是他的第一次失败辩护,也不是他遇到的第一例自杀事件,然而,每当遇到这样的事情,他总有一种负罪感。他不知该怎样安慰这些在生意场上遭受了不幸的人。

当他在萨伦船舶博物馆看到这艘船时,忽然有一种想法,为什么不让他们来参观参观这艘船呢? 于是,他就把这艘船的经历抄下来,和这艘船的照片一起挂在他的律师事务所里,每当商界的委托人来请他辩护,无论输赢,他都建议他们去看看这艘船。

哲理启示

满身伤痕的船带给我们的启示是:只有经历了大风雨、大险阻,才能磨炼出自身价值。

天道酬勤

　　1964年3月。在世界著名的爱德加·列文垂特国际小提琴比赛上,一位坐在轮椅上演奏的年轻人——19岁的伊扎克·帕尔曼,以其精湛的技艺获得了最高奖,被人们称做"小提琴王子"。然而,他并没有"白马王子"那样幸运。他1945年出生在以色列的特拉维夫,四岁时因患小儿麻痹症而不能行走,成为终身残疾。然而,帕尔曼没有向命运低头,他以顽强的毅力学习小提琴,他相信"上帝只帮助那些自助的人"。1958年,13岁的帕尔曼被美国电视台选中,不久移居美国,受到著名小提琴家思特恩的赏识,并得到"以美基金会"的奖学金,进入美国著名的音乐学府——朱丽亚特音乐学院深造,师从于加拉米安和多罗西狄雷。简直无法想象,一个普通的,甚至受人歧视的残疾人,每年都要在世界各地举办一百多场音乐会。

哲理启示

　　无论是健全的人,还是残疾的人,只要有一颗奋进的心,都会有卓越的表现,上帝不会因为你健康而降难于你,也不会因为你残疾而格外照顾你,主宰一切的只能是自己。

从校工到总裁

连自己的名字都不会写的田中光夫,曾在东京的一所中学当校工。尽管周薪只有 50 日元,但他十分满足,而且认真地干了几十年。就在田中光夫快要退休时,新上任的校长以他"连字都不认识,却在校园里工作,太不可思议"为由,将他辞退。

田中光夫恋恋不舍地离开校园,像往常一样,准备买半磅香肠作为晚餐。快到山田太太的食品店门前时,他猛地一拍额头——他忘了,山田太太不久前已经去世,食品店也已关门多天了。不巧的是,附近街区竟然没有第二家卖香肠的商店。忽然,一个念头在田中光夫幽闭的心田一闪——为什么不能开一家专卖香肠的小店呢? 他很快拿出仅有的一点儿积蓄,接手山田太太的食品店,专门经营香肠。

5 年后,田中光夫成了名声显赫的熟食品加工公司的总裁,他的香肠连锁店遍及东京的大街小巷,并且是产、供、销"一条龙"服务,颇有名气的"田中光夫香肠制作技术学校"也应运而生。一天,当年辞退他的校长,得知这个著名的董事长只会写不多的字,十分敬佩地打来电话说:"田中光夫先生,您没有受过正规的学校教育,却拥有如此成功的事业,实在是了不起。"田中光夫由衷地说:"幸亏您当初辞退我,让我摔个大跟头,才认识到自己还能干更多的事情。否则,我现在肯定还是一位周薪 50 日元的校工。"田中光夫的经历,再次告诉我们一个朴素的道理——跌倒的地方也有风景。

哲理启示

　　田中光夫在阴差阳错中把自己的潜能挖掘出来，成就了一番事业。所以遇到不顺利或困难未必是坏事。它会催促我们在失败的缝隙中找到成功的火光。

圣诞礼物

在里约热内卢的一个贫民窟里，有一个男孩。他非常喜欢足球，可是买不起，于是就踢塑料盒，踢汽水瓶，踢从垃圾箱捡来的椰子壳。他在巷口里踢，在能找到的任何一片空地上踢。

有一天，当他在一个干涸的小塘里猛踢一只猪膀胱时，被一位足球教练看见了，他发现这男孩子踢得很是那么回事，就主动提出送他一个足球。小男孩得到足球后踢得更来劲了，不久，他就能准确地把球踢进远处随意摆放的一只水桶里。

圣诞节到了，男孩跟妈妈说："我们没有钱买圣诞礼物送给我们的恩人，就让我们为他祈祷吧。"小男孩跟妈妈祷告完毕，向妈妈要了一把铲子跑了出去，他来到一处别墅前的花圃里，开始挖坑。就在他快挖好的时候，从别墅里走出一个人，问小孩在干什么，小男孩抬起满是汗珠的脸蛋，说："教练，圣诞节到了，我没有礼物送给您，我愿给您的圣诞树挖一个树坑。"教练把小男孩从树坑里拉上来，说："我今天得到了世界上最好的礼物。明天你到我的训练场去吧。"

三年后，这位17岁的小男孩在1958年世界杯上率领巴西队第一次捧回金杯。一个原来不为世人所知的名字——贝利，随之传遍世界。

357

哲理启示

　　球王贝利对踢足球的热爱和专注使教练对他有了好感，而贝利的善良则使教练为他打开了足球之门。所以，专注、热忱、心怀感激之心的人会得到比别人更多的机会。

飞奔的母亲

有一位年轻的母亲,下班之后便匆匆地赶回家,想早一点看到她那可爱的儿子。

马上就要到家时,她很习惯地看了一下位于四楼的自家阳台,很高兴地呼喊了几声儿子的名字:"妈妈回来了,宝贝。"

可爱的儿子猛地跑到阳台上,他也正期待着妈妈归来。当看到妈妈时,儿子兴奋地从窗口探出身子,想让妈妈抱他。

这位母亲也下意识地向上招手,做出拥抱的姿态,同时给了儿子一个飞吻。

突然,她意识到了危险,但已经晚了! 由于身体过于前倾,孩子突然失去平衡,从阳台上掉了下来。

这时房间里的人惊呆了,纷纷跑到阳台上呼叫。当年轻的妈妈发现儿子掉下来时,立即奋不顾身地扑了过去。也许是感动了上帝,儿子竟然奇迹般地被他妈妈接住了,而且安然无恙。

事后,人们都觉得很奇怪,一个年轻的妇女怎么跑得那样快,并能接住自己的儿子? 因为按当时少妇奔跑的速度,她应该已经打破了百米世界纪录。

后来人们找百米世界冠军做了一个试验:同样的距离,从阳台上掉下同样重量的物体,看能否接得住,结果是无论如何也接不住。再让这位年轻的母亲试试,结果也再没有看到打破百米世界纪录的速度,再也找不到可以在当时环境下做到同样事情的人。

最后人们得出的结论是:爱的力量是伟大的。

哲理启示

　　人内在的能量是无限的,只要你肯挖掘。时常借助外部的
力量来鞭策自己、鼓励自己,你会创造连自己都难以相信的
奇迹。

红衣服与成功

美国钢铁大王卡内基小的时候家里很穷。有一天,他放学回家时经过一个工地,看到一个穿着华丽、像老板模样的人在那儿指挥。

"请问你们在盖什么?"他走上前去问那位老板模样的人。

"要盖个摩天大楼,给我的百货公司和其他公司使用。"那人说道。

"我长大后要怎样才能像你这样?"卡内基以羡慕的口吻说道。

"第一要勤奋工作……"

"这我早知道了,老生常谈,那第二呢?"

"买件红衣服穿!"

聪明的卡内基满脸狐疑:"这……这和成功有关?"

"有啊!"那人顺手指了指前面的工人说道,"你看他们都是我手下,但都穿清一色的蓝衣服,所以我一个也不认识……"说完他又特别指向其中一位穿红衣服的工人:"我长时间注意到他,他的身手和其他人差不多,但是我认识他,所以过几天我会请他做我的副手。"

哲理启示

　　人们往往会深深记住那些创造了第一的人,因为他们身上有别人所没有的独特性,所以,修炼自己的不同寻常,你会因此而获得另眼相看。

命运在手中

一次,詹姆斯拜见一位事业上颇有成就的朋友,闲聊中谈起了命运。詹姆斯问:"这个世界到底有没有命运?"朋友说:"当然有啊。"詹姆斯再问:"命运究竟是怎么回事? 既然命中注定,那奋斗又有什么用?"

朋友没有直接回答他的问题,但笑着抓起詹姆斯的左手,说不妨先看看他的手相,帮他算算命。给他讲了一番生命线、爱情线、事业线等诸如此类的话之后,突然,他对詹姆斯说:"把手伸好,照我的样子做一个动作。"他的动作就是:举起左手,慢慢地而且越来越紧地握起拳头。末了,他问:"握紧了没有?"詹姆斯有些迷惑,答道:"握紧啦。"他又问:"那些命运线在哪里?"詹姆斯机械地回答:"在我的手里呀。"他再追问:"请问,命运在哪里?"詹姆斯如当头棒喝,恍然大悟:"命运在自己的手里!"

哲理启示

人生来自由,包括自由地支配自己的命运,人没有理由在命运的威压下倒下去,而应该勇敢地站起来,像贝多芬那样"扼住命运的喉咙"。

文森特和劳伦

文森特和劳伦差不多同时受雇于一家超级市场,开始时大家都一样,从最底层干起。可不久文森特受到总经理的青睐,一再被提升,从领班直到部门经理。而劳伦却像被人遗忘了一般,还在最底层混。终于有一天劳伦忍无可忍,向总经理提出辞职,并痛斥总经理狗眼看人低,辛勤工作的人不提拔,倒提升那些吹牛拍马的人。

总经理耐心地听着,他了解这个小伙子,工作肯吃苦,但似乎缺少了点什么。缺什么呢?三言两语说不清楚,说清楚了他也不服,看来……他忽然有了个主意。

"劳伦先生,"总经理说,"您马上到集市上去,看看今天有什么卖的。"

劳伦很快从集市回来说,刚才集市上只有一个农民拉了车土豆卖。

"一车大约有多少袋,多少斤?"总经理问。劳伦又跑去,回来说有 10 袋。

"价格多少?"劳伦再次跑到集上。

总经理望着跑得气喘吁吁的他说:"请休息一会儿吧,看看文森特是怎么做的。"

说完叫来文森特,对他说:"文森特先生,你马上到集市上去,看看今天有什么卖的。"

文森特很快从集市回来了,汇报说到现在为止只有一个农民在卖土豆,有 10 袋,价格适中,质量很好,他带回几个让经理看。这个农民过一会儿还将弄几筐西红柿上市,据他看价格还公道,可以进一些货。这种价格的西红

柿总经理可能会要,所以他不仅带回了几个西红柿做样品,而且把那个农民也带来了,他现在正在外面等回话呢。

总经理看了一眼红了脸的劳伦,说:"请他进来。"

文森特比劳伦多想了几步,于是在工作上取得了成功。

哲理启示

人外有人,天外有天,完美之外还有完美,要想做到更好,只有比较,在比较中提升自己。劳伦的遭遇说明在一个团体中,只有时刻向比自己强的人学习,才会不断进步。

最倒霉的失败者

有这样一位失败者：

17 岁那年，他和他的家人被赶出了居住的地方，他必须工作以抚养家人。

19 岁那年，他的母亲突然去世。

22 岁时，他经商失败。

23 岁时，他竞选州议员——但落选了！

同一年，他的工作也丢了。他想要就读法学院，但进不去。

到了他 24 岁的时候，他向朋友借钱经商，但年底就破产了，接下来他花了 16 年的时间，才把债还清。

26 岁时，在他订婚后即将结婚的时候，未婚妻却死了，因此他的心也碎了！

27 岁时，他的精神完全崩溃，卧病在床六个月。

29 岁的时候，他争取成为州议员的发言人——没有成功。

31 岁时，他争取成为被选举人——但失败了！

34 岁时，他参加了国会大选——落选了！

39 岁那年，他寻求国会议员连任——失败了！

40 岁，他想在自己的州内担任土地局长的职务——被拒绝了！

45 岁，他竞选美国参议员——落选了！

47 岁，他在共和党的全国代表大会上争取副总统的提名——得票不到 100 张。

49岁,他再度竞选美国参议员——再度落败。

也许你找不到比他更倒霉的失败者,但我不得不告诉你,在他51岁那年,他终于赢了一次,因为这一年,他竞选美国总统成功。他的名字是亚伯拉罕·林肯。

哲理启示

只要还有1%的希望,就要付出100%的努力,任何时候都不要轻言放弃,因为失败后的成功更有价值,更非同寻常。

一系列的连锁目标

四十多年前,一个十多岁的穷小子,自小生长在贫民窟里,身体非常瘦弱,却在日记里写下立志长大后要做美国总统。但如何能实现这样宏伟的抱负呢?年纪轻轻的他,经过几天几夜的思索,拟定了这样一系列的连锁目标:

做美国总统首先要做美国州长;要竞选州长必须得到雄厚的财力后盾的支持;要获得财团的支持就一定得融入财团;要融入财团就最好娶一位豪门千金;要娶一位豪门千金必须成为名人;成为名人的快速方法就是做电影明星;做电影明星前得练好身体,练出阳刚之气。

按照这样的思路,他开始步步为营。某日,当他看到著名的体操运动主席库尔后,他相信练健美是强身健体的好点子,因而萌生了练健美的兴趣。他开始刻苦而持之以恒地练习健美,他渴望成为世界上最结实的壮汉。三年后,借着发达的肌肉,一身似雕塑的体魄,他开始成为健美先生。

在以后的几年中,他囊括了欧洲、世界、全球、奥林匹克的健美先生。在22岁时,他踏入了美国好莱坞。在好莱坞,他花费了十年,利用在体育方面的成就,而一心去表现坚强不屈、百折不挠的硬汉形象。终于,他在演艺界,声名鹊起。当他的电影事业如日中天时,女友的家庭在他们相恋九年后,也终于接纳了这位"黑脸庄稼人"。他的女友就是赫赫有名的肯尼迪总统的侄女。

婚姻生活恩爱地过去了十几个春秋。他与太太生育了四个孩子,建立了一个"五好"的典型家庭。2003年,年逾57岁的他,告老退出了影坛,转为

从政,成功地竞选成为美国加州州长。

他就是阿诺德·施瓦辛格。

哲理启示

施瓦辛格的传奇经历令人热血沸腾,只要想得到,就能做得到。敢想敢为,才能大有作为;说到做到,才能无愧于心。

小个子在 NBA

很多人都喜欢看 NBA 的夏洛特黄蜂队打球,尤其是看 1 号博格斯上场打球。

博格斯身高只有 1.6 米,在普通人里也算矮子,更不用说在即使身高 2 米也嫌矮的 NBA 了。

据说博格斯不仅是现在 NBA 里最矮的球员,也是 NBA 有史以来破纪录的矮子。但这个矮子可不简单,他是 NBA 里表现最杰出、失误最少的后卫之一,不仅控球一流,远投精准,甚至在高个队员中带球上篮也毫无所惧。

可以说,博格斯既安慰了天下身材矮小而酷爱篮球者的心灵,也鼓舞了平凡人内在的意志。

博格斯是不是天生的好手呢? 当然不是,而是意志与苦练的结果。

博格斯从小就长得特别矮小,但他非常热爱篮球,几乎天天都和同伴泡在篮球场上。当时他就梦想有一天可以去打 NBA,因为 NBA 的球员不仅待遇奇高,而且也享有很高的社会关注度,当 NBA 的球员是所有爱打篮球的美国少年最向往的梦。

博格斯告诉他的同伴:“我长大后要去打 NBA。”

所有听到他的话的人都忍不住哈哈大笑,甚至有人笑倒在地上,因为他们认定,一个 1.6 米的矮子是绝不可能打 NBA 的。

他们的嘲笑并没有改变博格斯的志向,他用比一般高个人多几倍的时间练球,终于成为全能的篮球运动员,也成为最佳的控球后卫。他充分利用自己矮小的“优势”,行动灵活迅速,像一颗子弹一样;运球的重心最低,不会

失误;个子小不引人注意,偷袭常常得手。

博格斯使我想起了盘山宝积禅师的故事。

盘山宝积禅师有一天路过市场,偶然听到顾客与屠夫的对话。

顾客对屠夫说:"给我割1斤好肉。"

屠夫听了,放下屠刀反问:"哪一块不是好肉呢?"

顾客怔在当场,在一边的盘山宝积禅师却顿悟了。

我们往往用自己的主观见解来判定事物的价值,但事物哪有绝对的价值呢? 在 NBA 里,我们都觉得只有 2 米高的人才能去打球,但 1.6 米的人又怎么不能立志呢?

博格斯不怕人笑,所以创造了自己的奇迹。天生我材必有用,哪一块不是好肉? 哪一个人不是最有价值的人呢?

哲理启示

尺有所短,寸有所长。万事万物都是两极调和的结果,善于发挥自己的优点,取长补短,每个人都能成为社会舞台上的明星。

校长看手相

美国纽约州第一位黑人州长罗杰·罗尔斯是一个出生在贫民窟又极不守规矩的浪荡子。他从小逃学、打架、偷窃，甚至吸毒，连老师见了他都头痛。

后来他的小学校长皮尔·保罗发现罗尔斯和其他一些孩子都比较迷信，就给他看手相，并说他以后可以成为纽约州州长。这句玩笑话使罗尔斯的心态发生了根本变化，走正道、做大事成了罗尔斯的不懈追求。

在以后的 40 年间，他没有一天不按州长的身份要求自己。51 岁那年，他终于成了州长。在就职演说中，面对 300 多名记者，他只字不提自己的奋斗史，只是说是他的小学校长给了他信心和力量，使他从心态到灵魂都发生了质变。

哲理启示

歌德也曾受过这样的心理暗示的影响，成为了伟大的文学家。接受别人的鼓励，并用高于这一内容的标准去衡量自己，你就会成为你心目中的自己。

371

目标就在眼前

　　50年代,有一位女游泳选手,她发誓要成为世界上第一位横渡英吉利海峡的人。为了达到这个目标,她不断地练习,不断地为这历史性的一刻作准备。这一天终于来临了。女选手充满自信地昂首阔步,然后在众多媒体记者的注视下,满怀信心地跃入大海中,朝对岸英国的方向前进。旅程刚开始时,天气非常好,女选手很愉快地向目标挺进。但是,随着越来越接近对岸,海上起了浓雾,而且越来越浓,几乎到了伸手不见五指的程度。女选手处在茫茫大海中,完全失去了方向感,她不晓得到底还要游多远才能上岸。她越游越心虚,越来越筋疲力尽,最后她终于宣布放弃了。当救生艇将她救起时,她才发现只要再游一百多公尺就到岸了。众人都为她惋惜,距离成功已经那么近了。她对着众多的媒体说:"不是我为自己找借口,如果我知道距离目标只剩一百多公尺,我一定可以坚持到底,完成目标的。"

哲理启示

　　缩短与目标之间的距离,会使紧张的心理得到放松,在放松的状态下前进,会使通向成功的路变得平坦。学会调整心态很重要。

当一块石头有了愿望

一位名叫薛瓦勒的乡村邮差每天徒步奔走在乡村之间。有一天,他在崎岖的山路上被一块石头绊倒了。

他起身,拍拍身上的尘土,准备再走。可是他突然发现绊倒他的那块石头的样子十分奇异。他拾起那块石头,左看右看,便有些爱不释手了。

于是,他把那块石头放在了自己的邮包里。村子里的人看到他的邮包里除了信之外,还有一块沉重的石头,感到很奇怪,人们劝他:"把它扔了,你每天要走那么多路,这可是个不小的负担。"

他却取出那块石头,炫耀地说:"你们谁见过这样美丽的石头?"

人们都笑了,说:"这样的石头山上到处都是,够你捡一辈子的。"他回家后疲惫地睡在床上,突然产生了一个念头,如果用这样美丽的石头建造一座城堡,那将会多么迷人。于是,他每天在送信的途中寻找石头,每天总是带回一块,不久,他便收集了一大堆奇形怪状的石头,但建造城堡还远远不够。

于是,他开始推着独轮车送信,只要发现他中意的石头都会往独轮车上装。

从此以后,他再也没有过上一天安乐的日子。白天他是一个邮差和一个运送石头的苦力,晚上他又是一个建筑师,他按照自己天马行空的思维来垒造自己的城堡。

对于他的行为,所有人都感到不可思议,认为他的精神出了问题。

二十多年的时间里,他不停地寻找石头,运输石头,堆积石头。在他的偏僻住处,出现了许多错落有致的城堡,当地人都知道有这样一个性格偏执

沉默不语的邮差,在干一些如同小孩子筑沙堡的游戏。

1905 年,法国一家报纸的记者偶然发现了这群低矮的城堡,这里的风景和城堡的建筑格局令他叹为观止。他为此写了一篇介绍薛瓦勒的文章,文章刊出后,薛瓦勒迅速成为新闻人物,许多人都慕名前来参观城堡,连当时最有声望的毕加索也专程参观了薛瓦勒的建筑。

现在,这个城堡成为法国最著名的风景旅游点,它的名字就叫做"邮差薛瓦勒之理想宫"。

在城堡的石块上,薛瓦勒当年的许多刻痕还清晰可见,有一句就刻在入口处一块石头上:"我想知道一块有了愿望的石头能走多远。"据说,这就是那块当年绊倒过薛瓦勒的石头。

哲理启示

二十年不懈的努力,成就了薛瓦勒的理想城堡。只要你肯为一个梦想勤奋地努力,"石头"也会走向成功。

中了头奖之后

　　杰克是一位百万富翁,开着下水管道公司,手下有一百多名员工。他出身贫寒,全凭自己的辛勤劳动,取得了成功。他有一位结婚四十多年的恩爱妻子,有一个视为掌上明珠的外孙女。他是很典型的美国人,诚实、善良、勤奋、爱家,经常去教堂。

　　幸运突然降临,他中了头奖,得到 3.14 亿美元。

　　当他得奖以后,决定扩大自己的企业,改善自己的生活,并花钱帮助本州有困难的人。这些都非常符合常理。

　　然而平静的生活一去不复返了。当地和附近的人知道他发了大财,不管认识不认识的,都想从他身上捞一笔。不过各人用的方法不同。他被弄得烦恼不堪。好在他不缺钱,花点小钱打发他们走是他可以作出的最佳选择。没想到这么一来,招来了更多的人。他专门请了三个人为他处理这些乞助信件,照样忙不过来。他无法正常生活了,他变得烦躁不安,容易发脾气。他看透了人的丑恶的一面,他逐渐变得看不起人,盛气凌人,整个世界在他的眼里已经变了形了。而外面世界对他的看法也转了一百八十度。他不再是个君子绅士,而是一个狂人。

　　由于有了花不完的钱,他与众不同了,他不再是一个普通人了。本来他去教堂,诚心诚意地祷告,请上帝宽恕他的错误。现在他敢于向上帝挑战了。他甚至说出了这样的话:"我的钱比上帝还多。你们必须按照我的话做。你们应该为我欢呼,庆祝我的成功。"当地小镇本来有一个小教堂,比较破落寒酸。杰克得奖后答应花百万美元重建教堂。可是教堂建成后,大家讨厌他的趾高气扬,宁愿去又窄又小的老教堂,而不愿意去杰克花钱修的新教堂。钱,并不能买动人。人们自有自己的评价标准。

375

然而最不幸的是他视若生命的外孙女的遭遇。杰克的女儿因为丈夫自杀身亡,自己又得了癌症,把女儿从小就寄养在她的父亲家。所以杰克夫妇把孩子抚养大,对待外孙女比自己亲生的还要宠爱。杰克常说外孙女布兰迪的世界就是他的世界。当杰克中奖时,布兰迪16岁,在高中念书,是一个健康快乐的普通女孩。她有自己的同学、老师,生活得无忧无虑。可是自从外公中了大奖以后,她用外公的钱摆阔气。请吃请玩是小事,还拿外公的钱买豪华轿车,拿钱雇佣同学当司机,一次就给500美元。送同学礼品,其中有时髦服装,甚至大钻石戒指。这种摆阔行为招来了一批趋炎附势者,他们想办法讨好她,奉承她。她的世界跟她外公一样,整个地变了。她的朋友换了一批又一批。逃学成为她的家常便饭。逃学干什么?到处无目的地游荡,甚至闯祸。好在有钱,闯了祸拿钱摆平。这就是她的生活。后来她结交了一批最危险的吸毒者。她的男朋友因为吸毒过量死亡。最后她自己也得到了同样的结局,这使得杰克痛不欲生。可是杰克并没有真正懂得是什么导致了他外孙女的死亡,他认为那些教唆布兰迪吸毒的人是罪魁祸首。他不明白,真正的祸根是钱。

哲理启示

金钱会给我们带来很多,同样金钱也会使我们失去很多。所以,在拥有了金钱之后,合理地使用很重要,要做钱的主人,不要让钱做你的主人,当你成了钱的仆人时,那么钱对你来说便不是财富而是灾难了。